『부벽루상영록浮碧樓觴詠錄』 평석評釋

『부벽루상영록浮碧樓觴詠錄』 평석評釋

나카이 겐지 저
여순종 역
우상렬 · 박종우 감수

역락

『부벽루상영록(浮碧樓觴詠錄)』 평석(評釋) 발간에 즈음하여

이번에 『부벽루상영록』을 나카이 겐지 선생이 일본어로 평석한 것을 번역하여 나주 임씨 백호문중의 이름으로 출간하게 되었다.

우리 문중에서 이 책을 출간하는 데는 몇 가지 타당한 이유가 있는데 이를 먼저 밝혀 두고자 한다.

첫째, 평석을 해주신 일본인 나카이 겐지 선생은, 우연한 인연으로 백호공의 제주 기행문인 『남명소승(南溟小乘)』을 접한 후, 공의 문학에 심취하여 돌아가실 때까지 30년을 넘게 『백호문집』을 중심으로 한 백호문학의 연구에 몰두하시다 운명을 달리 하신 분이다. 백호공의 묘소가 있는 나주 회진을 10여 차례 방문하셨으며 필자도 한 번 만나 뵌 적이 있다.

그는 백호문학을 연구하면서 "임백호는 단지 나주 임씨의 사람만이 아니고, 한국의 인물, 아니 동양의 천재 시인으로 생각하며 백호문학을 세상에 알리는 것이 본인의 소임"이라고 말씀하셨던 분이다.

그는 그동안 연구한 원고들을 서울에 계시는 족형 임채남 씨에게 우송하며 교유하셨던 분으로, 2013년 백호문학관이 개관될 때쯤 필자는 임채남씨 그리고 임인규 씨와 함께 일본 오사카 근교의 나카이 겐지 선생 댁을 방문하였는데 아쉽게도 그가 이미 타계하셨다는 소식을 듣고 그 가족들을 찾았으나 연락이 닿지 않았다. 그 후 수소문을 하던 중 몇 개월 뒤 나카이 겐지 선생의 아들과 연락이 되어 임채남 형님과 함께 다시 나카이 겐지 선생 댁을 방문하게 되었다.

나카이 겐지 선생(1922-2007)의 서재에는 그간의 연구 족적들이 잘 보존되어, 그간 임백호를 연구한 원고 뭉치들이 고스란히 보관되어 있었다. 계리사직을 퇴직한 후 여생을 저의 선조이신 백호공을 연구하는 데 매진한 것에 대하여 삼가 경의를 표하였다. 그리고 그의 원고들은 임채남 형님이 수집, 보관하고 계시다가 흔쾌히 백호문학관에 기증하여 온전히 보존되어 있다.

임백호에 관하여 나카이 겐지 선생이 집대성한 자료들이 일부 책으로 출간되었는데, 『관백수창록』과 <망녀전사> 시를 주제로 한 『이 슬픔 끝없이 끝없이』이며, 이는 한국어와 함께 일본어로도 출판되었다.

이번에 출간하게 된 『부벽루상영록』은 백호문학관에 보관되어 있는 원고를 여순종 교수에게 부탁하여 번역하게 되었다. 이 글의 마지막 문장에 "백호 후손들은 왜 『부벽루상영록』 출판에 참여하지 않았을까"라는 의문에 응답하고자 하며, 특히 이 문장에 백호 후손들을 가슴 아프게 한 것은 이 『부벽루상영록』이 "같이 창수한 황응시, 이응청의 아들들에 의해 발간되었는데 어찌 백호 후손들은 관여하지 않았는지"라는 나카이 겐지 선생의 마지막 의문에 응답하고자 한다.

그 첫 번째 이유는 1591년 백호공이 돌아가신 2년 후에 "기축옥사" 소위 "정여립 역모사건"이 빌미가 된 것이다. 그 당시 고부군수였던 정염과, 김용남, 김상중 등이 백호공의 큰아들인 청하공 임지와 성의스님과 현재까지도 실존한 인물로 밝혀지지 않고 있는 길삼봉과 함께 송광사 삼일암에서 역모를 모의했다고 무고를 하였다. 그리하여 성의스님과 송광사의 스님들, 청하공을 비롯한 송리공 임준과 그의 가족들이 관에 끌려가는 불행을 당하게 되었다.

당시 국청의 문사랑으로 있던 백호공의 친구 백사 이항복의 도움으로 가족들은 풀려 나왔고 성의스님은 정여립과 내통한 사실을 자백하여 사형을 당했으며, 청하공 임지는 국문을 한번 당한 후 북도로 2년간 유배를 떠나셨다. 만약 무고한 자들의 내용대로 역적의 누명을 쓰셨다면 우리 나주임문은 멸문지화를 당했을 것이다. 이 일로 인하여 백호공 후손들은 성향인 나주 회진을 떠나 뿔뿔이 흩어져 영암, 강진, 장흥, 고흥, 용담, 창원 등으로 몸을 숨기게 된 것이다. 필자의 집안도 230년을 영암 장흥을 헤매며 살다

저의 고조부 대에 성향인 회진에 돌아와 터전을 잡고 살게 되었다.

이 억울한 사연은 이긍익이 쓴 "『연려신기술』제14권 선조조 고사본말 기축년 정여립의 옥사 편과 허균의 『학산초담』"에 자세한 기록이 남아 있다. 이로써 나카이 겐지 선생의 의문에 대하여 간단하게 응답한다.

두 번째 이유는 인터넷에서 "백호 임제"를 검색하면 우리나라 유수 포털 사이트에서도 백호 임제는 평안도 도사로 부임 중 개성을 지나다 기생 황진이의 묘에서 치제를 하고 시를 읊었는데 그 시가 바로 "청 초우거진 골에 자난다 누웠난다…"라는 시조이다. 이 사실로 인하여 부임도 하기 전에 파직되었다고 씌어져 있다. 이는 당연히 오류이다. 그 오류의 증거가 바로 이 『부벽루상영록』이다.

『부벽루상영록』서장(序章)에 있듯이 평안도사의 임기를 마치고 과만하여 서울에 돌아와야 하는데 몸이 편치 못하여 객사에 계실 때 친구들을 초청하여 부벽루에서 시회를 하게 되었는데 그때 창수한 시들이 『부벽루상영록』으로 탄생된 것이다. 이것이 평안도사직을 파직당하지 않고 임기를 마치셨다는 확실한 증거가 아닌가!

참고로 백호공이 시우들과 창수한 수창록이 다음과 같이 4가지가 있음을 간단히 밝혀본다.

1. 백호공이 송암(松巖) 양대박(梁大撲), 가장 친한 시우 천유자(天遊子) 정지승(鄭之升) 등과 서울 근교의 삼각산[북한산] 등을 배경으로 한 『정악창수록(鼎岳唱酬錄)』이다. 때는 1573년 선조 5년으로 공의 나이 25세이다. 이 창수록은 1977년에 출판한 『백호전집』 역주판에는 백호공의 원운(元韻)만 수록되었으나 2014년 출판된 신편 『백호전집』에는 『겸재유고』에 실렸던 모든 작품이 다 수록되어 있다.(총 37수에서 백호 원운 11수, 송암의 11수 중 원운 4수, 차운 7수, 천유자의 11수 중 원운 3수 차운 8수이며 연구 3수이다).

2. 1575년 선조 8년, 27세 때 호남관찰사 관원 박계현과 주고받은 『관백수창록(灌白酬唱錄)』이다. 이 『관백수창록』은 전기한 나카이 겐지 선생이 평석한 것을 전북대 최승범 교수가 번역하여 『전북문학』에 연재하였고 백호문중에서 다시 단행본으로 발행(2000년 6월)하기도 하였다. 특이한 점은 『관백수창록』이 박계현의 부친이신 박충원(1507)이 영월군수로 재직하고 그 친구인 조사수(1502-1581)가 제주목사로 재직할 때 주고받은 수창록이 『영해창수록』이다. 숙종 28년 1702년에 박충원의 5대 손인 박성식이 제주목사로 재직할시 제주영에서 목판본으로 『영해창수록』을 발행하게 되었는데, 그 책의 부록에 『관백수창록』이 수록되어 있다. 『영해창수록 역주본』을 제주시 문화유적관리사무소에서 2011년 12월에 발행하였다.

3. 1578년 선조 11년, 공은 30세에 문과 대과에 급제한 후 당시 제주목사로 계시는 부친 절도사 임진에게 근친을 다녀온 후 서울로 올라가는 길에 남원에서 남원부사 손여성[호는 촌로]의 초청으로 이달, 양대박, 백광원, 백진남 등과 함께 광한루에서 시회를 가졌는데 『백호전집』에는 "용성광한루주석수창(龍城廣寒樓酒席酬唱)"이라는 제목으로 그 일부가 수록되어 있다. 이 수창록 시 역시 『백호전집』에 백호공의 원문만 실려 있고 나머지 시문들이 각자의 문집에 실려 있었는데 『백호일고(白湖逸稿)』와 고려대 민족문화연구원 박종우 교수가 소장한 필사본 등으로 인하여 그 전모가 밝혀지고 있다.

4. 1584년 선조 17년, 공이 36세 때 황징, 이인상, 김명한, 노대민, 김색 등과 수창한 것인데 바로 이번에 출간한 『부벽루상영록』이다.
원래 『백호전집』에는 백호공의 원운(元韻) 15수가 기록되어 전해지고 있었으나 그 원운에 차운(次韻)을 한 다섯 분의 시도 볼 수 있는 것도 이번에 발행한 『부벽루상영록』의 의미일 것이고, 하산 조우인의 후기 등도 실려 있다.

나카이 겐지 선생이 『부벽루상영록』의 시를 이렇게 세세하게 평석해 주셨기에 후학들은 선인들의 시의 심오함과 놀라운 학식에 저절로 고개가 숙여진다.

이 책을 발간함에 있어 여러 번의 문중 회의를 걸쳐 문중 어르신들께 자문을 받았으며, 특히 이 시의 원문이 한문(漢文)이기 때문에 이 한시를 일본어로 평석을 했고 이 원고를 중심으로 다시 한글로 번역함에 있어서 언어의 이질감이 3번의 중역으로 매끄럽지 못해, 한시의 번역을 중국 연변대학교의 우상렬 교수의 감수를 거쳐야 했고, 평석부분도 고려대 민족문화연구원 박종우 교수의 도움으로 원고를 마무리하게 되었다. 한시 원문 교정에서 중국 복단대학교의 황현옥 교수께서 어려움을 해결해 주셨다. 이에 고마운 마음을 전한다.

끝으로 어려운 환경 속에서 애정을 가지고 번역을 해 주신 여순종 교수께도 감사의 말씀을 드리고, 필자는 정형외과 의사로서 환자들과 함께 그리고 후진 양성을 위해 교수로서 50여 년을 의업에 종사한 사람으로 한시나 한문에 조예도 없으면서 간절한 마음 하나로 무모하게 이 책을 출판하겠다고 덤빈 자신에게 의욕과 반성을 거듭하며, 거의 2년에 가까운 세월을 보냈음을 밝혀 둔다.

그나마 여러 석학들의 보살핌으로 이제 책으로 엮어 나오게 되었는바, 혹시나 백호공 할아버지께나 나머지 수창하신 다섯 어르신들께 누가 되지 않을까 저어되며 그렇지 않기를 바라는 마음 간절하다.

이 책이 출판되기까지 헌신해주신 도서출판 역락의 관계자 여러분께도 고마운 마음을 전하는 바이다.

2016년 봄 나주 회진 호운당에서
백호공 14대 손 백호문중 도유사 임채준 근지

차례

서장(序章)

悌以西京幕客瓜
제 이 서 경 막 객 과

제悌는 서경西京의 막객幕客으로 있다 임기를 마치고

滿當環抱病無憀
만 당 환 포 병 무 요

떠날 즈음 병을 안고 홀로 무료히 앉아서

孤坐書空
고 좌 서 공

홀로 앉아서 공중에 글씨를 그리고 있었다.

偶與金爾玉李應淸黃應時
우 여 김 이 옥 이 응 청 황 응 시

우연히 김이옥金爾玉·이응청李應淸·황응시黃應時

金雲擧盧景達有湖寺之約
김 운 거 노 경 달 유 호 사 지 약

김운거金雲擧·노경달盧景達 등과 호사의 약조를 하여,

至月之初病間出遊
지 월 지 초 병 간 출 유

동짓달 초승 병이 뜨음할 때 나가 놀기로 했다.

適有應俗事
적 유 응 속 사

마침 속사俗事에 응하는 일이 생겨

乘暝直至浮碧樓
승 명 직 지 부 벽 루

어둠을 타고 부벽루에 이르렀다.

山高月小水落石出
산 고 월 소 수 락 석 출

산은 높고 달은 조그마한데 수위가 떨어져 돌이 들어나

正是子瞻 後遊物色
정 시 자 첨 후 유 물 색

바로 자첨子瞻의 후적벽부後赤壁賦에서 놀던 강물이었다.

乃觴于涵碧宿于永明寺
내 상 우 함 벽 숙 우 영 명 사

이에 함벽涵碧에서 술 마시고 영명사에서 묵었다.

萬曆十二年甲申也
만 력 십 이 년 갑 신 야

때는 만력 12년 갑신(1584년)이다

❁ 어석(語釈)

- 제(悌) : 이 시회의 주제자로서 그 경과를 기록한 사람인 임제(林悌)를 가리키는데, 자(字)는 자순(子順), 호(號)는 백호(白湖)이다.

- 서경막객西京幕客 : 서경(西京)은 고려왕조 이래의 평양의 칭호 막객(幕客)은 『조선어사전』(조선총독부 편)에 의하면 감사·병사 등의 수행원인 비장(裨将)의 별칭(別称).

- 막비幕裨 : 막료(幕僚)·막빈(幕賓)·막중(幕中)·좌막(佐幕) 등의 별칭이다.

- 과만瓜満 : 관직의 임기가 완료된 것. 과숙(瓜熟)이라고도 한다. 이것은 과자(瓜字)에 임기의 뜻이 없음에도 불구하고, 임기가 만료가 되는 해를 과년(瓜年), 이에 따라서 전직을 하는 것을 과체(瓜遞)라고 함과 함께 조선에서 빈번히 사용되었던 말이다. 다만, 임기의 의미는 춘추(春秋) 시대 제(齊)의 양공(襄公)이 연칭(連称)에게 규구(葵丘)를 수비하게 할 때, 다음 해의 과시(瓜時, 오이를 수확하는 때)에 대체시키겠다고 약속한 고사에 나온다.

- 당환当環 : 환경(環京)하는 것이 당연하다.

- 포병抱病 : 병에 걸린 것. 당(唐)·심전기(沈佺期)의 초달여주시(初達驪州詩)「夜則忍飢臥, 朝則抱病走」.

- 무료無憀 : 마음에 걱정이 되는 점이 있어서 쓸쓸한 것을 말한다. 무연(無聊)과 동일. 당(唐)·이상은(李商隠)의 청우몽후작시(聴雨夢後作詩)「亦逢毛女無憀極」[주 : 모녀(毛女)는 전신에 털이 나있던 선녀]. 송(宋)·승유(陸游)의 조춘출유시(早春出遊詩)「逢人与誰話無憀」.

- 고좌孤坐 : 혼자서 앉아 있다.

- 서공書空 : 손가락으로 공중에 글자를 쓰다. 이것은 『진서(晋書)』 은호전(殷浩伝)의 다음의 기사에 근거하여 지은 말.「浩, 雖被黜放, 口無怨言, (중략) 但終日書空, 作咄咄怪事四字而已.」.

- 김이옥金爾玉 : 휘는 새(諱 璽). 호는 경호(號 畊湖). 이옥(爾玉)은 자(字).

- 황응시黄応時 : 휘는 징(諱 澄). 호는 국헌(號 菊軒). 응시(応時)는 자(字).

- 이응청李応清 : 휘는 인상(諱 仁祥). 호는 송오(號 松塢). 응청(応清)은 자(字).

- 김운거金雲挙 : 휘는 명한(諱 溟翰). 호는 호서(號 湖西). 운거(雲挙)는 자(字).

- 노경달盧景達 : 휘는 대민(諱 大敏). 호는 남파(號 南坡). 경달(景達)은 자(字).

- 호사湖寺 : 들판 중앙에 있는 절[野寺]. 숲속의 절이 임사(林寺)인 것에 반하여 호반(湖畔)의 절의 명칭. ~지약(之約)은 송 태조(宋太祖)의 8세손으로 시풍이

청신원미(淸新円美)를 읊은 송(宋)·조사수(趙師秀)의 『청원재집(淸苑齋集)』 시(詩)의 「春楼臥病燕相伴, 湖寺題詩僧為吟」에 입각하여 만들어진 작자의 조어. 그 의미는 금(金)·원호문시(元好問詩) 「詩酒共尋前日約」에서 말하는 바로 시주(詩酒)의 약(約)임에 틀림없다.

- 지월至月 : 동지달로서 음력 11월의 명칭. 이것은 매년 이달에는 중국으로 동지사(冬至使, 사절단)이 파견되는 것이 관례인 것에 기인한 조선의 독자적인 용어이다.

- 병간病間 : 병중의 짬. 즉, 병상이 조금 안정이 된 사이.

- 출유出遊 : 외출을 하여 노닐다. 수(隋)·양소시(楊素詩) 「出遊迎釣叟, 入夢訪幽人」.

- 속사俗事 : 세속의 잡사, 잡스러운 일. 당(唐)·포길시(包佶詩) 「屢入忘歸地, 長嗟俗事牽」.

- 승명乘暝 : 황혼을 예상하여. 일몰을 가늠하여. 이 말은 당(唐)·백거이(白居易)의 기양육시(寄楊六詩) 「猶冀乘暝来, 静言同一夕」을 차용하여 만든 조어.

- 부벽루浮碧楼 : 평양의 모란대(牡丹台) 아래의 절벽에 있는 누각의 이름.

- 산고월소운운山高月小云云 : 산은 높고 달은 작고, 물의 수량은 떨어져서 강 속의 돌이 노출이 되어있다는 의미. 이것은 송(宋)·소식(蘇軾)의 후적벽부(後赤壁賦)에서 인용한 말.

- 자첨子瞻 : 후적벽부(後赤壁賦)의 작자인 소식(蘇軾). 호(號)는 동파거사(東坡居士), 자(字)는 자첨(子瞻)이다.

- 물색物色 : 여기에서는 풍물, 경치를 말한다. 후유(後遊)는 후적벽부(後赤壁賊)에 기술이 되어있는 풍경의 뜻이다.

- 함벽涵碧 : 강과 하늘이 일면에 남색을 발하는 것을 말한다. 송(宋)·주희시(朱喜詩) 「一水方涵碧, 千林已変紅」

- 영명사永明寺 : 평양의 금수산(錦繡山)에 있는 명찰.

- 만력12년萬暦十二年 : 중국 명나라 신종조(神宗朝)의 연호로 조선 선조 17년, AD1584년[조선은 명나라에 대한 사대의 방침에 기초하여 명나라의 연호를 사용을 하는 것을 관례로 하였다.].

✿ 해설

『부벽루상영록(浮碧楼觴詠録)』의 권말에 예거가 된 이 문장은 단적으로 말하여 문체의 일종으로 「서(序)」로 부르지만, 이것도 일종의 「서사(序事)」 서(序)에 관한 것이다. 명(明)·서사증(徐師曾)의 『문체명변(文体明辯)』에 의하면 「서(序)라는 것은 마치 실오라기와 같이 사리의 순서를 서술하는 것이지만, 여기에는 이론을 중심으로 하는 것인가, 서사가 중심인가와 같이 둘로 나눈다.」라고 「서사(序事)」 서(序)가 주된 것의 대표적인 예로서 『문선(文選)』 왕격(王隔)·「三月三日曲水詩序」를 들 수가 있는데, 이는 전적으로 현란호화(絢爛豪華)를 주조로 하고, 완벽한 대구 표현으로 완성을 시켰다.

1,200자에 이르는 변려문(騈儷文)이다. 그런데, 고문부흥(古文復興)의 운동이 점차로 고조된 당대(唐代)의 작품에서는, 왕발(王勃)의 등왕각서(滕王閣序)가 더욱 위풍당당한 변려체의 620여 자라 하더라도, 이백의 「춘야연도리원(春夜宴桃李苑)」은 원결(元結)의 「대당중흥송(大唐中興頌)」이 81여 자인 것처럼 언어의 유희에 지나지 않는 허식을 불식시킨 짧고 명쾌한 표현이 주류가 된다. 백호의 이 서(序)는 말미의 연기(年紀)의 기재를 포함하여 전부해서 95자이다. 이것은 자수의 면에서는 이백의 작품에서 배운 것을 볼 수 있지만, 내용적으로는 오히려 소동파의 후적벽부(後赤壁賦)에서 영향을 받아 지어진 것이니, 「산고월소운운(山高月小云云)」의 시어를 새긴 점에서 명백하다. 고문부흥운동(古文復興運動)의 기수가 된 한유(韓愈)의 경우에 「送孟東野序·送溫処士赴河陽郡序·送殷員外使回鶻序」 등과 같은 종류의 문이 다수 엿보이고, 또, 맹우(盟友) 유종원(柳宗元)의 경우도 송설존의지임서(送薛存義之任序) 등의 작품이 있다. 이와 같은 한유(韓愈)로부터 시작이 된 「송서(送序)」, 송(宋)·사방득(謝枋得)의 『문장궤범(文章軌範)』, 송(宋)·황견(黃堅)의 『고문진보(古文眞宝)』를 중시하는 점이 있지만, 지금으로서는 이 이상의 혈필(穴筆)은 피하기로 한다.

백호의 이 서문은 소동파의 후적벽부(後赤壁賦)에서 영향을 받은 점이 현저하다. 그럼에도 불구하고, 그 유명한 부작품(賦作品)의 명칭은 언급조차 하지 않는 「정시자

첨후유물색(正是子瞻後遊物色)」등과 심한 간접적인 표현의 어법(語法)을 구사하는 것은 무슨 이유에서일까. 이에 대해서는 다음과 같이 상상을 해보기로 한다. 송(宋)의 신종(神宗) 원풍 삼년(元豊三年, AD1080) 정쟁 때문에 추방되고, 부칸(武漢)에서 양자강(揚子江)을 조금 내려간 곳의 황주에 찬적(竄謫)을 당한 소식은 동5년 가을 7월[同五年秋七月]에 배소(配所)와 가까운 양자강 중류의 적벽(赤壁)에 배를 띄어 놓았다. 그때의 일을 기록한 적벽부(赤壁賦)는 그리고 수개월 후인 동년 겨울에 재유(再遊)한 때의 후적벽부(後赤壁賦)와 함께 명문(名文)의 영예로운 「문부(文賦)」작품이다. 그런데, 『삼국사』에 유명한 적벽은 부칸(武漢)보다도 더 한층 상류 쪽에 위치하고 있음에도 불구하고, 하류의 황주 근방의 적벽을 말하여 오래된 전쟁터로 오인을 하는 소동파는 조조가 주유(周瑜)에게 대패한 일전(一戰)의 사건을 득의양양해서 부중(賦中)에 기술하고 있다.

이와 같은 적벽(赤壁)의 차이에 대해서, 몸속에 무인의 피가 흐르고 있는 백호에게는 격한 거절의 반응이 나타난 것은 아닌가라는 것이 후적벽부(後赤壁賦)의 제명을 기피한 이유로 생각할 수 있다.

보족 3

그 이름처럼 산자수명(山紫水明)의 선경에 안주하여 법등(法灯)을 계속 계승하고 있는 금수산(錦繡山) 영명사(永明寺). 그 역사는 오래된 고구려(高句麗)의 광개토대왕(広開土大王, 在位 391-412) 당대로 거슬러 올라간다고 하는데, 확실한 근거는 어디에도 찾아볼 수 없다. 1917년의 서문이 있는 이능화의 저서인 『조선불교통사(朝鮮仏教通史)』에는 이 절의 특색을 들어 다음과 같은 점을 기록하고 있는데, 가람배치(伽藍配置)나 본존불(本尊仏) 등에 대해서는 아무런 언급이 없다. (1) 영명사(永明寺)의 종지(宗旨)는 경교(経教)를 들어 본지(本旨)로 삼는 경우가 많고, 참선은 매우 드문「三十九山」중에 해당하고, 이는 또 교종(教宗)이기도 하다. 그 전에 전(前)·금주지(今住持) 최향운(崔香雲)·이회명(李晦明)·강용천(姜竜泉)에 대해서 소행력략(所行暦略, 이력)을 시게(詩偈, 시를 들어 기술)하면, 목단산화홍사금(牡丹山花紅似錦) 일세혼취향운(一世混醉香雲). 목단산의 분홍꽃은 비단처럼 부드럽고, 한 평생 향기로운 술에 취해 구름 위를 나는 듯 大同江水碧於藍, 尽日閒繋竜泉. 대동강의 물결은 푸르디 푸르고, 法雲豈久晦仏, 日或可永明. 어느 날 영명사에 가보니 법운은 해묵은 불타를 언급하는가가 된다. (同書 하편 p.951) (2) 고려시대에는 신라의 유풍 위에 송(宋)·원(元)의 감화가 포함되고, 혼합되어 있고, 무엇보다도 사원건축의 면에서 대단한 변화가 일어났다. 그 제 1은 최초로 목조건축이 출현한 점, 제 2는 석조탑에 육각(六角)·팔각형(八角形)의 것이 건조된 것이다. 후자의 대표적인 예의 하나로서 영명사의 8각5층탑이 존재하고, 평양 정차장 앞의 6각 7층탑과 함께 가장 중요한 역사 유산이 되었다.(同書의 하편 p.195). 한편, 영명사에 대해서는 고려의 예종(睿宗, 在位 1105-1122)이지만, 일찍이 영명사의 남헌홍 화상(南軒興和尙)이 건립을 한 목단대상의 누각에서 회유를 하였을 때에 사신인 이안(李顔)에게 명하여 그 건물을 「부벽루(浮碧楼)」라고 명명한 연유를 부기하지 않으면 안 된다.

보족 4

백호 임제(白湖 林悌)에 의한 이 서문은 담담히 기술되었다. 솔직하고, 힘찬 필치로 감명을 받는다. 그러나 그 문자를 자세히 검토해보면 사실 작위적인 은폐나 허구화, 또한 도회(韜晦)가 아닌가 싶을 정도로 생략 등을 많이 엿볼 수 있다. 주요한 부분을 예로 들면,

① 西京幕客(서경막객), 瓜満当還(과만당환), 抱病無憀(포병무료), 孤坐書空(고좌서공)」
② 「偶与金爾玉(우여김이옥)……有湖寺之約(유호사지약)……病間出遊(병간출유), 適有応俗事乗瞑直(적유응속사승명직)」
③ 「乃觴宇涵碧(내상우함벽)……宿于永明寺(숙우영명사)」

의 세 가지 점이다.

①은 한결같이 골똘히 생각하고, 항상 공중에 글씨를 썼다는 것은 진(晋) 은호(殷浩)에 비의(比擬)하여 한 말. 그러나 은호(殷浩)의 경우는 자신의 뜻에 반하여 출방(黜放)이 되었기 때문에 무엇 하나 찰언(詧言)을 말하지 않고, 단지, 「돌돌괴사(咄咄怪事)」라고 허공에 글자를 계속 썼고, 글자의 내용이 현저하게 다르다.

②는 다섯 명의 친구와 시연회를 개최할 것을 약속한 것은 임제 자신이 발언·제안하여 추진한 것임에도 불구하고, 마치 수동의 입장에 섰어야 한 것 같은 표현이다. 게다가, 또 속사에 응하였다 등과 같이 말하는 것도 「여사작시인(余事作詩人)」 당(唐)·

한유시(韓愈詩)의 말투와 같은 동류의 겸손한 표현이다. 강(江)과 하늘[空]을 합일을 이루게 하여 일면에 남색을 칭송하는 장소인 부벽루(浮碧楼)에서 술을 전부 마신 후에 다른 장소로 이동을 하여 금수산(錦繡山)의 영명사(永明寺)에서 시기(詩技-시를 짓는 재능)을 다투었음에도 불구하고, 영명사(永明寺)는 단지 투숙을 한 것에 불과하다고 하는 듯이 표현을 한다. 그러나 이들의 제점(諸点 : 여러 시점에서)에 대해서는 어떻든 논고편(論考篇)에서 고찰(考察)을 하지 않으면 안 되기 때문에 지금은 깊이 들어가지 않은 채로 두기로 한다.

　　그런데 단지 한 가지, 임제(林悌)는 「서경막객(西京幕客)」의 임기만료로 인해 환경해야 할 시점에서 병으로 인해 출발을 할 수 없었고, 임시 거처에서 적적한 나날을 지내야 하고, 다만 홀로 앉아 허공에 글을 쓴다는 것과 그가 주제하는 시연회에 손님으로서 얼굴을 나란히 한 벗의 성, 자, 시, 호를 기록하는 것과 문장 조리 상의 관련에 대해서 깊이 규명해둘 필요가 있다. 서경막객(西京幕客)이란 언급할 필요도 없이 평안감사의 막하(幕下)에 있는 속료(属僚, 하급관리)의 의미이다. 그러나 당시의 임제의 직위에 대해서는 외손자인 허목(許穆)에 의한 묘표음기(墓表陰記)에 고산도찰방(高山道察訪)으로 북관(北関)에서 나온 후의 임제는 서경도병마평사(西京道兵馬評事)를 역임을 하고, 관서성도사(関西省都事, 従五品)가 된 것이 언급이 되어 있다. 그런데도 평안도관찰사인 감영(監営)의 도사였다고는 말하지 않고, 단지 막객(幕客)이라고만 칭한 것은 김새(金璽) 등의 다섯 명과는 특별한 관계가 있는 동역(同役, 동일한 계급)인 붕배(朋輩, 벗)인 것을 강조하려고 함이 틀림이 없다. 또한 다섯 명 중의 호서(湖西) 김명헌(金溟翰)의 차운(次韻) 시(詩)인 [○二○]에 「단합감가심지관(端合酣謌心自寛)」(감가(酣謌)의 마음으로 안심을 합니다), 막직(幕職, 하층계급)들이 모여 시를 감가(酣謌)를 하면 마음이 자연스럽게 풍요로워 지고, 송오(松塢) 이인상(李仁祥)의 차운시(次韻詩) [○二二]에도 「방지막부일배관(方知幕府一杯寛)」, 실로 잘 알고 있는 감영의 무리들은 술 한 잔에 마음이 평안하다라는 것은 게다가 운 좋게 마음이 잘 통했다는 말이다. 김이옥(金爾玉) 등의 다섯 명이란 같은 감영에서 한 솥밥을 먹는 '형제'의 의미이지만, 서경막객이라는 숙어 속에 내포되어 있다.

浮碧樓觴詠錄

제
1
장

○○─ 원운(元韻)

白湖 林悌(백호 임제)

風冷夜如水　바람 차고 물 같은 밤에
풍 랭 야 여 수

月斜人倚楼　기울어진 달 아래 한 사람 난간에 기대어 있네
월 사 인 의 루

疎林見漁火　성긴 숲 사이로 어부의 불빛이 비칠 제
소 림 견 어 화

遠浦有帰舟　먼 포구에는 돌아오는 배 한 척이 보이네
원 포 유 귀 주

─5언절구(五言絶句), 루(楼)·주(舟), 측기(仄起)

✿ 어석(語釈)

- 풍랭風冷 : 바람이 시원하다(차갑다). 양(梁)·하손시(何遜詩)「露清曉風冷, 天曙江晃爽」. 당(唐)·송지문시(宋之問詩)「巌辺樹色含風冷, 石上泉声帯両秋」. 금(金)·원호문시(元好問詩)「石壇花落松風冷, 憂然長鳴人語定」[시제 학(詩題鶴)].

- 여수如水 : 물과 같다. 이는 개운하다. 당(唐)·온정균(溫庭筠)의 요금원시(瑤琴怨詩)「氷簟銀牀夢不成, 碧天如水夜雲軽」.

- 월사月斜 : 달이 기울다. 달의 위치가 서쪽으로 기운 것을 말한다. 당(唐)·백거이시(白居易詩)「灯尽夢初醒, 月斜天未明」. 당(唐)·이상은시(李商隠詩)「来是空言去絶蹤, 月斜楼上五更鐘」. 당(唐)·조하시(趙嘏詩)「月自斜窓夢自驚, 衷腸中有万愁生」.

- 의루倚楼 : 고루(高楼)에 의지하다. 당(唐)·두보(杜甫)의 강상시(江上詩)「勲業頻看鏡, 行蔵独倚楼」.

- 속림疎林 : 수목(樹木)이 드문드문 서있는 숲. 송(宋)·진산민(真山民)의 산중월시(山中月詩)「我愛山中月, 烱然掛疎林」.

- 어화漁火 : 어주(漁舟)가 생선을 끌어들이기 위하여 지피는 화롯불. 어화, 어등(漁灯). 당(唐)·장계(張継)의 풍교야박시(楓橋夜泊詩)「月落烏啼霜滿天, 江楓漁火対愁眠」. 당(唐)·오격(呉隔)의 부춘시(富春詩)「茶煙漁火遥看処, 一片人家在水西」.

- 원포遠浦 : 먼 곳[遠方]의 해변. 포구는 「수빈야(水瀕也)」(『중화대자전(中華大字典)』). 송(宋)・대복고(戴復古)의 추흥유감시(秋興有感詩)「遠浦芦花白, 疎林秋実紅」.
- 귀주帰舟 : 마을로 귀환하는 배. 비유로 귀향 가는 사람을 의미한다. 유송(劉宋)・사령운시(謝靈運詩)「夢寐行帰舟, 积我客与老」. 당(唐)・두보시(杜甫詩)「眼前今古意, 江漢一帰舟」. 당(唐)・전기시(錢起詩)「橘花低客舍, 尊菜繞帰舟」. 송(宋)・소식시(蘇軾詩)「他年三宿処, 準擬繫帰舟」.

○○二 차운(次韻)

湖西 金雲擧(호서 김운거)

繋馬向江木 <small>계 마 향 강 목</small>	강가의 나무에 말을 매어놓고
夜登江上楼 <small>야 등 강 상 루</small>	땅거미 깃든 강위의 누각에 오르네
遙看一点火 <small>요 간 일 점 화</small>	아득히 저 멀리 한 점 불빛이 보이는데
知是釣魚舟 <small>지 시 조 어 주</small>	이는 고기잡이 하는 배인 듯하네

－측기(仄起)

❀ 어석(語釈)

- 계마繋馬 : 말을 매다. 진(晋)・유곤(劉琨)의 부풍가(扶風歌)「繋馬長松下, 発鞍高缶頭」. 당(唐)・두보(杜甫)의 희간정광문시(戱簡鄭広文詩)「広文到官舎, 繋馬壹階下」.
- 강수江木 : 강변의 수목. 이것은 당(唐)・두보시(杜甫詩)「仰凌桟道細, 俯映江木疎」를 인용한 의미. 당(唐)・왕창령시(王昌齡詩)「江上巍巍万歳楼, 不知軽歷幾千秋」에 의거하여 지었다.
- 일점화一点火 : 단 한 줄기의 불빛.[불은 빛을 발하는 것의 의미] 이는 당(唐)・잠삼(岑参)의 송이명부부승주운운시(送李明府赴陞州云云詩)「厳灘一点舟中月」에 힌트를 얻어 이루어진 작자의 조어.
- 조어주釣魚舟 : 낚싯배. 일본(日本)・양천성암(梁川星巌)의 제어은도운운시(題漁隠図云云詩)「吟蓑酔笠釣魚舟, 自是人間第一流」.

○○三 차운(次韻)

菊軒 黃応時(국헌 황응시)

溪山無限好
계 산 무 한 호
계곡과 산이 더없이 아름답고

永夜倚高楼
영 야 의 고 루
긴긴 이 밤 높은 망루에 기대어 있네

明滅漁人火
명 멸 어 인 화
명멸하는 어화와 인가의 불빛이

南湖十里舟
남 호 십 리 주
십리 밖 저 남쪽 호수에 떠 있는 돛배들인가 하노라

―측기(仄起)

❀ 어석(語釈)

- 계산溪山 : 계곡물과 산. 당(唐)・두목(杜牧)의 지주송맹지선배시(池州送孟遅先輩詩)「溪山好画図, 洞壑深閨闥」. 청(清)・오위업(呉偉業)의 구점시(口占詩)「欲買溪山不用銭, 倦来高枕白雲眠」.
- 영야永夜 : 긴 밤. 장야(長夜). 유송(劉宋)・사령지시(謝霊遅詩)「行觴奏悲歌, 永夜繋白日」.
- 어인화漁人火 : 어부가 밤에 물고기를 잡기 위해 피우는 횃불. 어인(漁人)은 고기잡이를 하는 사람.
- 십리주十里舟 : 십 리에 걸쳐서 점점이 떠있는 어선. 북주(北周)・유신(庾信)의 등주중신각시(登州中新閣詩)「千尋文杏照, 十里木蘭香」[주 : 문행(文杏)은 나뭇결이 바른 은행나무].

○○四 차운(次韻)

南坡 盧景達(남파 노경달)

尊裡一杯酒　술통에는 한 잔의 술이 들어 있고
준 리 일 배 주

江頭千尺楼　강변의 천 척이나 되는 누각 우뚝 솟아 있네
강 두 천 척 루

相携情未極　손에 손을 잡은 우리의 우정 끝없이 깊어만 가거늘
상 휴 정 미 극

莫道有帰舟　말하지 마오, 돌아오는 돛배가 있다고
막 도 유 귀 주

─측기(仄起)

✿ 어석(語釈)

- 준리尊裡 : 술통의 안. (준은 罇·樽와 동일). 준중(尊中). 당(唐)·이백(李白)의 강상음시(江上吟詩)「美酒尊中置千斛」.

- 일배주一杯酒 : 한 잔이기 때문에 위의 술통에 연계하여, (술통 안에) 가득히 들어있다고 해석을 하는 것은 타당하지 않다. 이 세 자는 빈객에게 술을 권하는 때의 사령(辞令), 「一杯淡酒又不長久」(좋지 않은 술이지만 한 잔은 어떻습니까)에 의거하여 지은 시.

- 강두江頭 : 강변. 당(唐)·장위(張謂)의 기최풍주시(寄崔澧州詩)「江頭望郷月, 無夜重相思」. 당(唐)·두보(杜甫)의 애강두시(哀江頭詩)「江頭宮殿鎖千門, 細柳新蒲為誰緑」.

- 상휴相携 : 서로 손에 손을 잡고 함께 모임 장소에 임하는 것. 여기에서 이 두 자는 당(唐)·유장경시(劉長卿詩)「無労白衣酒, 陶令自相携」와 같은 휴대하다는 의미가 아니다.

○○五 차운(次韻)

松塢 李応清(송오 이응청)

煙鎖前朝寺 <small>연 쇄 전 조 사</small>	전조사엔 연기가 자욱하고
天高故国楼 <small>천 고 고 국 루</small>	고려조 누각의 하늘은 높아라
一江星点処 <small>일 강 성 점 처</small>	강 위 별빛이 깜박이는 곳이
夜火有漁舟 <small>야 화 유 어 주</small>	저 멀리 고깃배의 불빛이 아니냐

-측기(仄起)

❀ 어석(語釈)

- 연쇄煙鎖 : 연기가 자욱하다. 연기는 「山水雲霧等気」(『중화대자전(中華大字典)』). 쇄(鎖)는 「幽閉也」(同書). 원(元)·야율초재(耶律楚材)의 왕옥도중시(王屋道中詩) 「昏昏煙鎖天壇暗, 漠漠雲埋王屋低」[주 : 왕옥(王屋)은 산의 명칭, 재산서성양성현 서남(在山西省陽城県西南)].

- 전조사前朝寺 : 고려조 경부터 융성을 지속하고 있는 절이라는 의미.

- 천고天高 : 하늘이 높다. 가을 하늘은 높고~청명하다는 의미. 유송(劉宋)·사령 운(謝霊運)의 초거군시(初去郡詩) 「野曠沙岸浄, 天高秋月明」.

- 고국루故国楼 : 전구의 전조사(前朝寺)와 대칭을 이룬 시어로 멸망한 고려왕 국의 누각의 의미. 이는 당(唐)·이백시(李白詩) 「夢繞辺城月, 心飛故国楼」를 차용하여 지어진 시어이지만, 지리적으로 단절된 고향을 지칭하는 것은 아 니다.

- 일강一江 : 하나의 강. 당(唐)·나은(羅隱)의 저궁추사시(渚宮秋思詩) 「千戴是是非 難重問, 一江風雨好閑吟」.

- 성점星点 : 별이 반짝이는 것. 이는 별이 하늘에 작은 빛줄기를 비추고 있는 것 을 말한다. 당(唐)·한유시(韓愈詩) 「山楼黒無月, 漁火燦星点」.

- 야화夜火 : 밤의 화재를 의미하지 않고, 밤에 고기잡이를 하는 고깃배가 피우

는 장작불을 지칭한다. 당(唐)·하란진명(賀蘭進明)의 야도강시(夜渡江詩)「夜火連淮市, 春風滿客帆」. 당(唐). 황보증(皇甫曾)의 기장중보시(寄張仲甫詩)「孤材明夜火, 稚子候帰船」.

○○六 차운(次韻)

畔湖 金爾玉(경호 김이옥)

片月荒城外 _{편 월 황 성 외}	조각달 비치는 저 황패한 옛 성 밖
江心影画楼 _{강 심 영 화 루}	강심에 서 있는 저 누각 그림자만 드리우네
望中篝火遠 _{망 중 구 화 원}	망대에서 멀리 보이는 저 모닥불은
南浦一孤舟 _{남 포 일 고 주}	남포의 외로운 쪽배 아니냐

－측기(仄起)

🌸 어석(語釈)

- 편월片月 : 반달. 현월(弦月). 당(唐)·이익(李益)의 청효시(聴暁詩)「辺霜昨夜隋関楡, 吹角当城片月孤」.

- 황성荒城 : 황폐해진 성. 당(唐)·두보(杜甫)의 등연주성루시(登兗州城楼詩)「孤嶂碑在, 荒城魯殿餘」.

- 강심江心 : 강물의 한가운데, 강수(江水). 당(唐)·이가우(李嘉祐)의 강상곡(江上曲)「江心澹澹芙蓉花, 瀟瀟灑到江心」.

- 화루画楼 : 선명하게 채색을 한 높은 누각. 고루(高楼). 당(唐)·이교(李嶠)의 만추희우시(晩秋喜雨詩)「聚靄籠仙闕, 連霏繞画楼」. 당(唐)·두목(杜牧)의 서회기노주시(書懐寄盧州詩)「太守懸金印, 佳人敞画楼」.

- 망중望中 : 망대의 중앙. 망(望)은 경치를 지칭한다. 오대주(五代周)·맹관(孟貫)의 동일등강루시(冬日登江楼詩)「遠村雖入望, 危檻不堪凭」.

- 구화篝火 : 밤중에 조업을 하는 어선이 불을 피워서 사방을 비추며 물고기를 모으는 것. 장작불로서 철제의 바구니 안에 불을 피우기 때문에 일컫는다. 송(宋)·육유시(陸游詩)「風鑪篝火試茶杯」, 명(明)·고계시(高啓詩)「相逢共宵哦, 篝火樹間照」 등은 어업과 관계가 없다.

- 남포南浦 : 남쪽의 해변. 당(唐)·왕발(王勃)의 등왕각시(滕王閣詩)「画棟朝飛南浦

雪, 朱簾暮卷西山兩」.

- 고주孤舟 : 단 하나의 배. 고범(孤帆)과 동일. 당(唐)·허혼(許渾)의 칠탄시(七灘
  詩) 「天晚日沈沈, 孤舟繫柳陰」. 일고주(一孤舟)는 일보쾌(一步快, 약간 기분 좋은
  것)·일협도(一夾道, 샛길) 등에서 힌트를 얻어 만들어진 작자의 조어.

🌸 해설

  5언구가 4구, 불과 20자로 완결되는 5언절구는 극도로 생략이 된 선만으로 이루
어진 소묘[데생]와 같은 것은 아니지만……. 그러나 남북조 시대에는 단절되어 없었
던 풍요함과 여유로움을 보이는 점에서, 그리고 또한 이후의 작품이 도저히 미치지
못하는 점에서도 당시(唐詩)의 꽃이라고도 말을 할 수 있는 시의 형태이다. 이를 짓
기 위해서는 1구(句)의 자수를 전부의 구(句)와 완벽한 조화를 이루게 한 후에 제2와
제4구에 운(韻)을 달았을 뿐만 아니라 근체시(近体詩)의 생명인 평측법(平仄法)을 엄수
한다. 평측법의 요점은 최초 구의 두 번째 자에 있다. 제1구의 제2자가 평자(平字)인
경우, 제4자는 반드시 평자(平字)가 되지 않으면 안 된다. 그리고 제2구(第二句)의 제2
자(第二字)·제4자는 제1구의 이들과 평측이 역순이 된다. 그러나 제3구의 제2자·제
4자는 제2구의 동성(同声)의 조건을 필요로 한다. 제4구의 제2자·제4자는 제3구의
이들과 다시 평측(平仄)이 반대 상황이 된다.

  그리고 절구(絶句)의 필수조건으로서 각 구(句)의 의미의 문맥이 기승전결의 원리
에 따르지 않으면 안 된다. 즉, 제1구는 처음으로 읊기 시작하는 시의(詩意)를 발기하
는 구(句)인 기구(起句)이고, 제2구는 전구(前句)를 받아서 전개하는 일종의 승접(承
接)·창언(暢言)하는 구(句)인 승구(承句)이고, 여기에서 1단락을 짓는다. 그리고 제3구
는 정반대의 방향에서 새로운 장면을 전개하는 구(句)인 전구(転句)이고, 제4구는 제
1·2구와 제3구의 모순을 지양하고 통괄하여 맺는 결구(結句)가 된다. 그러나 절구
(絶句)를 구성하는 4구(句)중 제3구가 가장 중요하고, 그 전환의 역할이 얼마나 크냐
가 한 편의 생사를 좌우한다고 할 수 있다.

浮碧樓觴詠錄

제 2 장

○○七 원운(元韻)

白湖 林悌(백호 임제)

出城覚閑曠
출 성 각 한 광 성 밖을 나서니 인기척이 없어 한산한 기운이 돌고

良友偶同帰
양 우 우 동 귀 절친한 벗들과 문득 귀가 길이 같아

水落寒巖痩
수 락 한 암 수 겨울이 찾아와 강물이 줄어드니 차가운 바위는 야윈 듯하고

星繁初月微
성 번 초 월 미 수많은 별들이 빛나고 초승달은 희미하게 떠있네

豈無人語響
기 무 인 어 향 어찌 들리지 않을소냐, 환담하는 목소리가

時有渚禽飛
시 유 저 금 비 때마침 물가의 오리들이 날아 오른다

夜入招提境
야 입 초 제 경 밤에 사원의 경내에 들어가 보니

雲橋更拂衣
운 교 갱 불 의 은하수에 걸린 다리 더 한층 속세를 피하고 있네.

－5언율시(五言律詩). 미운(微韻) [귀(帰)·미(微)·비(飛)·의(衣)]. 평기(平起)

🌸 어석(語釈)

● 출성出城 : 성 밖으로 나가다. 성은 성읍(城邑)의 의미. 당(唐)·왕건(王建)의 송
오랑중부충주시(送呉郎中赴忠州詩)「巡辺過駅近, 買薬出城違」.

● 한광閑曠 : 한적하고 사람의 자취가 없는 것. 한광(閑曠).『장자(荘子)』각의편
(刻意篇)「就藪澤, 処間曠, 釣魚閑処」.

● 양우良友 : 좋은 친구들. 삼국위(三国魏)·진림(陳琳)의 연회시(宴会詩)「良友招我
遊, 高会宴中闈」.

● 동귀同帰 : 갈 곳이 동일한 것.

● 수락水落 : 겨울이 되어 강물의 수량이 감소하는 것. 남조진(南朝陳)·강총시(江
總詩)「橋平疑水落, 石迥見山開」. 진후주시(陳後主詩)「沙長見水落, 歌遥覚浦深」.

당(唐)·유장경시(劉長卿詩)「石横晚瀬急, 水落寒沙広」. 송(宋)·소식시(蘇軾詩) 「陂塘水落荷浮尽, 城市人帰處欲行」.

● 한암寒巖 : 차가운 바위. 당(唐)·방간(方干)의 제용천사절정시(題龍泉寺絶頂詩) 「寒巖四月始知春」.

● 성번星繁 : 별이 많다는 의미. 당(唐)·원진(元稹)의 추석원회시(秋夕遠懷詩)「星 繁河漢白, 露遍衾秋清」.

● 초월初月 : 처음으로 떠오르는 달. 새로운 달. 진후주시(陳後主詩)「落花同涙瞼, 初月似愁眉」. 북주(北周)·유신시(庾信詩)「残月如初月, 新秋似旧秋」. 당태종시(唐 太宗詩)「斜廊連綺閣, 初月出不高, 衆星尚争光」.

● 인어人語 : 환담, 대화. ～향(響)은 당(唐)·왕유(王維)의 녹시시(鹿柴詩)「空山不 見人, 但聞人語響」에서 차운하여 지은 시어.

● 저금渚禽 : 물가에 있는 철새.『문선(文選)』오도부(呉都賦)「櫂語唱, 簫籟鳴, 洪 流響, 渚禽驚」.

● 초제招提 : 사원을 지칭함. ～경(境)은 사원의 경내. 당(唐)·두보(杜甫)의 유용 문봉선사시(遊龍門奉先寺詩)「已從招提遊, 更宿招提境」.

● 운교雲橋 : 은하수에 걸려 있다는 다리. 당(唐)·원진(元稹)의 생춘시(生春詩)「織 安雲橋断, 波神玉貌隔」.

● 불의拂衣 : 소매를 뿌리치다. 이른바 분기하는 것.[중국 중세시대의 경우 이는 탈속의 상태를 의미한다.] 유송(劉宋)·사령운(謝靈運)의 술조덕시(述祖德詩) 「高揖七州外, 拂衣五湖裏」.

○○八 차운(次韻)

松塢 李応淸(송오 이응청)

遙岑日欲没   저 멀리 산봉우리에 해가 질듯이 보일 때에
요 잠 일 욕 몰

孤寺佩壺帰   외딴 곳 한 채의 절에 술통 매고 귀가하네
고 사 패 호 귀

笛弄寒梅落   피리로 엄동의 매화꽃이 떨어지는 곡을 연주하면
적 롱 한 매 락

謌聞白雪微   백설가의 가냘픈 노래 소리를 듣노라
가 문 백 설 미

林疎葉已尽   숲속엔 성긴 잎새마저도 이미 지고
임 소 엽 이 진

天闊興初飛   드넓은 하늘 아래의 취흥은 처음처럼 날아예네
천 활 흥 초 비

醉面有松露   술기운이 감도는 얼굴에 솔잎의 이슬이 맺혀 있을 제
취 면 유 송 로

霏霏霑我衣   내 옷깃도 이슬에 흠뻑 젖어 있노라
비 비 점 아 의

-측기(仄起)

🌸 어석(語釈)

- 요잠遙岑 : 먼 곳에 보이는 산. 당(唐) · 한유맹교연구(韓愈孟郊聯句)「遙岑出寸碧, 遠目增双明」.
- 고사孤寺 : 인가에서 멀리 떨어져 있는 한 채의 절.
- 패호佩壺 : 술통을 휴대하다. 이는 송(宋) · 육유시(陸游詩)「細雨佩壺尋廃寺」를 차운하여 지은 시어.
- 적롱笛弄 : 피리 부는 소리.
- 한매락寒梅落 : 한겨울에도 피는 매화가 꽃을 휘날리다. 다만, 이 세 자는 적곡 (笛曲)의「낙화매(落花梅)」를 말한다. 송(宋) · 범성대시(范成大詩)「折柳故情都望 断, 落梅新曲与誰関」.

- 가문謌聞 : 노래 소리를 듣다.
- 백운白雪 : 금곡(琴曲)의 백설가를 지칭한다. ~미(微)는 고상하고 창화하기가 난해하다는 백설가의 가냘픈 가성. 이 세 자는 당(唐)・두목(杜牧)의 기원시(寄遠詩)「前山極遠碧雲合, 清夜一声白雪微」를 빌려서 썼을 것이다.
- 임소林疎 : 나무의 숲이 듬성한 모습이다. 당(唐)・두순학(杜荀鶴)의 희제왕처사서재시(戲題王処士書斎詩)「釣竿時所竹林疎」.
- 천활天闊 : 하늘이 넓다. 당(唐)・나은시(羅隠詩)「地清無等級, 天闊任徊翔」.
- 흥초비興初飛 : 흥취가 처음으로 고취된다. 이 세 자는 당(唐)・소식시(蘇瓌詩)「清切絲桐会, 縦横文雅飛」, 원(元)・주윤시(朱潤詩)「夢遊蓬島欲心飛」에서 힌트를 얻어서 지어진 듯하다.
- 취면醉面 : 술에 취한 얼굴. 취안(醉顔)・취모(醉貌)와 동일. 송(宋)・갈장경시(葛長庚詩)「月透詩情冷, 風吹醉面涼」.
- 송로松露 : 소나무 가지에 떨어진 이슬. 이는 취안(醉顔)에 맺힌 땀의 비유인지도 모른다. 당(唐)・송지문(宋之問)의 유법화사시(遊法華寺詩)「松露洗心春, 象筵敷念誠」.
- 비비霏霏 : 이슬에 흠뻑 젖은 모습. 송(宋)・왕우칭(王禹偁)의 남교대례시(南郊大礼詩)「紫壇天暁露霏霏」.

菊軒 黄応時(국헌 황응시)

論懷曽有約 _{논 회 증 유 약}	가슴 속에 언약이 있었던 것으로
乗暝並鑣帰 _{승 명 병 표 귀}	황혼을 등에 지고 담소를 나누며 귀가를 하는데
古道緑蒼□ _{고 도 록 창 口}	옛길은 새파란 기슭에서 시작 되네
層欄倚翠微 _{층 란 의 취 미}	높은 누각의 난간은 청록색으로 물이 든 산 중턱에 닿네
連床文字飲 _{연 상 문 자 음}	침상을 늘어놓고, 시 짓고, 문장을 쓰고, 술을 함께 마시고
達曙羽傷飛 _{달 서 우 상 비}	새벽이 가까워지니 술잔을 더욱 자주 마주치노라
清唱催詩興 _{청 창 최 시 흥}	청아한 노랫소리가 시흥 돋우고
重聞金縷衣 _{중 문 금 루 의}	금루의 노래 소리는 또 다시 들려 오네

－측기(仄起)

✿ 어석(語釈)

- 논회論懷 : 마음 속의 생각을 언급하다. 모든 것을 드러내놓고 대화하다.
- 승명乗暝 : 황혼을 등지다. 승(乗)은 일을 행함에 있어서 어떤 상황을 잘 이용하는 것의 의미.
- 병표並鑣 : 난해한 말이지만, 「말머리를 나란히 하다. 행동을 같이 하다」로 간주하기로 한다. 표(鑣)는 일본 최고(最古)의 한화사전(漢和辞典)『신찬자경(新撰字鏡)』에 온기(温器, 鍋釜) 외에도 '구두화(久豆和)'로 읽고 재갈[轡]의 뜻이 있다고 하는 점에 의거 한다. ~귀(帰)는 재갈[轡]을 물린 말머리를 나란히 하여 행동을 같이 하다라는 의미이다.
- 고도古道 : 황폐해진 오솔길의 의미. 당(唐)·경위(耿湋)의 추일시(秋日詩)「古道

小人行, 秋風動禾黍」.

- 창ロ蒼ロ : 결자(欠字)는 「녹(麓)」으로 보완하여 파랗게 우거진[울창한] 산록의 숲으로 해석하기로 한다. 송(宋)·주송시(朱松詩) 「行穿蒼麓畊平岡, 踏破青鞋到上方」. 원(元)·양재시(楊載詩) 「卷衰辞蒼麓, 垂纓侍紫宸」.

- 층란層欄 : 높은 누각의 난간. 이는 2층 건물, 3층 건물 등의 높은 누각을 지칭을 하는 층루(層楼)·층각(層閣)·층대(層臺)에서 힌트를 얻은 작자의 조어.

- 취미翠微 : 산의 정상에서 약간 비탈진 하치고메(八合目, はちごうめ, 8/10이 되는)의 주변, 청록빛(青縹色)의 산기운이 서려 있는 장소를 말한다.(『이아(爾雅)』)

- 문자음文字飲 : 시를 짓고, 문장을 짓고 술을 돌아가며 마시는 것. 이는 당(唐)·한유(韓愈) 취증장비서시(醉贈張秘書詩) 「不解文字飲, 惟能醉紅裙」를 의거하여 지은 시어.

- 달서達曙 : 새벽이 되다, 날이 새다의 의미. 당(唐)·두보(杜甫)의 조발사홍현남도중작시(早発射洪県南途中作詩) 「傱装逐従旅, 達曙陵険渋」.

- 우상羽傷 : 술잔을 지칭한다. ~비(飛)는 빈번하게 술잔을 주고받는 것의 의미. 당(唐)·이백(李白)의 춘야연도리원서(春夜宴桃李園序) 「開瓊筵以坐花, 飛羽觴而醉月」.

- 청창清唱 : 청아한 목소리로 노래를 부르는 것. 당(唐)·잠삼(岑参)의 등양주윤대사시(登涼州尹臺寺詩) 「清唱雲不去, 彈弦風颯来」.

- 시흥詩興 : 시의 흥미진진함. 풍류를 즐김. 당(唐)·두보(杜甫)의 화배적등촉시(和裴廸登蜀詩) 「東閣官梅動詩興, 還如何遜在揚州」.

- 금루의金縷衣 : 황금색의 실로 엮은 의상. 단, 여기서는 곡조(曲調)의 이름. 당(唐)·두목(杜牧)의 두추랑시(杜秋娘詩) 「秋持玉斝醉, 与唱金縷衣」.

○—○ 차운(次韻)

南坡 盧景達(남파 노경달)

昔聞浮碧勝 이전에 듣던 부벽루의 경승지
석 문 부 벽 승

今始与君帰 오늘에 비로소 그대와 함께 가보누나
금 시 여 군 귀

風緊潮声乱 바람 세차고 파도소리 요란하여
풍 긴 조 성 란

天寒酒力微 추운 날씨에 술기운마저 미미하오
천 한 주 력 미

梁塵謌外起 동량 위 먼지는 밖의 노래 소리에 울려 떨어지고
양 진 가 외 기

巖雪笛辺飛 바위 위의 눈도 피리 소리의 언저리에서 날리노라
암 설 적 변 비

莫笑良宵会 웃지 마소, 맑은 밤하늘 아래에서 열리는 주연은
막 소 양 소 회

猶勝濺妓遊 그래도 기생놀이에 빠져있는 것보다 나을 걸세.
유 승 천 기 유

—측기(仄起)

✿ 어석(語釈)

● 부벽승浮碧勝 : 부벽루의 경치. 석문(昔聞)~은 당(唐)·두보(杜甫)의 등악양루시 (登岳陽楼詩)「昔聞洞庭木, 今上岳陽楼」를 모방하여 지어졌다.

● 여군귀与君帰 : 그대와 함께 돌아가다. 이 말은 당(唐)·장분시(張賁詩)의 「可堪 斜日送君帰」에서 힌트를 얻어 지은 작자의 조어.

● 풍긴風緊 : 바람이 세게 부는 경우를 지칭. 당(唐)·최도(崔塗)의 신주도중시(申 州道中詩)「風緊日凄凄, 郷心向此迷」.

● 조성潮声 : 파도 소리. 당(唐)·심전기(沈佺期)의 낙성백학사시(楽城白鶴寺詩)「潮 声迎法鼓, 両気湿天香」.

● 주력酒力 : 술기운. 술에 취하여 호탕한 기운이 이는 경우. 당(唐)·백거이(白居

易)의 증동린왕십삼시(贈東鄰王十三詩)「駆愁知酒力, 破睡見茶功」[주 : 다공(茶功)은 차의 효과]. 당(唐)·두순학(杜荀鶴鶴)의 도중춘시(途中春詩)「酒力不能久, 愁根無可医」.

- 양진梁塵 : 동량 위의 먼지. 진(晋)·육기(陸機)의 의고시(擬古詩)「一唱夢夫歎, 再唱梁塵飛」.
- 가외謌外 : 가성(歌聲)의 밖. 이는 작자의 조어.
- 암설巖雪 : 바위에 쌓인 눈. 송(宋)·석예(席豫)의 송장열순변시(送張説巡辺詩)「春冬見巖雪, 朝夕候烽煙」.
- 적변笛辺 : 피리 소리의 주변. 이는 당(唐)·두보시(杜甫詩)「三年笛裏関山月」 등에서 힌트를 얻은 작자의 조어.
- 양소良宵 : 청명한 밤하늘을 말한다. 당(唐)·이백(李白)의 우인회숙시(友人会宿詩)「良宵宜清談, 皓月未能宿」.
- 천기유濺妓遊 : 천(濺)은 더러운 물로 옷을 빠는 경우. 기유(妓遊)는 기생놀이.

○—— 차운(次韻)

湖西 金雲擧(호서 김운거)

関河霜雪重 _{관 하 상 설 중}	관문의 강에 내린 서리와 눈은 무거워
幕客欲言帰 _{막 객 욕 언 귀}	막료들 귀가를 서두르네.
佩酒乗明月 _{패 주 승 명 월}	술기운에 명월이나 타 볼까
開筵近翠微 _{개 연 근 취 미}	연회상 차려 푸름과 친해 볼까
襟清多古調 _{금 청 다 고 조}	해 맑은 옷자락엔 풍월이 다분히 흐를 제
酔極惜分飛 _{취 극 석 분 비}	만취하여 뿔뿔이 흩어지니 서운도 하구나
携手不知久 _{휴 수 부 지 구}	손잡고 놀 때엔 시간이 간 줄도 몰랐지만
暁寒生我衣 _{효 한 생 아 의}	새벽의 강추위는 이내 옷깃 파고드네

－측기(仄起)

❁ 어석(語釈)

● 관하関河 : 원의는 관문과 강. 바꾸어서, 요충지의 의미. 당(唐)·이예(李乂)의
   등여산시(登驪山詩)「城関霧中近, 関河雲外連」.

● 상설霜雪 : 서리와 눈. ～중(重)은 서리와 눈을 치우고 언덕이나 계곡을 치구(馳
   駆)하는 임무는 중대하다는 의미로 해석을 할 수 있다. 『사기(史記)』 화식전(貨
   殖伝)「弋射漁猟犯晨夜, 冒霜雪馳阬谷, 不避猛獣之害」.

● 막객幕客 : 막부(幕府)를 담당하는 사람. 막료(幕僚).

● 욕언귀欲言帰 : 귀가를 서두른다. 욕(欲)은 지당하다[将然]의 의미. 언(言)은 모의
   하다. 귀(帰)는 고향집으로 귀성을 하는 것. 『패문운부(佩文韻府)』 허혼시(許渾
   詩)「君恩未報不言帰」. 원(元)·야율초재(耶律楚材)의 외도이호화경현비자운운시

(外道李浩和景賢霏字韻云云詩)「旧日家山懶欲帰」.

● 패주佩酒 : 술통을 휴대하고 가다. 패호(佩壺)와 동일.

● 명월明月 : 맑은 날의 달빛[음력 8월 15일의 보름달만을 지칭 하지 않는다.]. 승(乘)~은 보름을 감상하다. 달이 밝은 때를 잘 이용하다. 밝은 달빛을 기회로 삼다. 일본(日本)·승양가(僧良歌)「달이 뜨는 것을 기다렸다가 귀가하는 산길에 밤의 껍질이 많아/月よもの出を待ちて帰りませ山路は栗の毬(いが)の多きに」.

● 개연開筵 : 연석(宴席)을 베풀다. 당(唐)·황도(黃滔)의 강주야연헌진원외시(江州夜宴献陳員外詩)「多少歡娛簇眼前, 潯陽江上夜開筵」.

● 취미翠微 : 여기에서는 산을 말한다. 당(唐)·두목(杜牧)의 구일제산등고시(九日斉山登高詩)「江涵秋影雁初飛, 与客携壷上翠微」.

● 금청襟清 : 마음이 시원하다. 금(襟)은 금회(襟懷). 당(唐)·두보(杜甫)의 이거공안운운시(移居公安云云詩)「雅量涵高遠, 清襟照等夷」[주 : 등이(等夷)는 동배(同輩)].

● 고조古調 : 고시의 운율. 당(唐)·백거이(白居易)의 화영호복야소음청완함시(和令狐僕射小飮聴阮咸詩)「古調何人識, 初聞満座驚」.

● 취극醉極 : 술기운이 한도에 달하다. 이 단어는 송(宋)·주희(朱熹)의 범주농월시(泛舟弄月詩)「杯深同醉極, 笑罷蜀魂驚」에서 가차하여 지었다.

● 분비分飛 : 뿔뿔이 흩어지는 경우. 당(唐)·맹호연(孟浩然)의 송종제옹하제후심회계시(送従弟邕下第後尋会稽詩)「落羽更分飛, 誰能不驚骨」.

● 휴수携手 : 손을 부여잡다 즉, 친밀한 점을 지칭한다. ~부지구(不知久)는 친밀한 회합도 어느 틈엔가 시간이 지나버렸다는 의미.

● 효한曉寒 : 새벽의 추위. 당(唐)·나업(羅鄴)의 동석강상언사시(冬夕江上言事詩)「十里渓山新雪後, 千家襟神曉寒生」.

○一二 차운(次韻)

畊湖 金爾玉(경호 김이옥)

長慶門前路 장 경 문 전 로	영원한 기쁨과 행복 실은 문전의 오솔길
淸流壁下歸 청 류 벽 하 귀	산기슭 감돌아 흘러 내리는 벽계수야
鍾伝蕭寺近 종 전 소 사 근	들려오는 종소리에 사찰이 가까운 줄 아노라
月小古城微 월 소 고 성 미	조각달 비낀 옛 성은 보잘 것 없어라
堤柳疎無葉 제 류 소 무 엽	대보의 버드나무는 잎이 없어 듬성하고
江雲凍不飛 강 운 동 불 비	강위의 떼를 지은 구름은 꽁꽁 얼어 날지 못하고
夜闌人己醉 야 란 인 이 취	깊은 밤 사람들 술에 취해 고주망태가 되어
霜露冷浸衣 상 로 냉 침 의	서리와 이슬의 냉기 속속들이 옷섶까지 스며드네

-측기(仄起)

❁ 어석(語釈)

- 장경長慶 : 영구한 기쁨과 행복. 삼국위(三国魏)・왕찬시(王粲詩)「漢国保長慶, 垂祚延萬世」. 이 말은 당(唐)・목종(穆宗)의 연호[AD820-823]이지만, 여기에서는 문(門)의 의미.
- 청류淸流 : 맑은 냇물. 진(晋)・도잠(陶潛)의 귀거래사(帰去来辞)「登東皐以舒嘯, 臨淸流而賦詩」.
- 벽하壁下 : 벽[登山用語]의 아래. 진(塵)은「山之斗絶処」(『중화대자전(中華大字典)』). 이 두 자는 당(唐)・두보시(杜甫詩)「不知何王殿, 遺構絶壁下」을 기반으로 하여 지어진 시어.
- 종전鍾伝 : 종소리가 울려 퍼지다. 종(鍾)은 종(鐘)이다[서로 통용되나 조선에서

는 鍾이 사용되는 것이 관습]. 전(伝)은 「지야(至也)」(『중화대자전(中華大字典)』).

- 소사蕭寺 : 사찰을 지칭한다. 이는 남조 양(南朝 梁)의 무제(武帝)가 불교를 신봉하고, 절을 조영(造營)하여 자기의 성(姓)인 소(蕭)를 가지고 이름을 지었기 때문에 후세에 사원의 통칭화가 된 것. 당(唐)·사공도(司空図)의 기영가최도융시(寄永嘉崔道融詩)「碧雲蕭寺霽, 江樹謝邨秋」.
- 월소月小 : 작은 달. 이는 송(宋)·소식(蘇軾)의 후적벽부(後赤壁賦)「山高月小」.
- 고성古城 : 오래된 성. 당(唐)·유장경(劉長卿)의 등오고성가(登吳古城歌)「登吳古城兮思古人, 感賢達兮同塵埃」.
- 제류堤柳 : 제방의 버드나무. 당(唐)·심전기(沈佺期)의 봉화회일가행곤명지응제시(奉和晦日駕幸昆明池応制詩)「岸花緹騎遶, 堤柳幔城開」.
- 무엽無葉 : 잎이 떨어져버리고 없는 상태. 이 시어는 당(唐)·육구몽(陸龜蒙)의 고삼시(古杉詩)「有顛從日上, 無葉与風欺」를 차용하여 만들어졌다.
- 강운江雲 : 강 위에 떼를 지은 구름.
- 동불비凍不飛 : 구름이 얼어서 날지 않는 경우. 당(唐)·방간(方干)의 동일시(冬日詩)「凍雲愁暮色, 冬日澹斜暉」, 송(宋)·구준(寇準)의 서하상제지벽시(書河上帝地壁詩)「暮天寥落凍雲垂, 一望危帝欲下遲」 등에서 힌트를 얻어 만들어진 작자의 조어.
- 야란夜闌 : 밤이 깊어지다. 당(唐)·두보(杜甫)의 강촌시(羌村詩)「夜闌更秉燭, 相対如夢寐」.
- 이취已醉 : 완전히 고주망태가 되다. 송(宋)·조보지(晁補之)의 음주시(飲酒詩)「或人欲問事, 已醉不能言」.
- 상로霜露 : 서리와 이슬. 상로냉침의(霜露冷浸衣)는 서리와 이슬의 냉기가 옷 안에 들어온다이다. 이 말은 당(唐)·방간(方干)의 서두운선자벽시(書竇雲禪者壁詩)「石窓秋見海, 山靄暮侵衣」에서 힌트를 얻어 만들어진 작자의 조어.

✿ 해설

5언구가 8구로 된 5언율시는 절구에 비해 단순히 구의 수가 배가 된 것만은 아니다. 2구씩 한 조(組)가 되어 기련(起聯)·함련(頷聯)·경련(頸聯)·미련(尾聯)의 4연 구성을 취하는 것이 절구와는 현저하게 다르다. 작시법(作詩法)에 대해서 말하면 최초의 기련과 최후의 미련은 절구의 기구와 결구와 대체로 같다고 생각해도 좋다. 그렇지만 중간의 함련과 경련은 서로 대구(對句)를 이루어야 하는 것이 필수의 조건이다. 대구란 두 개의 구가 의미뿐만이 아니라 어법에 있어서도 상대(相對)하도록 나란히 만드는 것이다. 예를 들면 당(唐)·두목(杜牧)의 촌행시(村行詩)에 함련(頷聯) '娉娉垂柳風(빙빙수류풍) 가냘픈 수양버들에 부는 바람 点点廻塘雨(점점회당우) 후두룩하며 연못에 내리는 빗줄기.', 경련(頸聯) '蓑唱牧牛児(사창목우아) 삿갓 쓰고 노래를 부르던 목동 籬窺蒨裾女(이규천거녀) 울바자 사이로 홍의(紅衣) 소녀를 훔쳐보네.'와 같은 내용이다. 어법에서도 상대되는 것은 양구(両句)가 모두 동일한 곳에 같은 품사를 구사하여 지어진 점[이것은 위의 두목의 시를 보면 자연히 분명해진다]. 이 4개의 대구(対句)의 창작방법에, 혹은 양련(両聯)과도 외계(外界)의 경치를 실사하고[四実], 혹은 내면의 심정을 술회하고[四虛], 혹은 함련(頷聯)이 경치이고 경련(頸聯)이 심정이고[전실후허 : 前実後虛], 혹은 이와 반대가 되는[전허후실 : 前虛後実]의 4법(四法)이 있다고 하는 것은 송(宋)의 주필(周弼)의 『당삼체시(唐三体詩)』에서 언급을 하고 있는 바이다. 그러나 절구(絶句)에 있어서 기승전결(起承転結)의 원리는 4연 구성의 율시(律詩)에도 적용이 된다. 압운(押韻)·평측법(平仄法)에 대해서는 5언절구(五言絶句)의 2수(二首)를 합한 것과 동일하다. 또, 대구(対句)의 종류는 반드시 위의 4종류에 그치지 않는다. 일찍부터 이에 관한 논의가 대단히 착잡(錯雑, 혼잡)하기 때문에 일본의 견당승려[遣唐僧] 구우카이(空海)가 그의 저서인 『문경비부론(文鏡秘府論)』 중에 29대구(二十九対)라고 총괄을 하였다.

浮碧樓觴詠錄

제3장

○一三 원운(元韻)

白湖 林悌(백호 임제)

江風乍動遊人袂 강바람 건듯 불어 유람객 옷소매 날리거늘
강 풍 사 동 유 인 메

蘿月初殘古寺鍾 다래 넝쿨에 걸린 달 옛 절 종소리에 잦아드오.
나 월 초 잔 고 사 종

天淡水寒山寂寂 하늘 맑고 물 차갑고 산은 적적한데,
천 담 수 한 산 적 적

一声張邈起魚龍 한가락 피리 소리 어룡을 일으키네.
일 성 장 막 기 어 룡

－7언절구(七言絶句), 동운답락(冬韻踏落) [종(鍾)·용(龍)], 평기(平起)

❀ 어석(語釈)

● 강풍江風 : 강에서 불어오는 세찬 바람. 강바람. 당(唐)·두보(杜甫)의 증화경시 (贈花卿詩)「錦域縱管日紛紛, 半入江風半入雲」[주 : 화경(花卿)은 당(唐)의 맹장(猛 将) 화경정(花敬定)을 지칭(指称)].

● 유인메遊人袂 : 유인(遊人)은 놀러갔다 온 사람. 메(袂)는 옷의 소매. 명(明)·전 희언(銭希言)의 유별시(岀別詩)「酒痕昏客袂, 灯火乱張街」의 객메(客袂)에서 힌트 를 얻어 만든 작자의 조어.

● 나월蘿月 : 덩굴 식물(蔦蔓)의 틈에서 엿보이는 달빛. 당(唐)·맹호연(孟浩然)의 등망초산최고정시(登望楚山最高頂詩)「瞑還帰騎下, 蘿月在深深」.

● 초잔初残 : 초(初)는 그전부터, 이전. 잔(残)은 남기다 또는 탐하다.

● 고사종古寺鍾 : 고찰(古寺)은 오래된 절. 종(鍾)은 종소리이다. 이 두 자는 당 (唐)·주경여시(朱慶餘詩)「遠隔翠微鐘」, 송(宋)·하주시(賀鑄詩)「坐聴隔江鐘」, 원(元)·살도랄시(薩都剌詩)「客舫遥聴精舎鐘」 등을 염두에 두고 만든 작자의 독자적인 시어.

● 천담天淡 : 약간 흐린 하늘을 지칭한다.

● 수한水寒 : 강물이 냉랭한 상태를 말한다. 이는 전국 제(戰国 斉)·형가(荊軻)의 「風蕭蕭兮易水寒」을 염두에 두고 만든 조어.

- 적적寂寂 : 적막하고 조용한 상태. 산(山)~은 당(唐)·왕유시(王維詩)「落花寂寂 啼山鳥」, 당(唐)의 왕건시(王建詩)「月出天気清, 夜鐘山寂寂」등에 근거로 하여 만들어진 조어.
- 일성一声 : 한 마디. 이 단어는 소식(蘇軾)의 유미당폭우시(有美堂暴雨詩)「遊陣 脚底一声雷, 満坐頭雲撥不開」에 의거하여 뇌성(雷鳴) 소리의 의미로 사용이 되고 있었던 것 같다.
- 장막張邈 : 후한 대에 끊임없이 창궐(猖獗)하던 동탁(董卓)의 반란(叛乱)에 조조 (曹操)와 함께 의병을 일으킨 임협(任侠)의 군대의 명칭. 텍스트에는 '장모(長 貌)'로 되어 있으나 수정하였다.
- 어룡魚龍 : 물고기와 용. 이 시어는 어룡(魚龍)으로 가을과 밤을 연계한 것이다. 당(唐)·두보(杜甫)의 진주잡시(秦州雑詩)「水落魚龍夜, 山空鳥鼠秋」를 인용하여 만들어진 조어. 기(起)~는 깊은 잠에 빠진 어룡(魚龍)을 흔들어 일으킨다는 의미. 평소에 고행을 그리워하는 심정을 읊은 두보의 추흥8수 중 4[秋興八首中 四]「魚龍寂寞秋江冷, 故国平居有所思」[주 : 평거(平居)는 평생(平生)에서 힌트를 얻어 만든 작자의 조어].

○一四 차운(次韻)

松塢 李応淸(송오 이응청)

詩人携酒避塵世　　시인은 술을 들고 세속을 멀리하니
_{시 인 휴 주 피 진 세}

城外寒山聴夜鐘　　성 밖의 산에서 들려오는 종소리를 들으려 하네.
_{성 외 한 산 청 야 종}

天水拍天楼百尺　　강물은 하늘을 찌르는 듯한 백 척의 누각,
_{천 수 박 천 루 백 척}

風流何羨旧元龍　　풍류가 어찌하여 옛날의 원룡元龍을 부러워하리.
_{풍 류 하 선 구 원 룡}

－평기(平起)

🌸 어석(語釈)

- 진세塵世 : 티끌 같은 세상. 당(唐)・원진시(元稹詩)「心源雖了了, 塵世苦憧憧」. 송(宋)・소식시(蘇軾詩)「日月何促促, 塵世苦局束」. 원(元)・방회시(方回詩)「我欲出産世, 黄鵠無由攀」.

- 한산寒山 : 쓸쓸한 산. 당(唐)・두목(杜牧)의 산행시(山行詩)「遠上寒山石径斜, 白雲生処有人家」.

- 야종夜鐘 : 야밤의 종소리. 당(唐)・우곡시(于鵠詩)「遥聴緱山半夜鐘」. 명(明)・임홍시(林鴻詩)「尊酒相逢話夜鐘」.

- 강수江水 : 강의 흐르는 물. 당(唐)・무명씨시(無名氏詩)「風師剪翠換枯条, 青帝挼藍染江水」.

- 박천拍天 : 하늘을 치다. 박천(搏天)과 동일. 삼국위(三国魏)・조식(曹植)의 현창부(玄暢賦)「希鵬挙以搏天, 躙青雲而奮羽」.

- 풍류風流 : 우아하고 품위가 있는 것. 당(唐)・조하(趙嘏)의 송설탐선배귀알한남시(送薛耽先輩帰謁漢南詩)「孔門多少風流処, 不遺顔回識酔郷」. 또, 기회남막중유원외시(寄淮南幕中劉員外詩)「朗官何遜最風流, 愛月憐山不可楼」.

- 원룡元龍 : 삼국위(三国魏)의 진등(陳登)의 자(字)이다[元龍豪気・元龍高臥 등의 故事로 알려진 인물]. 송(宋)・황정견시(黄庭堅詩)「今年貧到骨, 豪気似元龍」.

○一五 차운(次韻)

南坡 盧景達(남파 노경달)

風殘浮碧楼長笛　　바람이 불어오는 부벽루에 맑은 긴 피리를 옆에 두고
풍 잔 부 벽 루 장 적

月黑沙門聴曉鍾　　달빛마저 없는 밤에 승려는 새벽 종소리 듣네
월 흑 사 문 청 효 종

今到永名禅興足　　도착한 영명사의 좌선의 흥취는 그칠 줄 모르고
금 도 영 명 선 흥 족

明朝何必向回龍　　내일 아침 왜 속세로 돌아가리오
명 조 하 필 향 회 룡

－평기(平起)

❀ 어석(語釈)

- 풍잔風殘 : 바람이 남대[잔잔해지다]. 이는 당(唐)·낙빈왕시(駱賓王詩)「霞殘疑
 製錦」, 당(唐)·두보시(杜甫詩)「宵殘雨送涼」, 당(唐)·백거이시(白居易詩)「虹殘
 水照断橋梁」 등에서 힌트를 얻어 만들어진 작자의 조어.

- 장적長笛 : 긴 피리. 이는 한(漢)의 무제(武帝) 때에 강인(羌人)이 만든 것을 모방
 하여 사공(四孔)의 강적(羌笛)을 만들었지만, 나중에 일공(一孔)을 포함시켜 오
 공(五孔)으로 한 것이기 때문에 긴 피리[長笛]라고 명명하였다고 한다. 당(唐)·
 조하(趙嘏)의 장안만추시(長安晩秋詩)「残星幾点雁横塞, 長笛一声人倚楼」.

- 월흑月黑 : 달빛이 없는 검은 하늘의 속어. 즉, 어두운 밤을 말한다. 이것은 송
 (宋)·소식(蘇軾)의 후적벽부(後赤壁賦)「月白風清, 如此良夜何」를 염두에 두고
 만들어진 조어.

- 사문沙門 : 불교의 승려를 지칭한다. 이것은 범어(梵語)의 음역(音訳)에서 선을
 권장하고, 악을 물리치라는 의미.「沙門之為道也, 舍家妻子, 捐棄愛欲, 断絶六情」
 (『서응경(瑞応経)』).

- 효종曉鍾 : 이른 아침의 종소리. 신종(晨鐘). 당(唐)·대숙륜시(戴叔倫詩)「羈旅長
 堪醉, 相곳畏暁鐘」. 당(唐)·가도시(賈島詩)「共君今夜不須睡, 未到暁鐘猶是春」.
 당(唐)·두보시(杜甫詩)「欲覚聞晨鐘, 今人発深省」.

- 선흥禪興 : 좌선(坐禅)의 즐거움. 이는 화흥(画興)·음흥(飲興)·음흥(吟興) 등에서 힌트를 얻은 작자의 조어.
- 하필何必 : 그뿐이라고만 한정지을 수 없다는 의미. 당(唐)·나은(羅隠)의 동귀별상수시(東帰別常修詩)「浮生到頭須適性, 男児何必尽成功」. 당(唐)·조하(趙嘏)의 금년신선배이알밀지제운운시(今年新先輩以遏密之際云云詩)「居然自是前賢事, 何必青楼倚翠空」[주 : 알밀(遏密)은 음곡정지(音曲停止), 거연(居然)은 완연(宛然), 청루(青楼)는 현귀(顕貴)한 사람의 집, 취공(翠空)은 푸른 하늘].
- 회룡回龍 : 하늘을 날아다니는 용. 향(向)~은 회룡(回龍)이 하계[인간계]로 향하는 것. 이 세 자는 당(唐)·잠삼(岑参)의 자반릉첨환소실거지추석풍조시(自潘陵尖還少室居止秋夕馮眺詩)「向下望雷両, 雲間見回龍」에 의거하여 만들어진 비유 표현.

○一六 차운(次韻)

畊湖 金爾玉(경호 김이옥)

蕭寺同遊半壁樓 소 사 동 유 반 벽 루	절 주변을 돌아보고 노닐었던 곳은 절벽의 누각이라
醉將詩酒嬾聞鐘 취 장 시 주 난 문 종	시와 술에 취해 종소리를 듣는 것도 잊었네.
他日山房傳勝事 타 일 산 방 전 승 사	다음날 암자의 희소식을 전하려 하니,
一時豪傑会群龍 일 시 호 걸 회 군 룡	한 때의 호걸이 많은 용을 만난 듯하여라.

－측기, 요체(仄起, 拗体)

✿ 어석(語釈)

- 동유同遊 : 함께 놀다. 고유(孤遊)의 대구 표현. 『패문운부(佩文韻府)』 나은시(羅隱詩) 「紫陌紅塵今恨別, 九衢双闕夜同遊」.

- 반벽루半壁樓 : 절벽의 중간에 있는 누각. 이 단어는 당(唐)·유창(劉滄)의 우후유남문사시(雨後遊南門寺詩) 「半壁楼臺秋月過, 一川煙水夕陽平」을 가차하여 만들었다.

- 시주詩酒 : 시와 술. 송(宋)·소식시(蘇軾詩) 「且待淵明賦帰去, 共将詩酒趁流年」. 원(元)·야율초재시(耶律楚材詩) 「酷思詩酒閙中楽, 見説干戈夢裏驚」. 취장(醉将)~은 시를 짓고, 술을 마시는 일에 피로하고 지치다. 취(醉)는 「곤췌야(困悴也)」 (『중화대자전(中華大字典)』). 이 네 자(四字)는 아래의 난문종(嬾聞鐘)과 구중구(句中句)로 만든 것.

- 문종聞鐘 : 종소리를 듣다. 청종(聴鐘). 당(唐)·허혼(許渾)의 송곽수재유천태시(送郭秀才遊天台詩) 「人度碧渓疑輟棹, 僧帰蒼嶺似聞鐘」. 난(嬾)~은 종소리를 듣는 것을 소홀히 하다. 텍스트에서는 난(嬾)과 라(懶)를 사용하였지만, 수정을 가했다. 『옥편(玉篇)』·『광운(広韻)』에 모두 라(懶)를 난(嬾)의 속자로 하고, 라(懶)와 부동(不同)으로 보았다. 『집운(集韻)』은 라(懶)를 난(嬾)의 혹자(或字, 俗字의 일종)로 인식하였다. 『정자통(正字通)』은 난(嬾)과 라(懶)는 같은 훈[同訓],

라자(懶字)는 없다고 하였다. 『강희자전(康熙字典)』은 라(懶)를 「증나(憎懶), 혐악아(嫌惡也)」로 하고, 라(懶)는 「해야(懈也), 태야(怠也)」의 뜻으로 설명하였다. 『중화대자전(中華大字典)』은 라(懶)·라(懶)를 란(嬾)의 속자(俗字)·혹자(或字)라고 하여, 『강희자전(康熙字典)』을 부정하고 『정자통(正字通)』의 설을 타당하다고 간주하였다.

● 승사勝事 : 훌륭한 일. 당(唐)·왕유(王維)의 종남별업시(終南別業詩) 「興来毎独往, 勝事空自知」. 당(唐)·잠삼(岑参)의 수춘위서교행운운시(首春渭西郊行云云詩) 「聞道輞川多勝事, 玉壺春酒正堪携」.

● 호걸豪傑 : 능력이 일반 사람보다 뛰어난 인물. 여기에서는 시호(詩豪)의 의미. 일시(一時)~는 그때의 호걸(豪傑), 시걸(時傑). 당(唐)의 독고급(独孤及)의 태행고열시(太行苦熱詩) 「明主命使臣, 皇華得時傑」.

● 군룡群龍 : 많은[무리를 이룬] 용. 『문선(文選)』 운명론(運命論) 「夫黄河清而聖人生, 里社鳴而聖人出, 群龍見而聖人用」.

○一七 차운(次韻)

湖西 金雲擧(호서 김운거)

初登江閣聞仙曲	호반의 누각에 올라 아리따운 음악을 듣고
初 登 江 閣 聞 仙 曲	
更入山房聽梵鐘	깊은 산방에 들어가 범종 소리를 듣는다
갱 입 산 방 청 범 종	
山月已沈林影黑	밝은 달은 벌써 기울고, 숲은 흑암이 자욱하고
산 월 이 침 림 영 흑	
凍雲催出曉堂龍	찬 구름은 새벽 전당에 서린 용의 출몰을 재촉하네
동 운 최 출 효 당 룡	

−평기(平起)

🌸 어석(語釈)

● 강각江閣 : 호반(江畔)의 누각(楼閣). 산각(山閣)의 대구 표현. 명(明)·고영시(顧瑛詩)「江閣晚添涼似洗, 隔林時有野鼮啼」.

● 선곡仙曲 : 아름다운 음악. 선악(仙楽)과 동일. 당(唐)·백거이(白居易)의 장한가(長恨歌)「縹緲宮高処入青雲, 仙楽風飄処処聞」.

● 산방山房 : 사원의 숙방을 지칭한다. 암자. 당(唐)·대숙륜(戴叔倫)의 이령사수세시(二靈寺守歲詩)「守歲山房迥絶縁, 灯光香烛共蕭然」.

● 범종梵鐘 : 불사의 종. 당종(撞鐘). 명(明)·번부시(樊阜詩)「半樹残陽又梵鐘」.

● 산월山月 : 산상[위]의 달. 당(唐)·잠삼시(岑參詩)「飲酒渓雨過, 弾棊山月低」.

● 임영林影 : 숲의 그늘. 당(唐)·유종원시(柳宗元詩)「廻風一蕭瑟, 林影久参差」. ~흑(黒)은 숲(林影)의 그늘이 암흑(暗黒)이다. 이것은 당(唐)·원진시(元稹詩)「晨光未出簾影黒」에서 힌트를 얻어 만든 조어.

● 동운凍雲 : 차갑게 보이는 구름. 또 눈 모양의 구름을 말한다. 당(唐)·조당(曹唐)의 소유선시(小遊仙詩)「水満桑畑白日沈, 凍雲乾霰湿重套」. 당(唐)·방간(方干)의 동일시(冬日詩)「凍雲愁暮色, 寒日淡斜暉」.

● 효당룡曉堂龍 : 새벽의 전당에 서리는 용. 효당(曉堂)은 당(唐)·유득인시(劉得仁詩)「曙堂増爽気, 喬木動清陰」에서 힌트를 얻은 작자의 조어. 용은 뛰어난 인물의 비유.

○一八 차운(次韻)

菊軒 黄応時(국헌 황응시)

微茫影没低山月   어둠의 그림자가 드리운 산기슭에 낮게 기우는 달빛에
미 망 여 몰 저 산 월

断続声残入夜鍾   끊어질 듯 말듯이 울려퍼지는 종소리의 잔영이여
단 속 성 잔 입 야 종

知心已作非常侶   벗의 마음을 읽어 일심동체의 벗이여
지 심 이 작 비 상 려

荀鶴応従陸士龍   순학은 실로 육사룡에게 순복하여야 하리
순 학 응 종 육 사 룡

-평기. 요체(平起, 拗体)

❀ 어석(語釈)

- 미망微茫 : 모호(模糊)하다. 당(唐)·이군옥(李群玉)의 남장춘만시(南荘春晩詩)「草暖沙長望去舟, 微茫煙浪向巴丘」.
- 영몰影没 : 그늘이 지다. 빛이 희미해지다. 이것은 진(晋)·도잠(陶潜, 淵明)의 한정부(閑情賦)「日負影以階没」에서 힌트를 얻어 만들어진 작자의 조어.
- 저산월低山月 : 산에 낮게 드리워져 지는 달. 저(低)는 「수야(垂也)」(『집운(集韻)』). 또 산에 서린[깃든] 달. 저(低)는 「사야(舎也)」(『광야(広雅)』).
- 단속断続 : 끊어졌다 이어졌다 함. 당 태종(唐太宗)의 망송위징장시(望送魏徴葬詩)「哀笳時断続, 悲旌乍巻舒」.
- 입야종入夜鍾 : 밤이 되어 종을 치다. 입야(入夜)는 밤이 되다. 당(唐)·두보(杜甫)의 춘우시(春雨詩)「随風潜入夜, 潤物細無声」.
- 지심知心 : 타인의 마음을 이해하다. 한(漢)·이릉(李陵)의 답소무서(答蘇武書)「人之相知, 貴相知心」.
- 비상려非常侶 : 통상(尋常)이 아닌 반려. 비상(非常)은 일상적이지 않은 것. 여(侶)는 동료
- 순학荀鶴 : 당(唐)의 두순학(杜荀鶴)이 아니고, 진(晋)의 순은(荀隠, 字는 鳴鶴)을 말한다.

● 육사룡陸士龍 : 진(晋)의 육운(陸雲), 字는 士龍)을 말한다. 운운육사룡(云云陸士
龍)의 구(句)는 『진서(晋書)』 육운전(陸雲伝)에 나오는 다음과 같은 고사(故事)를
계승하여 만들어진 조어. 순은(荀隠)과 육운(陸雲)이 장화(張華)와 첫 대면을 하
였는데, 양자(両者)에게 장화(張華)는 오늘은 상담(常談, 평범한 말)은 하지 말
라고 일렀다. 그러자 운[雲, 구름]은 구름 사이의 육사룡(陸土龍)이라고 명명하
고, 은(隠)은 일하(日下)의 순명학(荀鳴鶴)이라고 명명하였다.

🌸 해설

7언절구는 7언구가 4구로 된 시형이다. 5언절구의 경우와는 다르고, 제1구에도 운
(韻)을 밟는 것이 원칙이 된다[제1구를 밟지 않는 것도 가능하지만, 어디까지나 격변
에 멈춘다]. 평측법(平仄法)에 대해서는 「이사부동이륙대(二四不同二六对)」의 7자를 잘
기억해야 한다. 위의 이사부동(二四不同)이란 매구(毎句)에 있어서 제2자와 제4자가
동성(同声)인 것이 기피가 된다. 이것은 5언절구의 평측법(平仄法)과 바뀌는 점이 없
다. 아래의 이륙(二六) 대구법[对]은 그와는 반대로 제2자와 제6자에 동성(同声)을 써
서 상반된다. 기승전결의 요령은 결국은 제3구의 전환이 주가 되는 것으로, 5언절구
의 경우와 동일하다. 즉 율시와 달리 절구는 대구(对句)의 사용이 필수조건이 되지
않았다. 그러나 그런가하면 어떠한 경우도 4구와 함께 산구(散句)이어야 한다는 것은
아니다. 따라서 혹은 전2구가 대구(对句)였거나[前对], 또는 후2구가 대구(对句)이거나
[후대(後对)] 하는 것이다. 또한 작례(作例)는 매우 희박할지라도 전부를 대구(对句)를
하는 것[全对]도 있을 수 있다.

浮碧樓觴詠錄

제4장

○一九 원운(元韻)

白湖 林悌(백호 임제)

東郭之東永明寺 _{동 곽 지 동 영 명 사}		동쪽 성 모루 동쪽 영명사에
暫爲閒客稅征鞍 _{잠 위 한 객 세 정 안}		잠깐 한가한 손이 되어 발길 멈추니
琴彈別鶴浦雲斷 _{금 탄 별 학 포 운 단}		거문고 별학조別鶴操 갯가의 구름 끊어지고
笛奏落梅江水寒 _{적 주 락 매 강 수 한}		피리에 낙매화곡落梅花曲 강물이 차가워라
百代興亡山不語 _{백 대 흥 망 산 불 어}		백대의 흥망을 산은 말하지 않나니
一樓煙火夜將闌 _{일 루 연 화 야 장 란}		높은 다락 등불 아래 밤이 따라 깊어가오
風物盡入吾倫手 _{풍 물 진 입 오 윤 수}		풍광은 온통 우리 손에 들었으매
詩調淸円酒量寬 _{시 조 청 원 주 량 관}		시 가락 청원淸圓하여 주량도 커지누나.

－7언율시(七言律詩), 한운답락(寒韻踏落) [안(鞍)·한(寒)·난(闌)·관(寬)]. 측기요체(仄起拗体)

🌸 어석(語釈)

- 동곽東郭 : 동쪽의 외성. 동쪽의 성곽. 당(唐)·이백(李白)의 유수서기정명부시 (游水西寄鄭明府詩) 「天官水西寺, 雲錦照東郭」.
- 한객閒客 : 한가한 행인. 한가한 나그네. 당(唐)·두목시(杜牧詩) 「景物登臨閒始 見, 願爲閒客此閑行」.
- 정안征鞍 : 정도(征途)에 있는 안장을 얹은 말. 정마(征馬). 당(唐)·두심언시(杜 審言詩) 「自驚牽野役, 艱險促征鞍」. 당(唐)·잠삼시(岑參詩) 「青門須醉別, 少爲解 征鞍」, 세(稅)~ 정마(征馬)의 안장을 놓다. 세(稅)는 탈(脫)과 동일하다.
- 금탄琴彈 : 거문고로 악곡을 연주하는 것. 당(唐)·이백(李白)의 의고시(擬古詩) 「琴彈松裏風, 杯勸天上月」.

- 별학別鶴 : 악부금곡(楽府琴曲)의 「별학조(別鶴操)」를 말한다. 「別鶴操, 商陵牧子 所作也, 娶妻五年而無子, 父兄将為之改娶, 妻聞之, 中夜起, 倚戸悲嘯, 牧子聞之, 愴 然而悲, 乃援琴而歌, 後人因以為楽章, 其詞曰, 将乖比翼隔天端, 山川悠遠路漫漫, 攬 衣不寝食忘餐」(『고금주(古今注)』).

- 포운浦雲 : 해변의 하늘을 덮은 구름. 당(唐)·왕발(王勃)의 등왕각시(滕王閣詩) 「画棟朝飛南浦雲, 珠簾暮捲西山雨」.

- 낙매落梅 : 금곡(琴曲)의 「낙매화(落梅花)」. 「漢横吹曲, 落梅花, 本笛中曲也」(『악록 (楽録)』) 남조진(南朝陳)·강총시(江總詩) 「満酌金巵催玉柱, 落梅樹下宜歌舞」. 당 (唐)·우무릉시(于武陵詩) 「朱檻満明月, 美人歌落落」. 송(宋)·범성대시(范成大詩) 「折柳姑情都望断, 落梅新曲与誰関」. 명(明)·고계시(高啓詩) 「天街争唱落梅歌, 絳 関珠灯万樹羅」.

- 강수江水 : 강물. 당(唐)·두보(杜甫)의 애강두시(哀江頭詩) 「人生有情涙沾臆, 江水 江花豈終極」.

- 백대흥망百代興亡 : 백대(百代)는 백인대(百人代)까지. 흥망(興亡)은 흥하거나 망 하거나하여 항구성이 없는 경우를 지칭한다.

- 불어不語 : 말을 하지 않다. 송(宋)·소식(蘇軾)의 유마상당양혜지소재천주사시 (維摩像唐楊恵之塑在天柱寺詩) 「至今遺像兀不語, 与昔未死無増虧」.

- 일루연화—楼煙火 : 일루(一楼)는 하나의 구경할 수 있는 망대. 연화(煙火)는 봉 화[狼煙]이다.

- 야장란夜将闌 : 밤이 더더욱 깊어지려고 하다. 이것은 원(元)·야율초재(耶律楚 材)의 화설백통운시(和薛伯通韻詩) 「黄花紅葉満秋山, 月浸銀河夜未闌」에서 힌트 를 얻어서 만들어진 조어.

- 풍물風物 : 경치. 전망. 당(唐)·두보시(杜甫詩) 「風物悲游子, 登臨慎待郎」. 당(唐)· 전후시(錢珝詩) 「常詩好風物, 誰伴謝宣城」. 송(宋)·소식시(蘇軾詩) 「此間風物属詩 人」.

- 오륜수吾倫手 : 나의 동료들의 손. 륜(倫)은 「輩也, 見説文段注, 軍発車百両為輩, 引伸之同類之次曰輩」(『중화대자전(中華大字典)』). 수(手)는 당(唐)·두보시(杜甫 詩) 「回頭指大男, 渠是弓弩手」와 같은 「사람」의 의미가 아니고, 물건을 쥐는 「손」이다.

- 시조詩調 : 시의 곡조. 당(唐)·육구몽(陸亀蒙)의 조춘병중서사시(早春病中書事詩) 「祇貧詩調苦, 不計病容生」.

- 청원清円 : 맑고 둥글다. 당(唐)·두보시(杜甫詩) 「今朝雲影蕩, 昨夜月清円」을 가

차하여 만들어진 조어.

● 주량酒量 : 술을 마실 수 있는 분량. 송(宋)·대복고시(戴復古詩)「問天求酒量, 翻
海洗詩囊」. 송(宋)·육유시(陸游詩)「詩才退後愁酣戰, 酒量衰来喜細傾」. ～관(寬)
은 주량이 많다는 의미. 송(宋)·범성대시(范成大詩)「年少王孫酒量寬」. 원(元)·
이준민시(李俊民詩)「此生但覚醉郷寬」.

○二○ 차운(次韻)

湖西 金雲擧(호서 김운거)

偸得浮生半日閒 <small>투 득 부 생 반 일 개</small>	훔쳐 얻어낸 허무한 인생의 반일의 짬
古城東角卸遊鞍 <small>고 성 동 각 사 유 안</small>	고성의 동쪽 귀퉁이에 말안장을 푼다.
上房人静琴声亮 <small>산 방 인 정 금 성 량</small>	상방의 인기척이 조용해지고 거문고 소리는 맑고,
前浦波搖月色寒 <small>전 포 파 요 월 색 한</small>	포구의 파도소리 요란하고 달빛은 얼어붙은 듯
相対玉楼惟覚酔 <small>상 대 옥 루 유 각 취</small>	마주보는 옥루, 다만 취기를 느끼고,
共分清夜不知闌 <small>공 분 청 야 부 지 란</small>	함께 노닐던 청명한 밤, 그칠 줄 모르네.
何須更問興亡事 <small>하 수 갱 문 홍 망 사</small>	어찌 나라의 홍망을 물을 수 있으리오
端合酣謌心自寛 <small>단 합 감 가 심 자 관</small>	막료들 모여들어 풍류의 노래 부르니 즐거워라.

－측기(仄起)

🌸 어석(語釈)

● 투득偸得 : 훔쳐서 얻다. 이것은 당(唐)・원진(元慎)의 연창사(連昌詞) 「偸得新翻楼般曲」을 차용하여 만들어진 조어.

● 부생浮生 : 한가한 인생. 『장자(莊子)』 각의편(刻意篇) 「其生兮若浮, 其死兮若休」. ~반일한(半日閒)은 포말인(泡沫人)[물거품 같은 인생]에 있어서 반나절[半日]의 짬[閒暇]. 당(唐)・이섭(李渉)의 제학림사승사시(題鶴林寺僧舍詩) 「因過竹院逢僧話, 又得浮生半日閒」.

● 동각東角 : 동쪽의 모서리. 당(唐)・백거이(白居易)의 양류지사(楊柳枝詞) 「永豊坊裏東南角, 尽日無人属阿誰」.

● 유안遊鞍 : 놀러 타고 나간 말의 안장. 이것은 당(唐)・한유시(韓愈詩) 「燕席謝不

詣, 游鞍懸莫騎」에 의거하여 만든 단어.

- 상방上房 : 옥상의 방.
- 전포前浦 : 전방의 해변.
- 월색月色 : 달빛. ~한(寒)은 달빛이 쓸쓸하다는 의미. 이 세 자는 당(唐)・왕창령(王昌齡)의 출새시(出塞詩)「戰罷沙場月色寒」, 당(唐)・한악(韓偓)의 화호장군우직시(和胡将軍寓直詩)「楼殿深厳月色寒」 등에서 가차를 하여 만든 조어.
- 유각취惟覚酔 : 다만 술냄새만을 기억하다. 이 단어는 송(宋)・소식시(蘇軾詩)「我性不飲只解酔, 正如春風弄群卉」를 모방하여 만든 단어.
- 청야清夜 : 청명한 밤. 삼국위(三国魏)・조식시(曹植詩)「清夜遊西園, 飛蓋相追随」. 당(唐)・두보시(杜甫詩)「風月自清夜, 江山非故国」.
- 흥망사興亡事 : 흥하거나 망하거나 하는 것. 하수갱문(何須更問)~은 치란흥망(治乱興亡)의 흔적을 이제 와서 방문하거나 하지 않는다. 이것은 송(宋)・소식시(蘇軾詩)의 화성암시(火星巌詩)「莫問人間興廃事, 門前流水几前灯」에 의거하여 만들어진 조어.
- 단합端合 : 난해한 단어이지만, 『정자통(正字通)』[명(明)・장자열(張自烈) 찬(撰)]에「端, 六朝称府幕曰府端, 州幕曰州端, 節度幕曰節端, 憲司幕曰憲端」이라는 기술에 의거하여 막직(幕職)이 모두 모이다의 의미로 해석하기로 한다.
- 감가酣謌 : 술을 마시고 노래를 부르며 즐기다. 『서경(書経)』이훈(伊訓)「恒舞于宮, 酣歌于室. [伝] 恒舞則荒淫, 楽酒曰酣」.

○二─ 차운(次韻)

南坡 盧景達(남파 노경달)

大同江上同聯轡 <small>대 동 강 상 동 연 비</small>	대동강에 함께 말고삐를 묶어놓고,
浮碧樓前共解鞍 <small>부 벽 루 전 공 해 안</small>	부벽루에서 함께 말안장을 풀었네.
風緊煙波江有響 <small>풍 긴 연 파 강 유 향</small>	바람은 연파에 내려앉아 파도소리 울리고
露侵禪榻夜生寒 <small>노 침 선 탑 야 생 한</small>	이슬은 선탑을 적시어 밤의 한기를 일으켜라.
喜聽高笛樽边緩 <small>희 청 고 적 준 변 완</small>	고적의 술 단지의 주변에 흥취가 넘침을 듣고,
不覺清宵醉中闌 <small>부 각 청 소 취 중 란</small>	청명한 저녁인줄 모른 채 늦도록 술에 취해
剪燭論懷閑意足 <small>전 촉 론 회 한 의 족</small>	촛불 심지 잘라 회상하니 심정은 느긋하고,
在阿何羨硯人寬 <small>재 아 하 선 연 인 관</small>	어찌하여 현인의 한가함을 부러워하리.

－평기(平起)

❀ 어석(語釈)

● 대동강大同江 : 평안남도를 곡류하여 서해로 흐르는 대하. 별명은 패수(浿水).

● 연비聯轡 : 말의 고삐를 늘어놓다. 당(唐)·장열(張說)의 송최공시(贈崔公詩)「一朝驅駟馬, 連轡人龍楼」.

● 해안解鞍 : 말에서 내려 안장을 풀다. 『위지(魏志)』 무제기(武帝紀)「令騎解鞍放馬」.

● 풍긴風緊 : 강한 바람이 불다. 당(唐)·두목(杜牧)의 남릉도중시(南陵道中詩)「南陵水面漫悠悠, 風緊雲輕欲変秋」.

● 연파煙波 : 안개가 자욱하게 끼어 있는 수면. 당(唐)·최호(崔顥)의 황학루시(黄鶴楼詩)「日暮鄉關何処是, 煙波江上使人愁」.

- 선탑禅榻 : 좌선을 하는 의자. 당(唐)·두목(杜牧)의 취후제승원(醉後題僧院)「今日鬢絲禅榻畔, 茶煙軽颺落花風」.
- 고적高笛 : 높은 음을 울리는 피리.
- 청소清宵 : 청명한 밤.
- 취중醉中 : 술에 취해 있는 동안. 당(唐)·두보(杜甫)의 음중팔선가(飲中八仙歌)「蘇晋長斎繡佛前, 醉中往往愛逃禅」.
- 전촉剪燭 : 촛불의 심지를 잘라내다. 원(元)·살도랄시(薩都剌詩)「応到村窓下, 新詩剪燭吟」.
- 한의閑意 : 정적을 찾는 심정.
- 재아在阿 : 구불구불하게 굽어진 언덕의 모퉁이 쪽에 있다.
- 연인관硯人寬 : 연인(硯人)의 관대한 것. 연인(硯人)은 위인, 덕이 많은 사람의 의미. 재아하선(在阿何羨)~은『시경(詩経)』위풍(衛風)의 고반(考槃)「考槃在阿, 硯人之薖, 独寐寤歌, 永矢弗過」를 인용하여 만든 조어.『시경(詩経)』고반시(考槃詩)의 전통적인 해석은 현자가 은둔 생활을 즐기는 것을 읊은 것이지만, 시라가와 시즈카 주(白川静 注)『시경 국풍(詩経国風)』(1990.5.18刊)은 이와는 다르다는 설을 주장하고, 국풍이 민요인 점에서 생각할 때에 남녀가 아이비키(逢引, 밀회)하는 시로 해석해야 한다고 언급을 하고 있다.

○二二 차운(次韻)

松塢 李応淸(송오 이응청)

書斎共有湖山約	서 재 공 유 호 산 약	서재에서 함께 하던 벗들 호산의 풍류를 즐기고
江路同催駐馬鞍	강 로 동 최 주 마 한	강로에서 묶어놓은 말고삐를 함께 재촉하노라.
過眼已驚清壁滑	과 안 이 경 청 벽 활	놀라운 일은 눈앞을 스치는 절벽의 원만함이요,
憑楼更覚黒貂寒	빙 루 갱 각 흑 초 한	익숙한 누대에 기대면 담비도 추위에 떠는 것 같네.
夜深古寺物初静	야 심 고 사 물 초 정	칠흑 같은 밤에 고사에서 인기척이 잠잠해지고,
雲凍荒城歳已闌	운 동 황 성 세 이 란	구름마저 꽁꽁 언 듯 한 황성은 해가 저물어가네.
酔後珠璣塡満紙	취 후 주 기 전 만 지	취하여 여러 모형의 옥을 전지에 말아 넣고,
方知幕府一杯寛	방 지 막 부 일 배 관	비로소 관리들은 한잔 술에 느긋해지네.

–평기(平起)

💮 어석(語釈)

- 서재書斎 : 책을 읽는 서재. 당(唐)·두목(杜牧)의 유제이시어서재시(㕵題李侍御書斎詩) 「曽詩平生志, 書斎幾見㕵」.

- 호산약湖山約 : 교외에 나가 외유를 하기로 한 약속. 호산(湖山)은 호수와 산. 또 광의의 의미로 산하를 지칭한다. 이 세 자는 당(唐)·유창(劉滄)의 송우인오시(送友人呉詩) 「東帰自有故山約, 花落石牀苔蘚平」에서 힌트를 얻어 만들어진 작자의 조어.

- 강로江路 : 강가의 길. 이 단어는 남제(南齊)의 사조시(謝朓詩) 「江路西南永, 帰流東北鶩」와 같이 배가 항해를 하는 항로의 의미는 아니다.

- 주마駐馬 : 말을 멈추다. 『패문운부(佩文韻府)』 고적시(高適詩) 「鳥声能駐馬, 林色

可忘楼」.

- 과안過眼 : 면전을 스쳐 지나가다. 송(宋)·소식시(蘇軾詩)「平生謾説古戦場, 過眼終迷日五色」.
- 청벽清壁 : 푸른 절벽. 「清, 青也」(『중화대자전(中華大字典)』). 「壁, 山之斗絶処」(同書). 송(宋)·공평중시(孔平仲詩)「餘波落清壁, 散作雪色瀑」.
- 흑초黒貂 : 검은 색의 담비. 담비[貂]는 「大如獺, 毛深色黄, 亦有紫黒者」(『중화대자전(中華大字典)』). 이 두 자는 당(唐)·고적(高適)의 별손흔시(別孫訢詩)「離人去複峀, 白馬黒貂裘」에 의거하여 만들어졌고, 검은 담비의 가죽의 의미.
- 운동雲凍 : 구름이 얼어붙다. 당(唐)·두목시(杜牧詩)「臈雪一尺厚, 雲凍寒頑癡」. 당(唐)·육구몽시(陸亀蒙詩)「雲凍尚含孤石色, 雪乾猶堕古松声」.
- 황성荒城 : 황폐한 성. 당(唐)·황보염시(皇甫冉詩)「積水長天髓遠客, 荒城極浦足寒雲」.
- 세이란歳已闌 : 날이 이미 저물기 시작하다. 이것은 송(宋)·주희(朱熹)의 설중시(雪中詩)「雲垂天闊歳将闌, 一室蕭然独掩関」에서 따온 조어.
- 주기珠璣 : 둥근 옥과 사각형으로 된 옥.『장자(荘子)』열어구편(列禦寇篇)「日月為連壁, 星辰為珠璣」.
- 만지満紙 : 종이의 모든 면. 텍스트에는 「만저(満紙)」로 되어 있는데 수정을 하였다(『자휘(字彙)』변사(辨似)「紙＝音只 楮紙, 紙＝音低 絲滓」). 송(宋)·육유(陸游)의 구월이십오일계명전기대단시(九月二十五日雞鳴前起待旦詩)「掃塵拾得残詩稿, 満紙風鴉字半斜」.
- 일배관一杯寛 : 한잔의 술에 마음이 느긋해지는 마음. 막부(幕府)～는 막객(幕客)의 몸으로～. 이는 당(唐)·유우석시(劉禹錫詩)「萬境身外寂, 一杯腹中寛」 등에서 힌트를 얻어 만든 조어.

○二三 차운(次韻)

畊湖 金爾玉(경호 김이옥)

為訪前朝千古迹 <small>위 방 전 조 천 고 적</small>	전조의 천고의 흔적을 방문하려,
九梯宮外駐行鞍 <small>구 제 궁 외 주 행 안</small>	구제궁 밖에 말을 매어두노라.
朝天石出残潮落 <small>조 천 석 출 잔 조 락</small>	조천석이 삐져나와 잔조가 떨어지고
浮碧楼高宿霧寒 <small>부 벽 루 고 숙 로 한</small>	부벽루는 드높고, 안개는 냉랭하여라.
直待深盃千日醉 <small>치 대 심 배 천 일 취</small>	기다린 덕에 연꽃잔으로 천 일을 취하니,
莫言清夜五更闌 <small>막 언 청 야 오 경 란</small>	말하지 마소, 청명한 밤이 5경에 이르렀다고.
禅房此会人間少 <small>선 방 차 회 인 간 소</small>	사찰의 연회에 모인 사람 수는 적고,
始信優遊半世寛 <small>시 신 우 유 반 세 관</small>	비로소 믿었노라 느긋하게 반평생의 여유를.

-측기(仄起)

🌸 어석(語釈)

- 위방為訪 : 방문하려고 하여. 위(為)는 「장야(将也), [맹자 양혜왕(孟子梁恵王)] 군위래견야(君為来見也)」(『중화대자전(中華大字典)』).
- 전조前朝 : 멸망한 고대의 국가들. 송(宋)·양만리(楊萬里)의 유창랑정시(遊滄浪亭詩) 「永懐堂下翁, 回首千歲跡」.
- 천고적千古迹 : 고대의 유적.
- 구제궁九梯宮 : 고적(古跡)의 명. 『패문운부(佩文韻府)』『후한서(後漢書)』 기사(記事)「挹婁, 古肅慎之国也, 在夫餘東北千餘里, 土気極寒, 常為穴居, 以深為貴, 大家至接九梯」.
- 행안行鞍 : 나그네가 타는 파발마[鞍置馬].

● 조천朝天 : 옛적의 궁전의 이름(?).

● 잔조殘潮 : 밀려왔다가는 빠져나가는 바다의 조류. 당(唐)・이신(李紳)의 숙과주시(宿瓜州詩)「衝浦廻風翻宿浪, 照沙低月斂殘潮」.

● 숙무宿霧 : 전야(前夜)부터 자욱하게 낀 안개. 진(晋)・도잠(陶潛)의 영빈사시(詠貧士詩)「朝霞開宿霧, 衆鳥相与飛」.

● 치대直待 : 기다릴 만한 가치가 있다. 치(直)는「물가야(物價也)」(『중화대자전(中華大字典)』).

● 심배深盃 :『전등여화(剪燈餘話)』 가령화환혼기(賈靈華還魂記)「深盃怎禁頻勧伝」의 이것은 연꽃의 의미이다(『중화대자전(中華大字典)』). 원(元)・마조상(馬祖常)의 연구(聯句)「層塔宝舎利, 深杯注醽醁」.

● 천일취千日醉 : 한 번 마시면 1,000일간 깨지 않는 술. 북주(北周)・유신시(庾信詩)「蒲桃一杯千日醉」. 당(唐)・왕발시(王勃詩)「還持千日醉, 共作百年人」. 당(唐)・두보시(杜甫詩)「甘従千日醉, 未許七哀詩」.

● 오경란五更闌 : 5경(更)은 하룻밤을 초・2・3・4・5로 나눈 시각[AM 3-5시]. 난(闌)은 시각이 지난 것. 당(唐)・방간(方干)의 원일시(元日詩)「晨雞両遍報更闌, 才斗無声暁漏乾」[주 : 세두(才斗)는 타악기(打楽器)인「징(どら)」].

● 선방禅房 : 불교의 사원을 지칭한다.(반드시 선종의 사찰만을 지칭하지는 않는다.) 당(唐)・이백시(李白詩)「心垢都已滅, 永言題禅房」. 당(唐)・상건시(常建詩)「曲遥通幽処, 禅房花木深」.

● 우유優遊 : 느긋하다. 한가(閑暇)한 모양.

● 반세半世 : 중년의 인생. ～관(寛)은 작자의 조어.

○二四 차운(次韻)
菊軒 黃応時(국헌 황응시)

出郭遙尋蕭寺晩 _{출 곽 요 심 소 사 만}	성을 나와 늦은 밤에 절을 찾아 드니,
清罇長笛共征鞍 _{청 준 장 적 공 정 안}	술통에 피리를 휴대하여 파발마를 함께 탔네.
月斜遠岫禅牕寂 _{월 사 원 수 선 창 적}	달은 산기슭에 저물고, 사창은 적막하여,
風撼長洲鏡面寒 _{풍 감 장 주 경 면 한}	바람은 긴 강을 휩쓸어 모래사장은 냉랭하네.
千古名都山独在 _{천 고 명 도 산 독 재}	천고의 명도의 산에 나 홀로 머물고,
一時高会興方闌 _{일 시 고 회 흥 방 란}	한 때 연회의 흥취가 극에 달하였노라.
驚看上客詞源闊 _{경 간 상 객 사 원 활}	바라보니 손님의 문사文詞의 원천이 넓고,
滄海誰云百丈寛 _{창 해 수 운 백 장 관}	누가 뭐라 하리요, 푸른 해원의 광활함을.

−측기 (仄起)

✿ 어석(語釈)

- 출곽出郭 : 성 밖에 외출을 하다. 『남사(南史)』 사령운전(謝霊運伝) 「霊運出郭游行, 或一百六七十里」. 송(宋)·소식시(蘇軾詩) 「蕭条初出郭, 曠蕩寔消憂」. 명(明)·양기시(楊基詩) 「便須出郭相迎迓, 遮莫南風雨満衣」.
- 요심遙尋 : 먼 곳을 방문하다. 원심(遠尋)과 동일하다. 당(唐)·장구령시(張九齢詩) 「棲宿豈無意, 飛飛更遠尋」. 명(明)·채우시(蔡羽詩) 「十年不到天池寺, 南北峰頭費遠尋」.
- 청준清罇 : 맑은 술통. 당(唐)·낙빈왕(駱賓王) 송비육환촉시(送費六還蜀詩) 「還愁三径晩, 独対一清罇」.
- 정안征鞍 : 정도(征途)에 있는 파발마[鞍置馬]. 희곡장생전(戯曲長生殿)의 진과(進

果)「一身萬里跨征鞍, 為進荔枝受艱難」.

● 월사月斜 : 달이 저물다. 당(唐)·백거이시(白居易詩)「灯尽夢初罷, 月斜天未明」
당(唐)·이상은시(李商隱詩)「來是空言去絶蹤, 月斜楼上五更鐘」.

● 원수遠岫 : 먼 산. 남제(南斉)·사조시(謝眺詩)「窓中列遠岫, 庭際俯喬林」.

● 선창禪牕 : 사원의 창. 송(宋)·소식(蘇軾)의 도관피권미상회객운운시(到官疲倦未
嘗会客云云詩)「禅牕麗午景, 蜀井出氷雪」.

● 풍감風撼 : 바람에 흔들려 나부끼다. 당(唐)·이상은시(李商隱詩)「日射紗牕風撼
扉」.『패문운부(佩文韻府)』배열시(裴説詩)「風撼早梅城郭香」.

● 장주長洲 : 강변에 길게 늘어서 있는 강변. 당(唐)·이가우(李嘉祐)의 동황보염
등중현각시(同皇甫冉登重玄閣詩)「高閣朱欄不厭遊, 兼葭白水遶長洲」.

● 경면鏡面 : 거울의 정면. 이것은 모래사장[砂原]의 비유. 당(唐)·나은(羅隱)의
만조시(晩眺詩)「天如鏡面都来静, 地似人心總不平」.

● 명도名都 : 훌륭한 도시. 삼국위(三国魏)·조식(曹植)의 명도편(名都篇)「名都多妖
女, 京洛出少年, 宝剣直千金, 被服麗且鮮」.

● 고회高会 : 성대한 회합.『문선(文選)』오도부(呉都賦)「先王之所高会, 而四方之所
軌則」.

● 흥방난興方闌 : 현재가 실로 흥취가 최고조에 있는 경우. 당(唐)·왕유시(王維詩)
「興闌啼鳥緩, 坐久落花多」. 당(唐)·백거이시(白居易詩)「風月情猶在, 盃觴興漸闌」.

● 경간驚看 : 놀라서 쳐다보다.『패문운부(佩文韻府)』승종연시(僧宗衍詩)「一星不
出雨欲来, 時復推篷仰天看」.

● 상객上客 : 신분이 높은 빈객. 하객의 벗. 당(唐)·이상은(李商隱)의 연집시(讌集
詩)「佳人啓玉齒, 上客領朱顔」.

● 사원詞源 : 문사(文詞)의 원천. ~활(闊)은 어원(詞源)이 광활(広闊)하다. 당(唐)·
두보시(杜甫詩)「詞源倒流三峽水, 筆陣横掃千人軍」, 원(元)·야율초재시(耶律楚材
詩)「筆跡査牙森似戟, 詞源浩注如川」등을 인용하여 만든 조어.

● 창해滄海 : 푸른 해원[바다]. 이것은 바다가 광활한 것의 비유.

● 백장관百丈寬 : 대단히 광활하다. 이 세 자는 송(宋)·유재시(劉宰詩)「門外平湖
百頃寬」에서 힌트를 얻어 만든 조어.

🌸 해설

7언율시는 7언구가 8구로 이루어진 시형이다. 이 8구체의 구조가 2구씩 기련(起聯), 함련(頷聯), 경련(頸聯), 미련(尾聯)의 4연으로 되는 점은 5언율시와 완전히 같다. 하지만 5언율시에 비해서 7언율시는 낭송을 할 때의 리듬이 현저하게 다를 뿐만 아니라 시의 창작에 있어서도 「7언율시는 5언율시보다 어렵다(七言律詩, 難於五言律詩)」[『창랑시화(滄浪詩話)』 시법(詩法)]고 한다.

7언절구와 같이 최초의 구에도 운에 맞추기 때문에 제1·제2·제4·제6·제8의 총 5구가 압운구가 된다[제1구를 잘못 밟으면 4구이지만 그것은 어디까지나 변격]. 평측법에 대해서는 「이사부동이륙대(二四不同二六対)」의 엄격한 규칙에 구애를 받는 점은 7언절구와 동일하다. 그러나 4구 구성의 7언절구와는 달리 4연 구성의 7언율시는 중간의 함·경 양련이 반드시 대구로 구성되어야 한다.

대구를 구성하기 위해서는 사실(事実)·사허(四虚)·전실후허(前実後虚)·전허후실(前虚後実) 등의 유형이 있다. 그러나 절구(絶句)의 기승전결의 원리가 율시에도 적용이 된다는 등등의 사실은 5언율시와 같다.

浮碧樓觴詠錄

제 5 장

원운(元韻)

白湖 林悌(백호 임제)

歷落誰相識
역 락 수 상 식
불우한 이 사람 누가 알아보랴!

狂名世共聞
광 명 세 공 문
세상에 알려지길 광객狂客이란 이름으로

関河長作客
관 하 장 작 객
변새의 산하에 노상 나그네 되어

書劍旧從軍
서 검 구 종 군
글과 칼로 오래 종군을 하였노라

幕府経年夢
막 부 경 년 몽
막부幕府의 해를 넘긴 꿈

帰心一壑雲
귀 심 일 학 운
돌아갈 마음 한 골짝의 구름일래.

人生元有別
인 생 원 유 별
인생은 본디 헤어지기 마련인 걸

那惜暫時分
나 석 잠 시 분
어찌 잠시의 나뉨을 애석해 하랴!

-5언율시(五言律詩). 문운(文韻) [문(聞)·군(軍)·운(雲)·분(分)]. 측기(仄起)

🌸 어석(語釈)

- 역락歷落 : 잡목림처럼 교차하면서 늘어서 있는 모습을 말한다. 「不斉貌, 猶言雑錯也」(『사해(辞海)』) 동진(東晋)·왕희지(王羲之)의 답허연시(答許掾詩) 「清冷澗下瀬. 歷落松竹林」.
- 수상식誰相識 : 누가 진실한 벗이 될 수 있으랴. 상식(相識)은 지인이 되는 것. 또는 그 사람을 지칭한다. 송(宋)·소식(蘇軾)의 기술고시(寄述古詩) 「二年魚鳥渾相識, 三月鶯花付与公」.
- 광명狂名 : 상식을 벗어난 사람에 대한 평판. 이는 당(唐)·요합(姚合)의 추석견회시(秋夕遺懐詩) 「臨書愛真跡, 避酒怕狂名」에서 차용하여 만들어진 조어.
- 세공문世共聞 : 세상 사람 모두가 들어 알고 있는 상식. 이는 당(唐)·잠삼(岑参)

의 송왕백륜시(送王伯倫詩)「戰勝時偏許，名高人共聞」에 의거하여 만든 말.

- 장작객長作客 : 오랫동안 나그네 생활을 하는 사람. 객(客)은 「外至之人曰客」(『중화대자전(中華大字典)』)

- 구종군旧從軍 : 전쟁 때문에 출정 나와서 오래 된 경우. 서검(書劍)~은 당(唐)・온정균(溫庭筠)의 진임묘시(陳琳墓詩)「欲将書剣学従軍」에서 가차한 조어.

- 경년몽経年夢 : 여러 해 동안 지속되어 온 허무한 꿈. 꿈(夢)은 춘몽의 의미. 당(唐)・백거이(百居易)의 화비화시(花非花詩)「来如春夢幾多時，去似朝雲無覓処」.

- 일학운一壑雲 : 한 봉우리에서 연속된 짙은 구름을 말한다. 귀심(帰心)~은 고향(故郷). 당(唐)・육구몽(陸亀蒙)의 과운시(過雲詩)「相訪一程雲，雲深路僅分」.

- 원유별元有別 : 본래부터 이별이 숙명이다.

- 나석那惜 : 왜 애석함이 없으랴[反語]. 『진서(晋書)』 왕승전(王承伝)「池魚復何足惜」.

- 잠시분暫時分 : 잠시 동안의 이별. 이 세 자는 한국어의 잠깐 동안, 짧은 만남, 짧은 이별[暫時間・暫逢・暫別] 등에 기초하여 만든 작자의 독자적인 단어이다.

松塢 李応淸(송오 이응청)

吾愛林都事 <small>오 애 임 도 사</small>	친애하는 나의 친구 임도사
謫仙後始聞 <small>적 선 후 시 문</small>	적선의 후에 비로소 들었노라
才名驚四海 <small>재 명 경 사 해</small>	명성은 온 세상에 자자하고
醉墨倒千軍 <small>취 묵 도 천 군</small>	취묵醉墨은 천군을 무너뜨리네.
覓句緣何遜 <small>멱 구 연 하 손</small>	시를 읊는 것은 하손에 따름이요
同襟逐范雲 <small>동 금 축 범 운</small>	이심전심의 심정은 범운을 따르려 하니.
淸樽紅燭久 <small>청 준 홍 촉 구</small>	맑은 술통에 홍색 등경 밑이 그립고
相対到宵分 <small>상 대 도 소 분</small>	함께 땅거미 진 것마저 잊었네.

—측기(仄起)

🌸 어석(語釈)

- 오애吾愛 : 나의 절친한 벗. 이 단어는 유송(劉宋)·사첨(謝瞻)의 어안성답령운시(於安城答靈運詩)「綠路有恒悲, 矧迺在吾愛」[주 : 샛길에는 갑자기 찾아오는 비애가 있고, 말할 것도 없이 저 멀리에 나의 사랑이 있다는 의미]. 작자는 사령운(謝靈雲)의 종형(從兄)으로 나오는 인물. 인용한 사첨시(謝瞻詩)에 대해서 맹자(孟子)의 때에 양주(楊朱)와 묵적(墨翟)이 각각 이단의 설을 설파하여 길을 폐쇄한 것에 비유한 표현과 같지만, 지금은 이에 대해서 상세한 논의를 할 여유가 없다.
- 임도사林都事 : 관서성도사(関西省都事, 종5품)로서 평안감사(平安監司)의 막료(幕寮)를 지낸 임제.

- 적선謫仙 : 천상에서 하계에 내려 온 선인의 의미이고, 당(唐)·이백(李白)의 닉 네임이 된 말. 『당서(唐書)』 이백전(李白伝) 「往見賀知章, 知章見其文歎曰, 子謫仙 人也」. 이백(李白)의 대주억하감시(対酒憶賀監詩) 「四明有狂客, 風流賀季真, 長安 一相見, 呼我謫仙人」.
- 재명才名 : 재능과 그 평판. ~경사해(驚四海)는 천재로서의 명성이 자자하였다.
- 도천군倒千軍 : 많은 군대를 무너뜨리다. 취묵(酔墨)~은 취여(酔餘)의 글이 천군 을 무너뜨리다.
- 멱구覓句 : 어렵게 시를 읊다. 당(唐)·두보(杜甫)의 우시종무시(又示宗武詩) 「覓 句新知律, 灘書解満牀」.
- 하손何遜 : 남조양(南朝梁)의 하손(何遜), 자(字)는 중언(仲言), 관(官)은 상서수부 랑(尚書水部郎)에 이름. 연(縁)~은 당(唐)·이상은시(李商隠詩) 「定知何遜縁聯句, 毎到城東憶范雲」.
- 동금同襟 : 마음을 같이하다[以心傳心]. 분금(分襟)의 벗. 『패문운부(佩文韻府)』 주우시(朱右詩) 「東麓渓頭蟹渚隂, 故郷幾度憶同襟」.
- 범운范雲 : 양(梁)의 범운(范雲). 자(字)는 언룡(彦龍), 관(官)은 이부상서(吏部尚書) 에 이름. 축(逐)~은 범운(范雲)의 문장을 모방하였다. 이는 전에 인용한 이상 은시(李商隠詩)에 따라서 만들어진 조어.
- 청준清樽 : 맑은 술통. 송(宋)·육유시(陸游詩) 「願言采芳蘭, 舞歌薦清樽」
- 홍촉紅燭 : 홍색의 등불, 홍정(紅灯). 당(唐)·양거원시(楊巨源詩) 「一片彩霞迎曙 日, 萬条紅燭動春天」.
- 상대相対 : 지나가면 멈추지 않고 대립 관계에 있다는 것을 말한다. 당(唐)·대 숙륜(戴叔倫)의 증이당산시(贈李唐山詩) 「柳条将白髪, 相対共垂終」.
- 소분宵分 : 한밤중, 야반(夜半). 당(唐)·이동시(李洞詩) 「庭虚対明月, 常許到宵分」.

○二七 차운(次韻)

南坡 盧景達(남파 노경달)

吾愛林都事 _{오 애 임 도 사}	친애하는 나의 친구 임도사
英声萬耳聞 _{영 성 만 이 문}	그대의 자자한 명성을 익히 들었노라
詩能富千首 _{시 능 부 천 수}	시 짓기가 빼어나 천 수에 이르고,
勇可奪三軍 _{용 가 탈 삼 군}	용기는 무쌍하여 삼군을 넘어뜨릴 듯하네.
傾酒貪青海 _{경 주 탐 청 해}	술잔을 기울이니 청해를 삼킬 듯하니
放歌遏白雲 _{방 가 알 백 운}	시를 읊으면 흰 구름을 멈추게 하네.
慨歎相識晚 _{개 탄 상 식 만}	섭섭한 일은 늦게야 절친이 된 것이건만,
華袂又何分 _{화 메 우 하 분}	어찌하여 이별을 해야만 하는가.

−측기(仄起)

✿ 어석(語釈)

- 영성英声 : 훌륭한 자랑. 영명(英名).
- 만이문萬耳聞 : 다수의 귀에 들리다[알려지다]. 이 세 자는 작자의 조어.
- 부천수富千首 : 천수(千首)에 이르는 풍부함.
- 삼군三軍 : 오래 된 주(周)의 제도로 대국이 필요로 하는 3만 7,500명의 군대의
  명칭. 탈(奪)∼은『손자(孫子)』군쟁편(軍争篇)「三軍可奪気, 将軍可奪心」에 기초
  하여 만들어진 조어.
- 경주傾酒 : 술잔을 기울이다. 텍스트에 도주(倒酒)로 기술된 것을 바로잡았다.
- 탐청해貪青海 : 중국 청해성(中国 青海省)에 있는 큰 호수인 청해를 삼켜버릴 정
  도로 과음을 하다. 텍스트에 탐(貪)을 빈(貧)으로 쓴 것을 수정하였다.

- 방가放歌 : 목소리를 높게 하여 노래를 하다. 고가(高歌). 당(唐)·두보시(杜甫詩) 「白書放歌須從酒, 青春作伴好還鄉」.
- 알백운遏白雲 : 흰 구름을 차단하여 누르다. 이것은 흐르는 흰 구름을 멈추게 할 정도의 묘성(妙聲)이 들리는 것을 말한다. 『열자(列子)』 양문편(楊問篇) 「声振林木, 響遏行雲.」.
- 상식相識 : 지인이 되는 것. ~밤(晚)은 지인이 된 것이 늦어졌다. 이것은 『후한서(後漢書)』 제오륜전(第五倫伝) 「倫, 臂訣曰. 恨相知晚」에 의거하여 만든 조어.
- 화몌華袂 : 아름다운 옷소매. 『후한서(後漢書)』 변양전(辺讓伝)의 「振華袂以逶迤, 若遊龍之登雲」.
- 우하분又何分 : 또 어찌 이별을 하랴. 우(又)는 게다가. 하(何)는 무엇 때문에. 분(分)은 화몌(華袂)를 목적어로 하는 타동사. 그리고 분몌(分袂)는 이별, 헤어진다는 것을 의미. 이는 당시(唐詩)에서 자주 볼 수 있고, 헤어지다[이별하다]의 의미.

○二八 차운(次韻)

畊湖 金爾玉(경호 김이옥)

吾愛林都事 오 애 임 도 사	친애하는 나의 친구 임도사
才華异国聞 재 화 이 국 문	빼어난 재능은 이국에까지 알려졌네.
力能扛禹鼎 역 능 강 우 정	그 힘은 우왕의 정을 멜 수 있을 정도이고,
謀出却秦軍 모 출 각 진 군	계략을 세우면 진군을 물리칠 수 있네.
佐幕巡青海 좌 막 순 청 해	좌막 청해를 두루 순회하여
思家望白雲 사 가 망 백 운	고향이 그리워 흰 구름을 바라보노라.
揮鞭萬里去 휘 편 만 리 거	채찍을 휘둘러 만 리를 달리니
明日始將分 명 일 시 장 분	내일 비로소 이별을 고할 수 있으랴.

－측기(仄起)

❀ 어석(語釈)

- 재화才華 : 뛰어난 재치. 당(唐)·이백(李白)의 송종제시(送從弟詩) 「復羨二龍去, 才華冠世雄」.
- 이국문异国聞 : 외국까지 알려져 있다. 이(异)는 이(異)의 고자(古字).
- 우정禹鼎 : 하나라 우왕(禹王)의 정(鼎). 제위, 권위를 상징. 강(扛)~은. 권위[정 (鼎)]를 바치다. 이는 『한서(漢書)』 항적전(項籍伝) 「籍長八尺二寸, 力能扛鼎」.
- 진군秦軍 : 진시황(秦始皇)의 군대(軍隊). 각(却)은 진나라 군대의 진격을 막다. 이것은 진(晋)·좌사(左思), 영사팔수(詠史八首) 기삼(其三) 「吾慕魯仲連, 談笑却 秦軍」을 차용하여 만든 조어.
- 좌막佐幕 : 장군의 막료가 되어 보좌를 하다. 당(唐)·이빈(李頻)의 춘일부주증

배거사시(春日鄜州贈裵居士詩)「雖将身佐幕, 出入似閑居」.

- 청해靑海 : 외적의 침입에 의해서 전장이 되어버린 북방 변방의 의미를 사용하여 만든 말. 이는 당(唐)・두보(杜甫)의 병군행(兵軍行)「君不見靑海頭, 古来白骨無人收」를 근거로 하여 만들어진 것 같다.

- 사가思家 : 고향집을 생각하다라는 의미이고, 삼계화택(三界火宅)의 의미는 아니다. ~망백운(望白雲)은 『구당서(旧唐書)』 적인걸전(狄仁傑伝)에 보이는 다음 고사에 기초하여 만들어진 조어. 적인걸(狄仁傑)은 병주(幷州)의 법조참군(法曹參軍)이 되어, 대행산(大行山)에 올라서 고향을 바라보았다. 흰 구름이 떠있는 것에 주목을 하여, 우리 부모가 저 아래에 있다고 말하고 그리워하여 탄식을 하였다고 한다.

- 휘편揮鞭 : 말에 채찍을 가하다. 당(唐)・한굉(韓翃)의 소년행(少年行)「揮鞭暁出章臺路, 葉葉春衣楊柳雲」.

- 장분将分 : 분(分)은 이별을 하다. 장(将)은 이루다. 『논어(論語)』 자한편(子罕篇)「원래부터 하늘은 이를 허락하여 성(聖)을 이루다(固天從之将聖)」. 분(分)은 이탈[離却]하다. 『장자(莊子)』 어부편(漁父篇)「멀어졌구나, 그 길로부터 이탈하였다(遠哉, 其分於道也)」.

○二九 차운(次韻)

菊軒 黃応時(국헌 황응시)

吾愛林都事 _{오 애 임 도 사}	친애하는 나의 친구 임도사
風流足聽聞 _{풍 류 족 청 문}	풍류는 소문에 자자하네.
詞壇排太白 _{사 단 배 태 백}	시단에서는 이태백을 능가하고,
蓮幕拉終軍 _{연 막 납 종 군}	연막은 종군마저도 울었노라.
慣対関山月 _{관 대 관 산 월}	익숙한 관산의 달을 우러러 보고,
還登鎖闥雲 _{환 등 쇄 달 운}	궁전의 문에도 오르네.
論懐猶未洽 _{논 회 유 미 흡}	심정을 술회하기에는 아직도 멀었으니,
忘却夜将分 _{망 각 야 장 분}	야밤인 것조차 까마득히 잊어버렸네.

－측기(仄起)

🌸 어석(語釈)

- 풍류風流 : 우아하고 품위가 있는.
- 족청문足聽聞 : 실컷 듣다. 이 시어는 『서경(書経)』 중훼지고편(仲虺之誥篇) 「矧
  予之德言, 足聽聞」에서 가져다 쓴 것이다.
- 사단詞壇 : 문단(文壇). 문학인의 사회.
- 태백太白 : 당(唐)의 이백(李白)을 말한다. 배(排)~는 적선(謫仙)인 이백(李白)을
  물리치다.
- 연막蓮幕 : 대신(大臣)의 막부(幕府). 연부(蓮府). 당(唐)·한악(韓偓)의 기호남종
  사시(寄湖南従事詩) 「蓮花幕下風流客, 試与温存諧逐情」.
- 종군終軍 : 한(漢)의 종군(終軍), 자(子)는 자운(子雲)을 지칭한다. 납(拉)~은 박

변능문(博辯能文)의 종군(終軍)의 기세를 꺾었다.

- 관산關山 : 향리의 4경(四境)을 에워싼 산들. 이른바 고향의 의미.
- 쇄달鎖闥 : 연쇄(連瑣)의 모양이 새겨져 있는 궁문을 말한다.
- 논회論懷 : 속마음[심정]을 말하다. ~유미흡(猶未洽)은 심정을 토로하는 것이 아직 꺼려지다. 명(明) · 왕문(王問)의 산중두한시(山中陡寒詩)「一飽仍偃臥, 山中意已洽」.
- 망각忘却 : 잊어버리다. 명(明) · 승방택(僧方澤)의 무창조풍시(武昌阻風詩)「与君尽日臨水, 貪看飛華忘却愁」.
- 야장분夜将分 : 야밤인 것조차. 분(分)은 「半也, [公羊莊二年伝] 喪師分焉」(『중화대자전(中華大字典)』).

○三○ 차운(次韻)

湖西 金雲擧(호서 김운거)

吾愛林都事 _{오 애 임 도 사}	친애하는 나의 친구 임도사
風流天下聞 _{풍 류 천 하 문}	풍류는 천하에 자자하여라.
酒傾三百盃 _{주 경 삼 백 배}	술잔을 기울인 것도 삼백 잔이요,
詩掃十千軍 _{시 소 십 천 군}	시를 읊으면 수천의 군대와 같아.
載弄東湖月 _{재 롱 동 호 월}	비로소 즐긴 것은 동호의 달이요,
時吟北岳雲 _{시 금 북 악 운}	실로 읊는 것은 북악의 구름이라.
顓蒙相識晚 _{전 몽 상 식 만}	이 우둔한 자와 늦게 벗이 된 것은
關路奈將分 _{관 로 내 장 분}	관로로 가서는 안 되리, 이별의 길이라.

-평기(仄起)

🌸 어석(語釈)

- 풍류風流 : 세속적인 것을 초월한 상태를 말한다. ~천하문(天下聞)은 당(唐)·
  이백(李白)의 증맹호연시(贈孟浩然詩) 「我愛孟夫子, 風流天下聞」을 가차하여 만
  든 조어.
- 주경酒傾 : 술잔을 기울이다 즉, 송(宋)의 황정견시(黄庭堅詩) 「頗与幽子逢, 煮茗
  当酒傾」 ~삼백잔[三百盃]은 당(唐)·이백시(李白詩) 「百年三萬六千日, 一日須傾
  三百杯」를 모방하여 만든 시어.
- 시소詩掃 : 시 쓰기를 그만두다. 소(掃)는 없애는 일이 조금씩 이루어지는 것과
  는 달리 단번에 치워 없애는 것. ~십천군(十千軍)은 당(唐)·두보시(杜甫詩)
  「詞源倒流三峽水, 筆陣橫掃千人軍」에 기초하여 만든 조어.

- 재롱載弄 : 난해한 단어지만 다음과 같이 해석을 할 수 있다. 재(載)는 『시경(詩經)』주송 신공지십(周頌臣工之什) 「비로소 벽왕을 만나다(載見辟王)」에 기초하여 처음의 의미. 롱(弄)은 『春秋左氏伝』僖公 九年条 「이오는 연약했을 때부터 놀이를 즐기지 않았다(夷吾弱不好弄)」에 의거해서 장난치며 놀다의 의미.
- 동호월東湖月 : 동호(東湖)는 함경북도 부령군 부거면(咸鏡北道富寧郡富居面)에 있는 호수(湖水)의 이름. 당(唐)·이백(李白)의 몽유천로시(夢游天姥詩) 「我欲因之夢吳越, 一夜飛度鏡湖月」을 농후하게 의식하여 지은 조어.
- 북악운北岳雲 : 북악(北岳)은 한성(漢城)의 북방(北方)을 가로지르고 있는 구릉의 명칭. 이 세 자는 『문선(文選)』북산이문(北山移文) 「북악에서 은자의 옷을 현란하게 걸치다[濫巾北岳]」를 염두에 두고 만든 것 같다.
- 전몽顓蒙 : 어리석은 자. 이는 작자의 겸칭.
- 관로關路 : 관문에 이어지는 길.
- 내장분奈將分 : 어찌하여 이별을 고할쏘냐. 송별하러 가는 것은 어찌된 일인가.

❀ 해설

본장의 창수(唱酬)는 다시 5언율시의 시형으로 되어 있다. 평안감사의 막료인 임제(林悌)가 5명의 벗들과 「초혜주(草鞋酒 : 헤어질 때 짚신을 신고 나서 마시는 술, 또는 이별에 즈음해서 여는 연회를 일컬음)」하는 풍경이 여기에 전개되고 있다. 과만환경(瓜満還京)하는 백호 임제(白湖 林悌)의 사별시(辭別詩)와 5명의 벗들의 작품에 대한 수별시(酬別詩)와 같은 조화야 말로 실로 본 『상영록(觴詠録)』의 압권이 되는 것이다. 송(宋)·이방 등(李昉等)의 『문원영화(文苑英華)』를 보면 당인(唐人)에게 5언율시의 유별시(留別詩)·증별시(贈別詩)의 작품이 대단히 많은 것은 경이로운 일이다. 그러나 「작별을 고하다」의 시(詩)가 보내져온 것에 반해 그 운에 버금가는 수창(酬唱)한 송행시(送行詩)와 같은 타입의 작품은 거의 없다. 따라서 본장에 펼쳐진 임제(林悌)의 초혜주(草鞋酒)의 장면은 실로 이색적인 이벤트라고 말하지 않을 수 없다.

浮碧樓觴詠錄

제6장

○三一 원운(元韻)

白湖 林悌(백호 임제)

秦簫咽 _{진 소 인}	퉁소는 목매듯
湘瑟清 _{상 슬 청}	거문고는 맑게 울고
国破古宫在 _{국 파 고 궁 재}	나라 망했으되 고궁은 남아 있고
江寒新月明 _{강 한 신 월 명}	강물 차가운데 초승달은 밝도다
高楼相対不能酔 _{고 루 상 대 불 능 취}	높은 누각에 마주 앉아 취하질 못하다니
更耐天涯離別情 _{갱 내 천 애 이 별 정}	하늘 끝 이별의 정 이제 또 어찌하리!

-357언(三五七言), 경운(庚韻) [청(清)·명(明)·정(情)]

🌸 어석(語釈)

- 진소秦簫 : 부는 악기의 일종인 소(簫, 피리)의 미칭(美称). 소관(小管)을 엮어서 봉황의 형상을 조각하고, 관(管)의 수는 10관(管)에서 24관(管)까지의, 길이는 1척2촌(尺二寸)에서 2척(二尺)까지의 피리이다. 당(唐)·두보시(杜甫詩)「重对秦簫発, 俱過阮宅来」.
- 상슬湘瑟 : 현악기(絃楽器)인 슬(瑟, 거문고)의 미칭. 길이는 8척1촌(八尺一寸), 넓이가 1척8촌(一尺八寸), 현수(絃数)는 이십삼현(二十三絃)으로서 대형의 거문고[琴]이다. 당(唐)·맹교시(孟郊詩) [湘瑟颼飀絃, 越賓嗚咽歌」. 당(唐)·이상은시(李商隠詩)「不須浪作緱山意, 湘瑟秦簫自有情」.
- 고궁古宮 : 고궁박물원의 고궁이 옛날 궁전의 의미인 것이 틀림이 없다. 궁(宮)은 범궁(梵宮). 당(唐)·주경여시(朱慶餘詩)「流水離経閣, 閒雲入梵宮」. 국파(国破)~재(在)는 당(唐)·두보(杜甫)의 춘망시(春望詩)「国破山河在」를 강하게 의식을 하여 만들어진 조어.

- 강한江寒 : 강이 냉랭하고 살풍경하다의 의미. ～신명월(新月明)은 차가운 강물 위에 홀로 새로 나온 달이 맑은 그림자를 드리우고 있다. 신월(新月)은 초승달 [三日月]. 이 구는 당(唐)・왕창령(王昌齡) 파릉별유처사시(巴陵別劉処士詩)「竹映秋館深, 月寒江風起」.
- 고루高楼 : 높은 누각(楼閣). ～상대(相対)는 고루(高楼)에 입장이 다른 사람끼리 대좌를 하다의 의미.
- 불능취不能酔 : 아무리 술을 마셔도 취기를 띠지 않다. 이는 당(唐)・이백(李白) 의 기두보시(寄杜甫詩)「魯酒不可酔, 斉歌空復情」[주 : 노주(魯酒)는 노국(魯国)의 옅은 술]에 힌트를 얻어 만든 조어.
- 천애天涯 : 대단히 멀리 떨어져 있는 곳의 의미. 당(唐)・두보(杜甫)의 야망시(野望詩)「海内風塵諸弟隔, 天涯涕淚一身遥」.

○三二 차운(次韻)

松塢 李応淸(송오 이응청)

山河古 _{산 하 고}	산하는 오래되었고
鍾磬清 _{종 경 청}	종소리와 편경소리 청아하여라
十載夢猶懶 _{십 재 몽 유 라}	10년 된 꿈이 더욱 울적한 것도,
今宵耳暫明 _{금 소 이 잠 명}	오늘밤만 잠시 동안 밝도다.
醉来投筆問江水 _{취 래 투 필 문 강 수}	취기가 돌면 붓을 버리고 강물에 묻고,
何似人間両地情 _{하 사 인 간 양 지 정}	어찌 같으랴 현세의 인간계와 천지의 정이.

❀ 어석(語釈)

- 종경鍾磬 : 모두 타악기인 종과 경. 『한서(漢書)』 예문지(芸文志) 「聞鼓琴瑟鐘磬之音」.
- 십재十載 : 10년. 당(唐)·우업(于鄴)의 서정시(書情詩) 「不知書与剣, 十載両無成」.
- 몽유라夢猶懶 : 꿈을 이루려고 해도 이룰 수 없다는 의미. 라(懶)는 「해야(懈也)」 (『중화대자전(中華大字典)』). 이 세 자는 당(唐)·잠삼(岑参)의 독고점도별시(独孤漸道別詩) 「窮荒絶漠鳥不飛, 萬磧千山夢猶懶」를 차용을 하여 만든 조어.
- 양지정両地情 : 단절이 된 양지(両地)에 있어서 양자의 수사(愁思).

○三三 차운(次韻)

畊湖 金爾玉(경호 김이옥)

銀河淡 _{은 하 담}	은하수는 넓고 넓어,
玉露淸 _{옥 로 청}	풀잎의 이슬은 해맑도다.
暗棹前浦響 _{암 도 전 포 향}	야밤에 노 젓는 소리는 포구에 울려퍼지고,
江心漁火明 _{강 심 어 화 명}	강심의 어화는 눈이 부시게 빛나네.
半夜疎鍾醒俗耳 _{반 야 소 종 성 속 이}	한밤중에 종소리는 속인을 깨우치고,
滌尽湖山今古情 _{척 진 호 산 금 고 정}	산과 호수는 고금의 정을 깨끗하게 씻어내리네.

✿ 어석(語釈)

- 은하銀河 : 은하수의 이칭. 강과 같이 길고, 하얗게 빛이 나는 것처럼 보이기 때문에 이처럼 표현을 하였다. 남조제(南朝齊)·강총시(江總詩)의 「織女今夕渡銀河, 当見新秋停玉梭」.

- 옥로玉露 : 이슬을 구슬에 비유하여 일컫는 말. 당(唐)·두보(杜甫)의 춘흥팔수 (秋興八首)의 기일(其一) 「玉露凋傷楓樹林, 巫山巫峽氣蕭森」.

- 암도暗棹 : 어두운 가운데 배를 젓는 소리. 이는 작자의 조어.

- 전포前浦 : 앞의 해변.

- 어화漁火 : 고기잡이를 할 때에 사용하는 장작불. 고기를 유인하기 위하여 피우는 장작불[篝火]. 당(唐)·장계(張継)의 풍교야박시(楓橋夜泊詩) 「月落烏啼霜満天, 江楓漁火対愁眠」.

- 소종疎鍾 : 띄엄띄엄[간간히, 간헐적으로] 울려퍼지는 종소리. 작자의 조어.

- 속이俗耳 : 속인의 귀. 이는 자기 자신의 일행을 지칭한다.

- 고금今古 : 옛날과 지금. 당(唐)·한유(韓愈)의 유자후묘지명(柳子厚墓誌銘) 「儁傑廉悍, 議論今古에 証據하고 云云」. ~정(情)은 구수(句首)의 척진(滌尽)과 함께 작자의 조어.

○三四 차운(次韻)

湖西 金雲擧(호서 김운거)

江風淡 _{강 풍 담}	강바람은 산들산들 불고,
江月淸 _{강 월 청}	강에 뜬 달은 맑게 빛나네.
華閣綠樽滿 _{화 각 녹 준 만}	화각에는 녹준에 술이 넘실거리고,
銀筵紅燭明 _{은 연 홍 촉 명}	은연은 홍촉이 붉게 불타오르네.
狂歌喜舞醉濡首 _{광 가 희 무 취 유 수}	광가 희무하여 정신없이 취하고,
一夜論交無限情 _{일 야 논 교 무 한 정}	밤새 번갈아 토론함은 끝없는 정한 때문이네.

❀ 어석(語釈)

- 강풍江風 : 강바람. 당(唐)·두보(杜甫)의 증화경시(贈花卿詩)「錦城絲管日粉粉, 半入江風半入雲」.
- 강월江月 : 강의 표면에 비치는 달그림자. 당(唐)·장약허(張若虛)의 춘강월화시(春江月花詩)「江畔何人初見月, 江月何年初照人」.
- 화각華閣 : 화려한 건물.
- 녹준綠樽 : 술통을 말한다. 당(唐)·이백시(李白詩)「昨日繡衣傾綠尊, 病如桃李意何言」.
- 은연銀筵 : 백색 은으로 장식을 한 좌석.
- 홍촉紅燭 : 홍색의 촛불. 당(唐)·사공서시(司空曙詩)「紅燭津亭夜見君, 繁絃急管両粉粉」.
- 광가狂歌 : 장난스레 노래를 부르다. 또 미친 듯이 노래하다. 『후한서(後漢書)』신도반전(申屠蟠伝)「裸身大笑, 被髪狂歌」.
- 유수濡首 : 음주유수(飮酒濡首)의 약칭. 즉 홍건히 취하여 본성을 잃어버린 상

태. 『역경(易経)』 미제편(未済篇) 「飮首濡首, 亦不知節也」.

- 논교論交 : 연면동사(連綿動詞)로서 논(論)은 이러쿵저러쿵 말하다, 교(交)는 번갈아[교대로]의 의미.

- 무한정無限情 : 무한(無限)은 한계가 없는 것. 정(情)은 풍정(風情), 풍아(風雅)한 취미.

○三五 차운(次韻)

菊軒 黃応時(국헌 황응시)

江山寂 강 산 적	강산이 모두 적막하고,
風露淸 풍 로 청	바람과 이슬은 매우 청명하여라.
汀樹月欲落 정 수 월 욕 락	정수에는 달이 지려고 하고,
漁村火独明 어 촌 화 독 명	어촌의 불빛은 홀로 빛을 발한다.
一声長笛催詩興 일 성 장 적 최 시 흥	장적의 일성은 시흥을 돋우고,
永夜連床無尽情 영 야 련 상 무 진 정	긴 밤에 침상 펼쳐놓으니 풍정이 끊이질 않네.

✿ 어석(語釈)

- 강산江山 : 산하(山河). 산수(山水). 당(唐)·손적(遜逖)의 산음현서루시(山陰県西楼詩)「都邑西楼芳樹間, 逶迤霄色遠江山」.
- 풍로風露 : 바람과 이슬. ~청(淸)은 당(唐)·대숙륜(戴叔倫)의 숙성남성본도운운시(宿城南盛本道云云詩)「隔浦雲林近, 満川風露淸」을 빌려 만든 조어.
- 정수汀樹 : 물가의 수목.
- 어촌漁村 : 어부가 사는 어촌.
- 일성一声 : 한 소리. 당(唐)·유종원(柳宗元)의 어옹시(漁翁詩)「煙鎖日出不見人, 欸乃一声山水緑」.
- 장적長笛 : 횡적(橫笛). 옆으로 긴 피리. 한(漢)·마융(馬融) 장적부(長笛賦)에 의하면, 공동무저(空洞無底, 속이 비어 있고, 밑바닥이 없다)로 지금의 1척 8촌과 같은 것을 말한다. 그러나 후세에는 훨씬 길어져서 4척 2촌과 같은 것이 제작되었다고 한다.
- 시흥詩興 : 시의 즐거움[홍취]. 송(宋)·육유시(陸游詩)「吏来屢敗哦詩興, 雨作常妨載酒行」.
- 영야永夜 : 긴 밤(長夜).

차운(次韻)

南坡 盧景達(남파 노경달)

松風緊 송 풍 긴	솔바람은 세차게 불어대고
江水淸 강 수 청	시냇물은 맑디 맑아라.
碧尊山未暮 벽 준 산 미 모	벽준은 산에 아직 저물지 않았고,
紅燭夜深明 홍 촉 야 심 명	홍촉은 밤이 깊어지니 빛나네.
悠悠多少洲辺雁 유 유 다 소 주 변 안	유유히 나는 다소의 강변의 기러기여
分付相思別後情 분 부 상 사 별 후 정	나눌까 하네, 정인과의 이별을.

❀ 어석(語釈)

● 송풍긴松風緊 : 송풍(松風)은 솔바람. 긴(緊)은 강하다. 이 세 자는 당(唐)·나업(羅鄴)의 백촉입관시(自蜀入関詩) 「斜陽駅路西風緊, 遥指人煙宿翠微」에 기초하여 만들어진 조어.

● 강수청江淸 : 강물이 청명하게 흐르고 있다. 이는 당(唐)의 이기(李頎)의 춘송종숙유양양시(春送從叔遊襄陽詩) 「客夢峴山曉, 漁歌江水淸」을 빌려 만들어진 시어.

● 벽준碧尊 : 벽향(碧香)의 술통. 벽향(碧香)은 송(宋)·소식(蘇軾)의 송벽향주여조명숙교수시(送碧香酒与趙明叔教授詩) 「碧香近出帝子家, 鵝児被殼酥流盎」에서 볼 수 있는 술. 다만, 여기에서는 그 술의 이름과는 관계가 없고, 단지 술통의 의미로 사용되고 있다.

● 유유悠悠 : 많은 상태. 『후한서(後漢書)』 주목전(朱穆伝) 「悠悠者皆是, [注] 悠悠, 多也」.

● 다소多少 : 많다. 소(少)는 조자助字. 당(唐)·맹호연(孟浩然)의 춘효시(春暁詩) 「夜来風雨声, 花落知多少」. 당(唐)·두목(杜牧)의 강남춘시(江南春詩) 「南朝四百八

十寺, 多少楼臺煙雨中」. 명(明) · 손존오(孫存吾)의 추사시(秋思詩) 「眼前多少関心
事, 付与寒螿徹夜吟」.

- 분부分付 : 나누어 주다. 여기에서의 이 시어는 백(唐) · 백거이(白居易)의 제문
  집궤시(題文集櫃詩) 「只応分付女, 当与外孫伝」과 같이 변명을 하는 뜻은 아니다.
- 상사相思 : 사모하다. 혹은 일방적으로 사모하다[짝사랑을 하다]. 또 그런 사람
  을 지칭한다. 당(唐) · 장약허(張若虚)의 춘강화월야시(春江花月夜詩) 「誰家今夜扁
  舟子, 何処相思明月楼」.

❈ 해설

3 · 5 · 7언은 3언과 5언과 7언으로 된 6구체의 시이다. 이 시 형태는 성당(盛唐)
「삼오칠언(三五七言)」[『해여총고(陔餘叢考)』 권(卷) 二十二]. 秋風淸(추풍청), 秋月明(추
명월) 가을바람은 청명하고, 가을 달은 밝게 빛나네. 落葉聚還散(낙엽취환산), 寒鴉棲復
驚(한아서부경) 낙엽은 모였다가는 또 흩어지고, 겨울 까마귀는 안식을 취한 듯하다
가도 놀라네. 相思相見知何日(상사상견지하일), 此時此夜難為情(차시차야난위정) 사랑
하고 서로 바라보지 못한 것이 몇 일인가, 이때에 이날 밤에 정한을 이룰 수 없어라.

이백(李白)에 의한 이 시는 평측(平仄)을 완정하게 갖추었고, 제1구 · 제2구 · 제4
구 · 제5구 · 제6구에 압운(押韻)이 있다. 서사적인 구성은 제1구와 제2구까지 구사
가 되어 있고, 제3구와 제4구까지 이어져 있다. 그리고 제5구에서 전환을 하고,
제6구에서 정리가 되어 있다. 이와 같이 기승전결의 원리로 이루어져 있다. 게다가,
제1 · 2와 제3 · 4구가 각각 대구로 구성이 되어 있다. 그런데, 이 시형(詩形)은 각
구의 글자 수가 고르지 않기 때문에 금체(今体)가 되지 않았고, 잡언시(雑言詩)로서 고
체(古体)의 부(部)에 포함되어 있다. 본 장의 창수(唱酬)에 있어서 3언 7언 등과 같은
특수한 시형은, 이백의 이별시의 서정에 관심을 갖은 임제(林悌)가, 절친한 벗과의 이
별에 주고받는 술은 어느 정도의 술잔을 반복하여도 취하지 않는 것으로 키워드시어
[関鍵詞]로 바꾸었기 때문에 지을 수밖에 없어 달리 선택의 여지가 없었다. 더욱이
차운(次韻)한 다섯 명의 작품 중에서 송오시(松塢詩)에 헤어진 후의 양지(両地)의 사람
의 우울한 심정이 어느 정도 유사한가를 대동강의 유수(流水)에 물어보자라고 한 것
과 양(梁) · 하손(何遜)의 수많은 밤의 이별시중[夜別詩中]의 1편을 바탕으로 하여 읊
은 것이 유달리 빛이 난다.

浮碧樓觴詠錄

제
7
장

○三七 연구시(聯句詩)

郭外前朝寺 도성 밖에 전 왕조의 사찰로 −白湖 林悌(백호 임제)
곽 외 전 조 사

詩朋作勝遊 글벗들 함께 나가 좋은 놀이 되었노라 −菊軒 黃応時(국헌 황응시)
시 붕 작 승 유

禪窓香一炷 선방에 향불 심지 타오르고 −畊湖 金爾玉(경호 김이옥)
선 창 향 일 주

雲樹月千秋 운수雲樹엔 천추의 달 걸렸구나 −湖西 金雲擧(호서 김운거)
운 수 월 천 추

塔古疎松陰 탑은 소나무 성근 그림자에 예스럽고 −松塢 李応淸(송오 이응청)
탑 고 소 송 음

城臨白鷺洲 성은 갈대꽃 하얀 물가로 다다랐네 −南坡 盧景達(남파 노경달)
성 임 백 로 주

雙虹橋百尺 쌍무지개 다리 백 척인데 −白湖 林悌(백호 임제)
쌍 홍 교 백 척

長鏡水交流 거울처럼 맑은 물 마주쳐 흐른다 −松塢 李応淸(송오 이응청)
장 경 수 교 류

麟馬伝寄迹 기린마 기이한 자취를 전했고 −畊湖 金爾玉(경호 김이옥)
인 마 전 기 적

蓮宮起旧愁 연화궁 옛 시름을 일으킨다 −湖西 金雲擧(호서 김운거)
연 궁 기 구 수

壁間甾醉墨 벽에다 취묵醉墨을 남기고 −菊軒 黃応時(국헌 황응시)
벽 간 유 취 묵

回首意悠悠 머리 돌리니 뜻이 유유하여라 −南坡 盧景達(남파 노경달)
회 수 의 유 유

−오언배율(五言排律), 우운(尤韻), 측기(仄起)

❀ 어석(語釈)

- 곽외郭外 : 여기에서는 평양부의 성곽의 외부를 지칭한다. 일반적으로는 교외
  의 의미. 당(唐)・두보시(杜甫詩)「看鼻雖郭外, 倚杖即渓辺」.
- 전조사前朝寺 : 전대의 조정, 즉 고려조(高麗朝)의 옛 사원(寺院). 이 세 자[三字]

는 당(唐)·장호시(張祜詩) 「星霜幾朝寺, 香日静居人」. 당(唐)·정소시(鄭巢詩) 「馬過隋代寺」, 송(宋)·왕안석시(王安石詩) 「証聖南朝寺」 등에서 가차하여 만들어진 시어.

- 시붕詩朋 : 시를 짓는 동료. 이 단어는 당(唐)·한유(韓愈)의 성남연구(城南聯句) 및 납량연구(納涼聯句)에서 그 동료들을 가붕(佳朋)·현붕(賢朋)이라고 호칭을 한 것을 염두에 두고 만들어졌다.

- 승유勝遊 : 마음이 성취된 놀이의 의미. 사공도시(司空図詩) 「旅寓雖難定, 乗閑是勝遊」.

- 선창禅窓 : 사원의 창. 송(宋)·소식시(蘇軾詩) 「禅窓麗午景, 蜀井出氷雪」.

- 향일주香一炷 : 한 줄기의 선향. 당(唐)·사공도(司空図)의 청룡사안상인시(青龍師安上人詩) 「清香一炷知師意, 応為昭陵惜老臣」.

- 운수雲樹 : 구름이 자욱하게 낀 수목. 당(唐)·왕유(王維) 송최흥종시(送崔興宗詩) 「塞闊山河浄, 天長雲樹微」.

- 월천추月千秋 : (과거·현재·미래의) 영겁에 걸쳐서 빛나는 달. 천추(千秋)는 천 년의 의미. 전의되어 영원을 의미한다. 한(漢)·이릉(李陵)의 여소무시(与蘇武詩) 「嘉会難再遇, 三載為千秋」.

- 탑고塔古 : 불교의 탑은 오래되었다. 이는 당(唐)·노륜(盧綸)의 대초산사원시(大楚山寺院詩) 「寺古秋仍早, 松深暮更閑」에서 힌트를 얻어 만들어진 조어.

- 소성疎松 : 나뭇가지가 성긴 소나무. ~영(影)은 당(唐)·한굉(韓翃)의 제선유관시(題仙遊観詩) 「疎松影落空壇静, 細草香閑小洞幽」를 가차하여 만들어진 작자의 조어.

- 성임城臨 : 성(城)이 임하다. 이 시어는 당(唐)·위제(韋済)의 봉화성제차경악시(奉和聖製次瓊嶽詩) 「岳臨秦路険, 河遶漢垣長」을 힌트로 만들어진 듯하다.

- 백로주白鷺洲 : 백로(白鷺)은 전신이 순백색으로 등에 있는 깃털을 하고 있는 해오라비 종의 총칭. 노류(鷺類). 주(洲)는 강 가운데의 모래. 이는 당(唐)·이백(李白)의 숙백로주양강녕시(宿白鷺洲楊江寧詩) 「朝別朱雀門, 暮楼白鷺洲」를 가차하여 만들어진 조어.

- 쌍홍雙虹 : 중간이 날카롭고 둘로 나누어진 무지개의 의미인가. ~교백척(橋百尺)은 두 개가 나란히 선 무지개가 각각 백 척의 다리를 걸쳐놓은 것 같다. 이 구는 당(唐)·진자앙(陳子昂)의 춘일등금화관시(春日登金華観詩) 「鶴舞千年樹, 雙虹百尺橋」에서 따온 조어.

- 장경長鏡 : 가늘고 긴 거울. 이는 냇개[小川]의 비유이다. 이것은 당(唐)·왕발

(王勃)의 대주춘원작시(対酒春園作詩) 「狭水牽長鏡, 高花送断香」을 차용하여 만든 시어.

- 인마麟馬 : 고구려의 동명왕(東明王)편에 나오는 기린 같이 생긴 말[麒麟馬]의 고사. ~전기적(伝寄迹)은 기린말(麒麟馬)의 신기한 사적을 전해주고 있다. 이 구는 『조선지(朝鮮志)』(편자 미상)의 문장에 「朝鮮有麒麟窟, 在平壤府浮碧楼下, 東明王養麒麟馬処也」라는 기술이 있는데 이에 의거하여 만들어진 조어.
- 연궁蓮宮 : 사찰을 지칭한다. 불사(佛寺). 범궁(梵宮)・선궁(禅宮). 『패문운부(佩文韻府)』 우업시(于鄴詩) 「青青伊澗松, 移種在蓮宮」.
- 구수旧愁 : 오래된 우수. 당(唐)・서현(徐鉉)의 화방태주견기시(和方泰州見寄詩) 「逐客悽悽重入京, 旧愁新恨両難勝」.
- 벽간壁間 : 벽면. 당(唐)・피일휴(皮日休)의 과운거원현복상인구거시(過雲居院玄福上人旧居詩) 「龕上已生新生耳, 壁間空帯旧茶煙」.
- 취묵酔墨 : 술에 취해서 쓴 문장. 송(宋)・구양순(欧陽脩)의 송원부수영흥시(送原父守永興詩) 「新詩酔墨時一揮, 別後寄我無辞遽」.
- 회수回首 : 뒤돌아보다. 회고(回看)하다. 당(唐)・마대(馬戴)의 제장야인산거시(題章野人山居詩) 「帯郭茅亭詩興饒, 回看一曲倚危橋」. 청(清)・요규(姚揆)의 영천객사시(穎川客舎詩) 「回首帝京帰未得, 不堪吟倚夕陽楼」.
- 유유悠悠 : 깊은 생각에 빠진 상태. 『시경(詩経)』 진풍(秦風) 위양(渭陽)의 「我送舅氏, 悠悠我思」.

✿ 해설

연구시(聯句詩)란 사람마다 2구씩, 또는 4구씩, 혹은 또 1구씩 1회, 혹은 수회에 걸쳐서 지으면서 계속 지어 한편을 구성하는 것이다. 이 점은, 시어는 의미상통하고 있더라도 고인(古人, 중국의 두보나 이백과 같은 명시인)의 구를 모아서 한편을 만드는 집구시(集句詩)와는 매우 다르다. 그렇지만 연구시(聯句詩)의 목적이 되는 시형은 고체(古体), 또는 금체(今体)의 5언시(五言詩) 위주로 7언시(七言詩)・6언시(六言詩)・4언시(四言詩), 3언시(三言詩) 등은 매우 드물다. 또한 연구시(聯句詩)는 모두 일운도저격(一韻到低格)이기 때문에 각각의 사람들이 구를 짓는 데는 운을 밟는 것이 통칙이 된다.(1인 1구씩의 방법은 불압운구(不押韻句, 압운하지 않는 구)가 있기 때문에 잘못된 것으로 여겨지기 쉽다.)

백호 임제와 다섯 명의 동료들이 영명사에 숙박을 했을 때의 감상을 서로 읊은 이 오언배율육운(五言排律六韻)의 연구시(聯句詩)는 주객이 각각 한 구씩, 2회에 걸쳐 작시를 하였다. 그러나, 이에는 약간의 의문을 갖지 않을 수 없다. 왜냐하면, 오언시(五言詩)의 연구(聯句)에 있어서 돌아가면서 한 구씩 짓는 것으로 시작하고 끝내는 등의 수법은 아직 일찍이 유례를 찾아볼 수 없기 때문이다.

청 강희제 칙찬(淸康熙帝勅撰)『전당시(全唐詩)』에는 당대(唐代)에 있어서 수많은 연구작품(聯句作品)이 수록되어 있다. 그 중에서 안진경(顔眞卿), 한유(韓愈)와 백거이(白居易)의 작품이 있다. 안록산란(安祿山亂)에서 큰 공을 세운 것으로도 유명한 서가(書家)인 안진경(顔眞卿)의 연구(聯句)의 작품으로서 5언시12수(五言詩十二首), 7언시7수(七言詩七首), 3언시3수(三言詩三首)가 있다. 고체시(古體詩)이고 연철(聯綴)의 방법은 다음과 같이 되어 있다. 5언시(五言詩)에서는 각자 2구(二句)씩의 작품이 9수(九首), 4수(四首)씩의 작품이 2수(二首)이다. 4구(四句)씩의 중연구(重聯句)가 1수(一首). 3언시(三言詩)에서는 6구(六句)의 작품이 2수(二首), 4구(四句)의 작품이 1수로 되어 있다.

원화기(元和期)의 시호(詩豪)이면서 문장가(文章家)로서 탁월했던 한유(韓愈)는 연구체(聯句体)를 확립한 사람으로서 유명하지만, 그 성남연구(城南聯句)·회합연구(会合聯句)·투계연구(鬪雞聯句)·추우연구(秋雨聯句)·동숙연구(同宿聯句)·원유연구(遠遊聯句) 등 다수의 작품은 어느 것이나 모두 각각 2구씩, 횟수를 거듭하여 작구된 5언시(五言詩). 다만, 맹교(孟郊) 등에 의한 2백구(二百句)가 넘는 성남연구(城南聯句)만은 1구(一句)(郊)/2구(二句)(愈)/2구(二句)(郊)⋯⋯1구(一句)유(愈)와 같이 발단과 결말이 각각 1구이다. 애호가가 광범하게 형성되어 있었던 것으로 보아 당대의 탁월한 대시인(大詩人)이 된 백거이(白居易)는 왕기(王起)·유우석(劉禹錫)과 함께 엮은 연구작품(聯句作品)이 추림즉사(秋霖卽事)·희청(喜晴)·회창춘연즉사(会昌春連宴卽事)·주정복야겸간상서(走呈僕射兼簡尚書)의 4수(四首)이다. 양쪽 모두 세 사람이 각각 4구씩, 5회에 걸쳐서 지은 것이지만, 그 30운은 모두 5언배율로 되어 있다.

이상을 요약하자면 중당(中唐)의 한유(韓愈)에 의해서 확립이 된 연구시(聯句詩)의 요령은, 성당(盛唐)의 안진경(顔眞卿)이 시도한 7언시(七言詩)를 각자가 1구씩 하는 형태의 수법 등을 척각(斥却, 물리쳐 버림)해서 연구시(聯句詩)의 본령(本領)은 5언시(五言詩)에 있다고 즐겼고, 각자 2구씩의 작구(作句)를 철칙으로 정하였다. 그러나 이는 남조양(南朝梁)·하손(何遜)·『하수부집何水部集』의 압권으로 되었다. 범운(范雲)·유

효작(劉孝綽) 등과의 다수의 연구(聯句)시 작품이 어느 쪽이나 각각 4구씩으로 연철(聯綴, 연작의 형태)한 5언시(五言詩)시이기 때문에 2구씩 횟수를 거듭하여 짓는 것으로 개정을 한 것뿐이다.

임제(林悌)의 영명사연구(永明寺聯句)는 5언배율(五言排律)의 시형(詩形)을 지닌 것으로 백거이(白居易)의 영향을 받고, 연철법(聯綴法)에 대해서는 한유(韓愈)의 성남연구(城南聯句)에서 기준을 삼고자 한 것이 엿보인다. 최초에 불압운(不押韻)의 제1구만을 짓고 있는 것은 한유(韓愈)와 맹교(孟郊)에 있어서 발단 1구(發端一句), 중간 2구(中間二句)씩, 결말 1구(結末一句)의 방법을 답습을 하려고 한 무엇보다도 명확한 증거가 아닌가. 그런데, 첫 번째가 1구밖에 짓지 않았는데 영향을 받아 두 번째도 1구만을 지었기 때문에 이후 각각 1구씩으로 고정이 되었다. 이처럼 발단 1구(發端一句), 중간 2구(中間二句), 결말 1구(結末一句)의 구상은 무참히도 붕괴가 되었다.

이와 같은 논단은 너무도 자의적(恣意的)인 억측의 산물이 아니다. 만당(晚唐)의 육구몽(陸龜蒙)에게 보은사남지연구(報恩寺南池聯句)가 있는 것을 보면 알 수 있다. 피일휴(皮日休)・ㅁ숭기(ㅁ嵩起)[실성(失姓)]와 함께 작성한 그 일편(一篇)은 오언배율십사운(五言排律十四韻)이고, 연철(聯綴)의 방법은 다음과 같이 되어 있다. 제1구(第一句)(龜蒙)/제2구・3구(第二・三句)(日休)/제4구・5구(第四・五句)(嵩起)/……제24・25구(第二十四・二十五句)(龜蒙)/제26・27구(第二十六・二十七句)(日休)/제28구(第二十八句)(嵩起). 이와 닮은 것이 임제(林悌)가 남몰래 생각해낸 「희망도(希望図)」였던 것으로 생각된다.

浮碧樓觴詠錄

제8장

○三八 용전운작고풍(用前韻作古風)
전운前韻을 써서 고풍古風을 짓다

白湖 林悌(백호 임제)

偶与二三客 우연히 두 셋의 객과 함께
우 여 이 삼 객

約為塵外遊 약속한 세상 밖의 놀이를 하였네.
약 위 진 외 유

湖山渾似旧 산과 물 모두 옛날과 같고,
호 산 혼 사 구

景物已経秋 경물은 이미 가을이 지났네.
경 물 이 경 추

落月掛高堞 지는 달 높은 성가퀴에 걸리고
낙 월 괘 고 첩

寒潮鳴遠洲 찬 물결 멀리 모래톱에서 울리네
한 조 명 원 주

石室蓮漏永 석실石室엔 연루蓮漏의 시각 길어
석 실 연 루 영

銀漢曉星流 은하에 새벽별이 흐르는 구나
은 한 효 성 류

詩雜長短句 시 짓기 장단구가 섞이는데
시 잡 장 단 구

酒銷今古愁 술은 고금의 시름 녹이노라.
주 소 금 고 수

閑忙殊去住 바쁘고 한가롭긴 떠나고 남기로 다르거니
한 망 수 거 주

関路更悠悠 관산關山의 길은 다시 또 아득하여라
관 로 갱 유 유

－5언고시(五言古詩), 우운(尤韻) [유(遊)·추(秋)·주(洲)·류(流)·수(愁)·유(悠)]

🌸 어석(語釈)

＊이삼객二三客 : 두 사람과 세 사람을 합친 다섯 명의 객으로 해석을 하는 것은
괴리이다. 이 시어는 『논어(論語)』 술이편(述而篇) 「二三子, 以我為隱乎」에 의거

하여 다수인 중의 여러 명의 의미이다. 여기에서는 시회(詩会)에 손님으로서 초대받은 사람을 말한다.

- 진외塵外 : 세속의 밖. 당(唐)·맹호연(孟浩然)의 만박심양망여산시(晩泊尋陽望廬山詩)「嘗読遠公伝, 永懐塵外踪」.
- 호산湖山 : 호수와 산악. 또 산하의 범칭. 당(唐)·두목(杜牧)의 강루만망시(江楼晩望詩)「湖山翠欲結蒙籠, 汗漫誰遊夕照中」[주 : 몽롱(蒙籠)은 무밀(茂蜜)한 상태].
- 경물景物 : 4계절마다의 경치를 더하다의 의미.
- 낙월落月 : 서쪽으로 기우는 달. 당(唐)·두보(杜甫)의 몽이백시(夢李白詩)「落月満屋梁, 猶疑照顔色」.
- 고첩高堞 : 높은 곳에 있는 성의 낮은 울타리.
- 한조寒潮 : 겨울 바다의 파도. 당(唐)·송지문(宋之問)의 야도오송강회고시(夜渡吳松江懐古詩)「寒潮頓覚満, 暗浦稍将分」.
- 원주遠洲 : 저 멀리에 보이는 냇가의 둔치. 이는 작자의 조어.
- 석실石室 : 산중에 은거하는 방[밀실]. 송(宋)·마존(馬存)의 호호가(浩浩歌)「玉堂金馬在何処, 雲山石室高嵯峨」.
- 연루蓮漏 : 연화루(蓮花漏). 즉, 물시계를 말한다. 당(唐)·장교(張喬)의 기산승시(寄山僧詩)「遠公独刻蓮花漏, 猶向山中礼六時」.
- 은한銀漢 : 은하수의 이명(異名). 유송(劉宋)·포조(鮑照)의 야청기시(夜聴妓詩)「夜来坐幾時, 銀漢傾露落」.
- 효성曉星 : 새벽 하늘에 띄엄띄엄 보이는 별. 남제(南斉)·사조(謝朓), 경로야발시(京路夜発詩)「曉星正寥落, 晨光復泱漭」.
- 장단구長短句 : 여기에서는 한 편 중에 장구(長句)와 단구(短句)를 혼합하여 사용하고 있는 장단구(長短句)의 시를 지칭하는 것은 아니다. 위의 시잡(詩雑)의 단어와 결속의 밸런스에서 생각하면 5언시도 있다는 의미.
- 한망閑忙 : 한가로움과 바쁨.
- 거주去住 : 떠나는 것과 머무는 것의 의미. 당(唐)·장손좌보시(長孫佐輔詩)「悲歓一世事, 去住両郷心」.
- 유유悠悠 : 먼 상태. 당(唐)·장위(張謂)의 제장안주인벽시(題長安主人壁詩)「縱今然諾暫相許, 終是悠悠行路心」.

○三九 동(同)

湖西 金雲擧(호서 김운거)

天孫曾此地 <small>천 손 증 차 지</small>	천손은 이곳에서 땅을 고르고,
麟馬極淸遊 <small>인 마 극 청 유</small>	준마를 타고는 풍류를 즐겼네.
国破経千劫 <small>국 파 경 천 겁</small>	나라는 망하여 천년이 지나고,
城空度幾秋 <small>성 공 도 기 추</small>	성은 허무하게 몇천 년을 지났는가.
寒潮分斷嶼 <small>한 조 분 단 서</small>	파도는 수중의 섬을 나누고,
高閣瞰長洲 <small>고 각 감 장 주</small>	고각은 강변의 모래사장을 굽어보네.
聯袂尋幽迹 <small>연 메 심 유 적</small>	함께 찾는 것은 희미한 발자취,
論交尽勝流 <small>논 교 진 승 류</small>	우정을 논하는 것은 모두 명문가의 자재들.
吳歈催詩興 <small>오 유 최 시 흥</small>	오나라의 노래는 시흥을 돋우고,
羌笛動離愁 <small>강 적 동 리 수</small>	강적은 이별의 우수를 돋우네.
回首浮生事 <small>회 수 부 생 사</small>	회고하니 허무한 인생사는
労形謾謬悠 <small>노 형 만 류 유</small>	몸을 혹사할지라도 공연한 위선일 뿐이라네.

－동(同)

✿ 어석(語釈)

- 천손天孫 : 글자 그대로 천신의 자손을 가리키고, 직녀성의 이명(異名)으로는 사용이 되지 않는다.
- 인마麟馬 : 하루에 천 리를 날 정도로 잘 달리는 준마. 이는 천리마(千里馬)와

함께 한결같이 조선에서 사용되어 온 시어.

- 청유清遊 : 풍류스러운 놀이. 청유(清游)와 동일. 송(宋)·소식(蘇軾)의 화대기지시(和代器之詩)「蕭寺清游属両人」.

- 천겁千劫 : 천년의 세월. 당 태종(唐太宗)의 대당삼장성교서(大唐三蔵聖教序)「無滅無生歴千劫」.

- 한조寒潮 : 겨울의 파도. 당(唐)·송지문(宋之問)의 야도오송강회고시(夜渡呉松江懐古詩)「寒潮頓覚満, 暗浦稍将分」.

- 단서断嶼 : 간헐적으로 보이는 수중의 섬. 이는 끊어진 물가[断渚]·단절된 무지개[断虹] 등에서 힌트를 얻어 만든 작자의 조어.『패문운부(佩文韻府)』사종가시(謝宗可詩)「荒汀断渚年年路, 応認芦花作主人」. 또 이백시(李白詩)「断虹天帔垂」.

- 장주長洲 : 길게 늘어선 모래사장의 강변. 송(宋)·소식(蘇軾)의 황주쾌재정기(黄州快哉亭記)「長洲之浜, 古城之墟」.

- 유적幽迹 : 희미한 발자국.

- 논교論交 : 교제를 꾀하다. 당(唐)·두보(杜甫)의 도보귀행(徒歩帰行)「人生交契無老少, 論交何必先同調」에서 가져온 말.

- 승류勝流 : 명류(名流). 신분이 좋은 사람.

- 오유呉歈 : 오국(呉国)의 노래(歌). 북주(北周)·유신(庾信)의 애강남부(哀江南賦)「呉歈越吟, 荊艶楚舞」[주 : 형염(荊艶)은 초나라 국가(国歌)].

- 강적羌笛 : 서방의 강족(羌族)이 사용한 것에서 비롯된 오공(五孔)의 피리. 당(唐)·왕자환(王子渙)의 양주사(涼州詞)「羌笛何用怨楊柳, 春光不度玉門関」.

- 부생浮生 : 허무한 인생. 당(唐)·정곡(鄭谷)의 자은우제시(慈恩偶題詩)「往事悠悠成浩歎, 浮生擾擾竟何能」.

- 노형劳形 : 몸을 혹사하다. 송(宋)·구양수(欧陽脩), 추성부(秋声賦)「百憂感其心, 萬事劳其形」.

- 유유謬悠 : 허위이기 때문에 두서가 없는 말. 황당무계(荒唐無稽).『장자(荘子)』천하편(天下篇)「以謬悠之説, 荒唐之言, 無端崖之辞」. 만(謾)~은 두서가 없는 언사를 자랑하다.

동(同)

松塢 李応清(송오 이응청)

江湖呼酒伴 강 호 호 주 반	강호에 술을 주문하여 벗과 함께,
浮碧楼同遊 부 벽 루 동 유	부벽루에서 풍류를 함께 즐기노라.
一曲歌金縷 일 곡 의 금 루	한곡의 금루의 곡조에 넋을 잃고,
三行知杜秋 삼 행 지 두 추	삼행 두추의 공주와 절친해진다네.
夜深宿山殿 야 심 숙 산 전	밤이 깊어 산당에서 묵으니
骨冷疑瀛洲 골 랭 의 영 주	뼈에 한기 들어 영주에 있는가 하고.
月落天深黒 월 락 천 심 흑	달은 지고 하늘은 칠흑 같이 어두운데,
林疎葉尽流 임 소 엽 진 류	숲은 듬성한 잎들이 시냇물에 떠오르네.
僧炉擁短褐 승 로 옹 단 갈	승려방의 화로는 짧은 마포 옷을 모아서
醉夢無閒愁 취 몽 무 한 수	취몽은 근심이 없어지네.
興廃何須問 흥 폐 하 수 문	흥망성쇠를 어찌하여 물으리오.
東明住事悠 동 명 주 사 유	동명의 행사와 옛적의 일은 요원하여라.

-동(同)

❀ 어석(語釈)

- 강호江湖 : 강과 호수. 사방에서 놀이를 하는 것을 주강호(走江湖), 그런 사람을 강호객(江湖客)이라고 한다.
- 호주呼酒 : 술을 주문하다. 이는 음식을 조달하는 것을 호찬(呼餐)이라고 하는

것과 유사한 의미이다. 송(宋)・송백인시(宋伯仁詩)「小楼呼酒揖青山」에서 가차를 한 조어.

- 금루金縷 : 곡조의 명칭인「금루산(金縷山)」의 약칭. 의(欹)~는 금루의(金縷衣)의 가성(歌聲)에 넋을 잃다. 이 세 자는 당(唐)・두목(杜牧)의 두추랑시(杜秋娘詩)「秋持玉斝醉, 与唱金縷衣」에 기초하여 만든 조어.
- 삼행三行 : 술잔이 세 번 돌다.『송사(宋史)』악지(楽志)「酸斝三行, 成儀斯挙」.
- 두추杜秋 : 당(唐)・두목(杜牧)의 두추랑시(杜秋娘詩) 및 소설『두추전(杜秋伝)』. 당(唐)・나은(羅隠), 금능사고시(金陵思古詩)「杜秋在時花解言, 杜秋死後花更繁」.
- 산전山殿 : 사원의 당우(堂字)를 말한다. 당(唐)・전기(銭起)의 연울림관시(宴鬱林観詩)「竹壇秋月冷, 山殿夜鐘清」.
- 골랭骨冷 : 뼈에 사무치는 한기. 이 말은 송(宋)・육유(陸游)의 서회시(書懐詩)「古人骨冷青松下, 誰起英魂与細評」에서 가차를 하여 만들어진 조어.
- 영주瀛洲 : 동해의 바다 속에 있는 삼신산(三神山)의 하나[다른 둘은 봉래(蓬莱)와 방장(方丈)].
- 심흑深黒 : 농후하게 검다. 어둑하다. 이는 산문 용어이다.
- 엽진류葉尽流 : 잎이 전부 떨어져서 물에 떠있다. 이 세 자는 당(唐)・이단(李端)의 송복양록사부충주시(送濮陽録事赴忠州詩)「諸溪近海潮皆応, 独樹辺淮葉尽流」에서 차용하여 만든 시어.
- 승로僧炉 : 승방(僧房, 승려의 방)의 화로. 당(唐)・백거이(白居易)의 숙동림사시(宿東林寺詩)「経窓灯焔短, 僧炉火気深」.
- 단갈短褐 : 짧은 마포의 옷. 또는 이를 걸친 사람을 말한다.
- 취몽酔夢 : 취하여 잠이 들어 꾼 꿈. 당(唐)・이섭(李渉)의 제학림사승사시(題鶴林寺僧舎詩)「終日昏昏酔夢間, 忽聞春尽強登山」.
- 한수閒愁 : 공연히 끌어 오르는 우수(憂愁). 한수(閑愁)와 동일. 송(宋)・구양수(欧陽脩)의 완계사사(浣渓沙詞)「乍雨乍晴花自落, 閑愁閑悶昼偏長」.
- 동명東明 : 옛날 고구려에서 10월에 열린 제천 행사를 말한다[『양서(梁書)』고구려전(高句麗伝)].

❀ 해설

[보주] 두추랑(杜秋娘)과 금루의곡(金縷衣曲)에 대해서

약간의 해설을 가미하지 않으면 안 된다. 두추랑(杜秋娘)은 금릉(金陵)[현재의 남경시(南京市)]의 아름다운 기생이었다. 당 덕종(唐 德宗)의 정원(貞元) 785～804년경에 황실(帝室)의 연지(連枝, 황실에 소속이 된 기생)로서, 권력을 과시하는 고관인 이기(李錡)의 첩으로 그를 모시고 있었다. 그런데, 기(錡)는 모반(謀叛)을 꾀하였다고 하여 참살[誅殺]이 되었다. 그 후 후궁(後宮)으로 들어가 헌종(憲宗)의 총애를 받은 두추(杜秋)는 다음의 목종(穆宗) 때에는 황자 장왕(皇子漳王)의 유모(乳母)가 된다. 그러나 목종(穆宗)은 재위 4년(在位四年)만에 죽고, 태자 심(太子湛)이 경종(敬宗)이 되었는데 2년만에 환관(宦官)에게 암살되었다. 차자 앙(次子昂)이 문종(文宗)이 되었을 때 동생인 장왕(漳王)이 재위를 꾀하고 있다는 것을 고발(告發)한 자가 있었고, 이 때문에 처벌을 받은 결과 두추(杜秋)는 추방(追放)이 되었다. 이렇게 되어 고향인 금릉(金陵)에 돌아가서 있던 두추(杜秋)를 두목(杜牧)이 만난 것은 문종(文宗)의 태화7년(太和七年, 833)경이었다. 두목(杜牧)의 두추랑시(杜秋娘詩)에 의해서 유명해진 금루의곡사(金縷衣曲詞)는 『전당시(全唐詩)』의 제11함 8책(第十一函八冊)에 무명씨작(無名氏作)의 잡시(雜詩)로서 수록이 되어 있는 다음의 한 수(一首)이다.

勸君莫惜勸君衣 이보소 그대여, 금루金縷의 옷을 애석하게 생각하지 말아요.
권 군 막 석 권 군 의

勸君須惜少年時 이보소 그대여, 젊은 시절만을 애석해 하세요.
권 군 수 석 소 년 시

有花堪折直須折 꺾고 싶은 꽃이 있다면 즉시 꺾어주세요.
유 화 감 절 직 수 절

莫待無花空折枝 꾸물꾸물 하지 말아요. 꽃이 없는데 공연히 가지를 꺾는다고
막 대 무 화 공 절 지

○四一 동(同)

菊軒 黃応時(국헌 황응시)

自愛渓山好 자 애 계 산 호	계산의 경치를 좋아하기 때문에
行尋石逕遊 행 심 석 경 유	찾아가서 묻는 석경의 풍류이겠지.
歲闌猶未雪 세 란 유 미 설	세월은 저물려하는데 눈은 내리지 않고.
寒薄尚疑秋 한 박 상 의 추	겨울이 다가와 더더욱 가을을 아쉬워하네.
月色低青嶂 월 색 저 청 장	달빛은 푸른 봉우리에 드리우고,
鍾声落遠洲 종 성 낙 원 주	종소리는 먼 섬까지 울려 퍼지네.
題寺峀勝迹 제 사 유 승 적	시를 지어 옛적의 고적을 읊고,
呼酒話風流 호 주 화 풍 류	술을 주문하여 풍류에 대해 말하노라.
慣奏江城笛 관 주 강 성 적	강성의 피리를 익숙한 솜씨로 연주하고,
聊寬古国愁 요 관 고 국 수	조금씩 완화되네, 고국의 우수가.
興亡不可問 흥 망 불 가 문	흥망의 흔적의 뒤를 묻지 말고,
世事摠悠悠 세 사 총 유 유	속사에 몸담은 모두가 유유히.

－동(同)

🌸 어석(語釈)

- 석경石逕 : 돌이 깔린 작은 길. 즉, 산길. 당(唐)・두목(杜牧) 산행시(山行詩)「遠
  上寒山石徑斜, 白雲生処有人家」.
- 세란歲闌 : 한해가 금방이라도 저물려고 한다. 당(唐)・무명씨(無名氏) 초과한구

시(初過漢口詩)「襄陽好向峴亭看, 人物蕭条値歲闌」.

● 한박寒薄 : 추운 겨울이 찾아오다. 박(薄)은 후(厚)의 반대가 아니고, 다가오다의
  의미. 이 단어는 『패문운부(佩文韻府)』 이효광시(李孝光詩)「草際夢回詩有債, 柳
  辺寒薄絮無功」에서는 한기(寒気), 춘한(春寒)이 들이닥치다의 의미.

● 청장青嶂 : 푸른 봉우리. 당(唐)·송지문(宋之問) 유법화사시(遊法華寺詩)「薄雲界
  青嶂, 皎日騫朱甍」.

● 승적勝迹 : 유명한 고적. 당(唐)·맹호연시(孟浩然詩)「江山畄勝迹, 我輩復登臨」.

● 고국古国 : 고적의 나라. 당(唐)·사공서(司空曙) 송영양최명부시(送永陽崔明府詩)
  「古国群舒地, 前当桐柏関」.

● 불가문不可問 : 묻지 말라. 물어도 모른다. 이는 산문 용어이다. 『후한서(後漢書)』
  유륭전(劉隆伝)「穎川弘農可問, 河南陽不可問」.

● 세사世事 : 세상의 일. 세상에 있는 일. 당(唐)·두보시(杜甫詩)「詩名惟我共, 世
  事与誰論」. 당(唐)·이가우시(李嘉祐詩)「世事関心少, 漁家寄宿多」. 당(唐)·이군
  옥시(李群玉詩)「宦情薄去詩千首, 世事閒来酒一樽」.

● 총유유摠悠悠 : 총(摠)는 전부[모조리]의 의미. 당(唐)·왕발(王勃), 등왕각시(滕王
  閣詩)「閒雲潭影日悠悠」.

○四二 동(同)

畊湖 金爾玉(경호 김이옥)

前朝餘廢寺 _{전 조 여 폐 사}	고려의 잔영이 남아 있는 폐찰,
今日偶同遊 _{금 일 우 동 유}	지금도 풍류객들이 함께 풍류를 즐기네.
傾蓋情如海 _{경 개 정 여 해}	일산을 기울이니 정은 바다와 같고,
馮欄気似秋 _{빙 란 기 사 추}	난간에 기대니 마음은 가을 같아라.
月華迷極浦 _{월 화 미 극 포}	달빛은 저 멀리 포구를 헤매이고,
塔影臥空洲 _{탑 영 와 공 주}	석탑의 그림자는 모래사장에 드리우네.
夜久山軒宿 _{야 구 산 헌 숙}	밤이 깊어 산장에 머무니
曉深星斗流 _{효 심 성 두 류}	아침은 아득하고, 성두는 빛난다.
題詩聊遣興 _{제 시 료 견 흥}	시제는 조금이나마 흥을 돋우고,
把酒却忘愁 _{파 주 각 망 수}	술잔을 들으니 번뇌를 잊노라.
何処荒城笛 _{하 처 황 성 적}	어디선가, 황성의 피리소리가
聞来意転悠 _{문 래 의 전 유}	가까워지니 더 한층 적적하구나.

-동(同)

❀ 어석(語釈)

- 전조前朝 : 전의 왕조. 즉, AD 918년에 왕건이 건국을 하여 1392년에 이성계에 의해서 멸망한 고려왕조를 지칭한다.
- 폐사廢寺 : 황폐한 사원. 당(唐)·왕건(王建)의 폐사시(廢寺詩)「廢寺乱来為県駅,

124

荒松老柏不生煙」.

- 동유同遊 : 함께 놀다. 당(唐)·허혼(許渾)의 추사시(秋思詩)「楚雲湖水憶同遊」는 동유(同遊)하는 사람의 의미.
- 경개傾蓋 : 우연히 길에서 만나고, 서로 마차의 덮개를 접근시켜 말을 주고받다. 즉 일견 서로 친하게 지내다의 뜻이다. 이 시어는 『공자가어(孔子家語)』에 보이는 공자와 정자(程子)와의 고사에서 나온 것.
- 빙란馮欄 : 난간(欄干)에 의지하다. 원(元)·진여(陳旅)·제운림만청도시(題雲林晚晴図詩)「最愛東頭小亭子, 聴鶯向日一馮欄」.
- 월화月華 : 달빛. 당(唐)·이백(李白)의 아미산월가(峨眉山月歌)「黃鶴楼前月華白」.
- 극포極浦 : 먼 곳[변방]의 포구. 당(唐)·황보염(皇甫冉)의 송이녹사부요주시(送李録事赴饒州詩)「荒城極浦足寒雲」.
- 탑영塔影 : 물에 비치는 불탑의 그림자. 당(唐)·기무잠(綦毋潛)의 제운은사산정선원시(題雲隠寺山頂禅院詩)「唐影挂清漢, 鐘声和白雲」.
- 공주空洲 : 넓은 모래사장(洲渚). 양 간문제(梁簡文帝) 채련곡(採蓮曲)「晚日照空磯」, 당(唐)·왕유(王維) 과향적사시(過香積寺詩)「薄暮空潭曲」, 당(唐)·두보(杜甫) 추야시(秋野詩)「空峽夜多聞」 등에서 힌트를 얻어 만든 작자의 조어.
- 산헌山軒 : 산중의 집. 산옥(山屋)·산사(山舎)·산가(山家)·산호(山戸) 등도 같다.
- 파주把酒 : 술잔(酒杯)을 들다. 파잔(把盞). 당(唐)·맹호연(孟浩然), 과고인장시(過故人荘詩)「開筵面場圃, 把酒話桑麻」.
- 황성적荒城笛 : 황성(荒城)에 흐르는 피리소리. 황성(荒城)은 황폐한 성. 하처(何処)~는 어디에선가 피리소리가 들려온다. 당(唐)·두목시(杜牧詩)「一曲将軍何処笛, 遠雲芳樹月初斜」. 송(宋)·대복고(戴復古)「半夜月明何処笛, 長江風送故人舟」. 원(元)·게혜사시(揭傒斯詩)「雲間何処笛, 日落満城鐘」.

○四三 동(同)

南坡 盧景達(남파 노경달)

偶侍林都事 임도사의 뒤를 쫓아가서
우 시 임 도 사

相携出世遊 함께 세속을 떠난 풍류를 실컷 즐겼네.
상 휴 출 세 유

閑将一樽酒 한가로이 든 한통의 술,
한 장 일 준 주

虛負十年秋 무상하게 느껴지는 십년의 세월이여.
허 부 십 년 추

野曠栽松外 들판은 소나무 위의 밖에 펼쳐져 있고,
야 광 재 송 외

潮平浿水洲 파도소리는 패수의 섬에 너울대네.
조 평 패 수 주

村煙迷遠望 촌의 연기는 먼 곳의 조망을 혼미케 하여도
촌 연 미 원 망

山影照清流 산 그림자는 청류에 눈부시게 빛나네.
산 영 조 청 류

月笛楼前興 달밤의 피리소리는 누대 앞의 흥취이고,
월 적 루 전 흥

江波別後愁 강에 이는 파도는 별후의 한탄이라.
강 파 별 후 수

有時復回首 옛 시절을 가끔씩 다시 뒤돌아보니,
유 시 부 회 수

閑景政悠悠 한가로운 경치는 실로 유유자적하네.
한 경 정 유 유

－동(同)

❁ 어석(語釈)

● 출세유出世遊 : 속세를 떠난 풍류 놀이. 출세(出世)는 당(唐)·이백시(李白詩)「浪
跡未出世, 空名動京師」의 내용과는 다르고, 여기에서는 속세간을 이탈한 것을
의미한다.

- 일준주—樽酒 : 한 통의 술. 당(唐)·두보(杜甫)의 춘일억이백시(春日憶李白詩) 「何時一樽酒, 重与細論文」.
- 허부虛負 : 허망하게 폐하다. 당(唐)·최각(崔珏)의 곡이상은시(哭李商隱詩) 「虛負 凌雲萬丈才, 一生襟抱未曾開」.
- 십년추十年秋 : 오랜 세월[長年月]의 뜻. 허부(虛負)~는 당(唐)·가도(賈島)의 검 객시(劍客詩) 「十年磨一劍, 霜刀未嘗試」를 염두에 두고 지어진 듯하다.
- 재송栽松 : 소나무를 심은 곳. 이것은 소나무 가로수[松並木]의 도로를 말한다.
- 패수浿水 : 여기에서는 대동강을 말한다. 『사기(史記)』 조선전(朝鮮伝)에 의하면 한위시대(漢魏時代)에는 조선 북경의 압록강(鴨緑江), 『수서(隋書)』 고려전(高麗 伝)에 의하면 수당시대(隋唐時代)에는 조선 평안도의 대동강이다.
- 촌연村煙 : 마을의 연기. 당(唐)·최국보(崔国輔)의 숙범포시(宿范浦詩) 「村煙和海 霧, 舟火乱江星」.
- 원망遠望 : 먼 곳을 조망하다. 『초사(楚辞)』 구가(九歌), 상부인(湘夫人) 「荒忽兮 遠望, 観流水兮潺湲」.
- 산영山影 : 산의 그림자. 당(唐)·설거(薛據)의 서릉구관해시(西陵口観海詩) 「山影 乍浮沈, 湖波忽来往」.
- 월적月笛 : 달빛의 아래에서 피리를 부는 것. ~누전흥(楼前興)은 누전(楼前)에 서 달 아래의 피리 불기에 몰입하다. 당(唐)·장호시(張祜詩) 「寒耿星稀照碧宵, 月楼吹角夜江遥」.
- 회수回首 : 회고하다. 당(唐)·두보(杜甫)의 장부형남기이검주제시(将赴荊南寄李 剣州弟詩) 「戎馬相逢更何日, 春風回首仲宣楼」.

🌸 해설

본장의 창수(唱酬)는 「용전운작고풍(用前韻作古風)」이라는 것. 전번의 연구시 (聯句 詩)와 같은 운을 사용하여 동일한 12구형식(十二句形式)의 5언고시(五言古詩)를 각 사 람이 일수(一首)씩 짓는 것이다. 5언고시(五言古詩)는 5언구(五言句)로 된 시형(詩形)으 로, 평측(平仄)을 갖출 필요가 없고, 구수(句数)의 정한(定限)도 없다. 수 이전(隋以前) 의 5언시(五言詩)와 같은 타입의 것. 이는 초당(初唐) 시대에 진자앙(陳子昂)이 이미 쇠 퇴의 길을 걷고 있던 것을 진기(振起)한 것이 이어져 성당(盛唐)에는 이두왕맹(李杜王 孟)의 동료들에 의해서 다작(多作)이 되었고, 이로써 이후에 영향을 미치게 되었다.

일운도저(一韻到低)의 팔구형식(八句形式)은 또는 십구(十句)·십이구형식(十二句形式)이 주류를 이루지만, 때로는 두보(杜甫)의 백경부봉선현영회오백자(自京赴奉先縣詠懷五百字)와 같은 초장편(超長篇)도 있다. 우운(尤韻)의 십이구시(十二句詩)로서는 만당(晚唐)의 대중기(大中期)의 자적시인(自適詩人) 이군옥(李群玉)의 다음과 같은 일편(一篇)을 상기시켜 볼 수 있다.

강루독작회종숙(江楼独酌懐従叔)
강가의 높고 큰 전각[江楼]에서 혼자서 대작[独酌]하며, 종숙従叔(당숙)을 생각함.
李群玉(이군옥)

水国発爽気, 강물은 상쾌한 기운을 발하고,
수 국 발 상 기

川光静高秋. 강물빛은 천고마비의 가을의 가을이고 울적하네
천 광 정 고 추

酣歌金樽醁, 천기의 노래소리는 금으로 된 술통의 달콤한 술
감 가 금 준 록

送此清風愁, 여기 청풍에 우수를 보내리라.
송 차 청 풍 수

楚色忽満目, 초색의 경치는 홀연히 주위를 물들이고
초 색 홀 만 목

灘声落西楼. 여울 물소리는 서쪽의 높은 누대에 떨어지는 듯.
탄 성 낙 서 루

雲翻天辺葉, 구름은 천변에 잎을 뒤엎고,
운 번 천 변 엽

月弄波上鈎. 달은 파도에 낚싯바늘로 노니는구나.
월 롱 파 상 구

芳意長揺落. 봄의 경치 흔들려 덜어지는 게 길고
방 의 장 요 락

蘅蘭謝汀洲, 향초는 강의 모래사장에 떨어졌네.
형 란 사 정 주

長吟碧雲合, 벽운의 겹치는 때와 함께 길게 음미하고,
장 음 벽 운 합

恨望江之幽. 쓸쓸하게 바라보는 강물이 심오하여라.
한 망 강 지 유

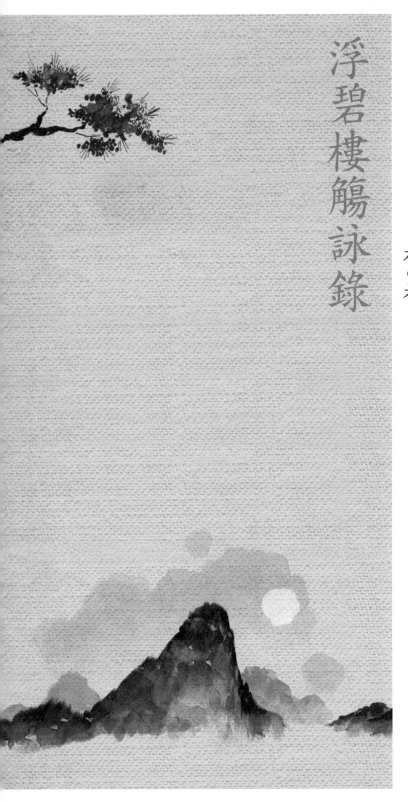

浮碧樓艍詠錄

제9장

○四四 부용전운분자(復用前韻分字)

다시 전운前韻을 써서 분자分字하다

白湖 林悌(백호 임제)

在世不如意 _{재 세 불 여 의}	세상살이 뜻과 같지 않으니
紛喧那入聞 _{분 훤 나 입 문}	시끄런 소리 따위를 어찌 귀에 담으랴.
醉鄉容傲吏 _{취 향 용 오 리}	취향醉鄉이야 오리傲吏도 용납한다지만,
詩壘劫孤軍 _{시 뢰 겁 고 군}	시루詩壘는 고군孤軍을 다투네.
有客同肝胆 _{유 객 동 간 담}	벗이 있어 진심이 일체가 되니,
論交戎雨雲 _{논 교 융 우 운}	우정을 나누고 비구름을 제거했네.
寒宵一樽月 _{한 소 일 준 월}	추운 밤의 한 동이尊 달,
別後兩相分 _{별 후 양 상 분}	이별 후에 둘로 나누어 가지리.

－5언고시(五言古詩), 문운(文韻) [문(聞)·군(軍)·운(雲)·분(分)]

🌸 어석(語釈)

- 불여의不如意 : 생각대로 안 되다. 마음먹은 대로 되지 않다. 송(宋)·육유시(陸游詩) 「不如意事常九九」.
- 분훤紛喧 : 시끄럽다. 유송(劉宋)·포조(鮑照) 추야시(秋夜詩) 「遁跡壁紛喧, 貨農棲寂寞」.
- 입문入聞 : 귀로 음성을 알아듣는 경우. 이는 작자의 조어. 나(那)~는 어떻게 하여 들을 귀를 갖는가. 반어(反語).
- 취향醉鄉 : 술에 취한 기분 때문에 별천지로 비유를 하고 있다. 수(隋)·왕적(王績)이 술의 공덕(功德)을 예찬(礼賛)하여 『취향기(醉鄉記)』를 지은 것에서 비롯

되었다. 당(唐)・백거이(白居易), 불능망정음(不能忘情吟)「我姑酌彼金罍, 我与爾帰醉郷去来」.

- 오리傲吏 : 거만한 관리. 진(晋)・곽박(郭璞) 유선시(遊仙詩)「漆園有傲吏, 莱氏有逸妻」[주 : 칠원(漆園)은 전국(戦国)・초(楚)의 장자(荘子), 채씨(莱氏)는 주(周)・초(楚)의 노래자(老莱子)를 말한다].

- 시루詩壘 : 작시(作詩)의 성루(城壘). 이는 당(唐)・두보(杜甫)의 장유시(壮遊詩)「기는 굴원(屈原)・가의(賈誼)의 성루를 깎고, 눈은 조식(曹植)・유정(劉楨)의 성장(城牆)을 멸시한다(気劇屈賈壘, 目短曹劉牆」.

- 고군孤軍 : 고립무원(孤立無援)의 군대(軍隊). 이는 시회(詩会)에 모인 시인들이 숙구(宿構)도 없이 신속하게 부시(賦詩)해야 할 바를 요구당하는 것의 비유적인 표현. 겁(劫)~은 고군(孤軍)을 협박하다. 다만, 이것은 오히려 바둑[囲碁]의「겁(劫), 패)」에 비유한 표현으로 볼 것은 아니다. 바둑에서 겁이란 한 곳을 쌍방에서 교차하여 두는 형태일 때, 우선권을 빼앗긴 직후에는 돌이킬 수 없는 것이 룰이기 때문에 다른 급소를 찔러 이에 상대가 응한 틈에 그곳을 만회하는 형태로 싸우는 것이다.

- 간담肝胆 : 진심. 송(宋)・증공(曾鞏)의 송선주두도시(送宣州杜都詩)「江湖一見十年旧, 談笑相逢肝胆傾」.

- 우운雨雲 : 당장이라도 비가 쏟아질 듯한 구름. 비구름. 융(戎)~은 추운 비구름을 떨어내다.

- 한소寒宵 : 추운 밤(寒夜). 당(唐)・우무릉(于武陵)의 객중시(客中詩)「異国久為客, 寒宵頻夢帰」.

- 일준월—樽月 : 한통의 술에 비치는 반달의 의미. 이는 송(宋)・진여의시(陳与義詩)「大岳峯前満樽月, 為君聊復一中之」[주 : 일중지(一中之)은 한번 당첨되다.]에서 힌트를 얻어 만들어진 조어.

- 별후別後 : 이별 후에. 당(唐)・엄유(厳維)의 세초희황보시어지시(歳初喜皇甫侍御至詩)「明朝別後門還掩, 修竹千竿一老身」.

- 양상분両相分 : 둘로 나누다.

○四五 동(同)

湖西 金雲擧(호서 김운거)

風流林子順 풍 류 임 자 순	풍류를 즐기는 임자순林子順,
符彩我曾聞 부 채 아 증 문	아름다운 시문을 나는 일찍이 들었네.
詩圧杜工部 시 압 두 공 부	시는 중국의 두보를 압도하고,
筆欺王右軍 필 기 왕 우 군	붓은 왕유에 버금가는 걸작이었노라.
一生惟極飲 일 생 유 극 음	한 평생을 다만 음주로 보내었고,
万事視浮雲 만 사 시 부 운	만사를 뜬 구름을 보는 듯하였노라.
愛客秉紅燭 애 객 병 홍 촉	벗을 위하여 들지 않았는가 홍촉을,
漫漫冬夜分 만 만 동 야 분	갈 길 요원한데 겨울밤의 이별을 위하여.

-동(同)

🌸 어석(語釈)

- 풍류風流 : 여기에서는 자유분방하다는 뜻. 즉, 예법에 구애받지 않고, 자연스럽게 일파를 이루어 무리와 다른 것. 『진서(晋書)』악광전(楽廣伝)「天下言風流者, 以王楽為称首」.
- 부채符彩 : 원의는 옥띠를 띤 아름다운 모양. 전의되어 아름다운 시문의 비유.
- 두공부杜工部 : 당(唐)의 두보(杜甫)를 말한다. 공부(工部)는 그의 관명(官名)이다.
- 왕우군王右軍 : 당(唐) 왕유(王維). 우군(右軍)은 벼슬이 상서우승(尚書右丞)에 이른 것을 말한다.
- 극음極飲 : 술을 마음껏 마셔대는 것. 이는 마음대로 즐거움을 만끽하는 것이 극한 기쁨이라는 것과 동일한 숙어이다. 통음(痛飲)과 같다. 송(宋)·소식시(蘇

軾詩)「有士常痛飮, 飢寒見眞情」.

● 부운浮雲 : 하늘에 뜬 구름. 송(宋)·문천상(文天祥)의 정기가(正気歌)「仰視浮雲白, 悠悠我心悲」.

● 애객愛客 : 친애하는 사람. 양(梁)·유효작시(劉孝綽詩)「洛城雖半掩, 愛客多逢迎」. 당(唐)·잠삼시(岑参詩)「微官何足道, 愛客且相携」.

● 홍촉紅燭 : 현대 가요의 가사인 '빨간 랜턴'과 동일. 당(唐)·사공서(司空曙)의 발유주운운시(発渝州云云詩)「紅燭津亭夜見君, 繁絃急管両紛紛」.

● 만만漫漫 : 여기에서는 길고 멀리 떨어져 있는 상태를 말한다. 당(唐)·가지(賈至)의 송이시랑부상주시(送李侍郎赴常州詩)「今日送君須尽醉, 明朝相憶路漫漫」.

● 동야분冬夜分 : 겨울 밤의 송별회. 이 단어는 다음과 같은 당(唐)·왕창령(王昌齡)의 송정륙시(送程六詩)를 깊이 의식하여 만들어진 듯하다.「冬夜傷離在五渓, 青魚雪落鱠橙薤, 武岡前路看斜月, 片片舟中雲向西」[주 : 등제(橙薤)는 굴속(橘属)인 등(橙)의 회(膾)].

○四六 동(同)

松塢 李応淸(송오 이응청)

一見湖南客 _{일 견 호 남 객}	첫 대면을 한 남국[호남지방]의 사람,
胸襟愜素聞 _{흉 금 협 소 문}	흉금을 상쾌하게 털어놓고 들려주네.
豪軽杜御史 _{호 경 두 어 사}	용감함은 두목마저도 무시하고,
気圧鮑参軍 _{기 압 포 참 군}	기운은 포조鮑照를 압도하네.
水鏡磨塵匣 _{수 경 마 진 갑}	수경[물거울]은 진갑을 초월하고,
風力剪朝雲 _{풍 력 도 전 운}	풍력은 아침 구름을 자르는 듯하네.
玆遊真勝事 _{자 유 진 승 사}	이 놀이야말로 실로 대단한 일이고,
預恐袂将分 _{예 공 메 장 분}	미리 우려함은 사전에 이별을 안 것인가.

−동(同)

❀ 어석(語釈)

- 일견一見 : 처음으로 얼굴을 마주대하다.
- 호남객湖南客 : 호남 지방의 사람. 호남(湖南)은 전라남북도의 병칭.
- 흉금胸襟 : 마음 속. 속마음. 당(唐)·이백(李白)의 증최시랑시(贈崔侍郎詩) 「洛陽 因劇孟, 託宿話胸襟」.
- 협소愜素 : 상쾌한 마음의 의미로 부사적으로 사용된 단어. ∼문(聞)은 기분 좋 게 들려주다.
- 호경豪軽 : 용감하여 무시하다.
- 두어사杜御史 : 만당(晩唐)의 두목(杜牧)을 말한다. 어사(御史)의 관명(官名)으로 호칭을 하는 것은 두목(杜牧)의 병부상서석상작시(兵部尚書席上作詩) 「華堂今日

綺筵開, 誰喚分司御史来」가 있는 것에 의거하였다.

- 포참군鮑參軍 : 유송(劉宋)의 포조(鮑照)를 말한다. 당(唐)·두보(杜甫), 억이백시(憶李白詩)「清新庾開府, 俊逸鮑參軍」[주 : 유개부(庾開府)는 북주(北周)의 유신(庾信)].
- 수경水鏡 : 조용하고 맑은 수면에 사람이나 물체의 자태가 투영이 되어 비춘다의 의미. 물거울. 이는 뛰어난 통찰력의 비유.
- 진갑塵匣 : 먼지가 쌓인 우리[상자]. 이는 『염철론(塩鉄論)』 금경편(禁耕篇) 「天子以四海為匣匱」에 의거하여 속세(塵世)의 비유로 사용된 시어.
- 풍력風力 : 바람의 기세. 이는 변환자재(変幻自在)의 기운을 말하는 듯.
- 조운朝雲 : 아침 구름. 다만, 이는 초(楚)의 회왕(懷王)의 조운모우(朝雲暮雨)의 고사와는 관계가 없다. 조정(朝廷)을 덮은 암운(暗雲)의 의미로 해석을 해야 한다.
- 승사勝事 : 수려한 것. 뛰어난 것. 당(唐)·왕유(王維)의 종남별업시(終南別業詩)「興来毎獨往, 勝事空自知」.
- 예공預恐 : 일이 완결이 되지 않는 것. 이는 한(漢)·가의부(賈誼賦)「天下可預慮兮」에서 힌트를 얻어 지은 작자의 조어.

○四七 동(同)

畊湖 金爾玉(경호 김이옥)

妙齡文彩動 묘 령 문 채 동	젊어서 미문은 마음을 움직이고,
名譽九重聞 명 예 구 중 문	명성이 궁중에까지 자자하여라.
筆健三千丈 필 건 삼 천 장	필력筆力은 삼천 장이라,
材当百萬軍 재 당 백 만 군	재능에 대해 논하면 백만 군대에 필적하네.
行行帰紫闥 행 행 귀 자 달	터벅터벅 걸음마다 궁궐문으로 향하고,
步步上青雲 보 보 상 청 운	한 걸음씩 출세의 가도에 오르네.
歲晚江南去 세 만 강 남 거	세모에 강남으로 떠난다고 하는
寒梅駅路分 한 매 역 로 분	한매의 아련한 역로의 이별이여.

−동(同)

✿ 어석(語釈)

- 묘령妙齡 : 나이가 젊은 것. 송(宋)・황공도(黃公度)의 송임매경부궐시(送林梅卿赴闕詩)「林卿妙齡才秀発」.
- 문채文彩 : 윤기가 있는 경우. 또 문장(文章)이 아름다운 것을 말한다.『촉지(蜀志)』제갈량전(諸葛亮伝)「論者或怪亮文彩不艶」.
- 구중九重 : 왕성(王城)의 문이 구중(九重)인 것에서 궁중.
- 필건筆健 : 시문(詩文)을 만드는 힘이 뛰어나다.
- 삼천장三千丈 : 일장(一丈)은 십척(十尺)인데, 그 삼천배(三千倍)라는 말은 대단히 긴 것의 비유적인 표현. 당(唐)・이백(李白)의 추포가(秋浦歌)「白髮三千丈, 縁愁似箇長」.

- 재당材当 : 재능이 언급할 만한 가치가 있다.
- 자달紫闥 : 왕궁의 문. 전의되어 궁중의 의미. 삼국위(三国魏)·조식(曹植), 구통친친표(求通親親表)「至於注心皇極, 結情紫闥, 神明知之矣, [注] 良曰, 皇極·紫闥, 天子所居也」. 진(晋)·육기(陸機)의 변망논상(辨亡論上)「旋皇興於夷庚, 反帝座乎紫闥」[注] 済曰, 紫闥, 帝宮也」.
- 청운青雲 : 맑은 하늘[晴天]의 구름. 상(上)~은 여기에서는 유송(劉宋)·사령운(謝靈運), 등석문최고정시(登石門最古頂詩)「共登青雲梯」와 같이 구름에 떠오르는 신선[仙者]을 지칭하지 않고, 사환(仕宦, 입신)하여 출세의 계단을 오르는 것의 의미. 당(唐)·백거이(白居易)「歲月徒催白髮貌, 泥塗不屈青雲心」.
- 세만歲晩 : 한해의 연말. 세모(歲暮). 당(唐)·원진(元稹)의 견병시(遺病詩)「歲晩我独岜, 秋深爾安適」.
- 한매寒梅 : 추위 속에서도 꽃을 피우는 매화. 당(唐)·장위(張謂), 조매시(早梅詩)「一樹寒梅白玉條, 迴臨村路傍谿橋」. 당(唐)·백거이(白居易)의 화설수재심매화동음견증시(和薛秀才尋梅花同飲見贈詩)「忽驚林下発寒梅, 便試花前飲冷盃」.
- 역로駅路 : 역에서 역으로 통하고 있는 길. 당(唐)·두순학(杜荀鶴)의 추숙임강역시(秋宿臨江駅詩)「漁舟火影寒帰浦, 駅路鈴声夜過山」.

○四八 동(同)

菊軒 黃応時(국헌 황응시)

独步騷壇客 <small>독보소단객</small>	비할 자 없는 시단의 객,
平生曾飽聞 <small>평생증포문</small>	평생 동안 일찍이 질리도록 들었노라.
胸中蔵萬甲 <small>흉중장만갑</small>	흉중에 수만의 갑사甲士를 비축하고,
筆下掃千軍 <small>필하소천군</small>	붓 끝은 천군을 쫓아낼 수 있으리.
事業終抹世 <small>사업종말세</small>	기량은 마침내 세상을 가루로 만들고,
蛟龍始得雲 <small>교룡시득운</small>	이무기가 비로소 구름을 얻은 듯.
雍容成信宿 <small>용용성신숙</small>	한가한 모습으로 열리는 2박의 시연,
休道袂相分 <small>휴도몌상분</small>	말하지 말라 이별한다는 것 등을.

-동(同)

✿ 어석(語釈)

- 독보独步 : 그밖에 견줄 사람이 없는 경우. 이는 산문 용어.
- 소단騷壇 : 시단(詩壇). 예문계(芸文界)의 『国朝漢学師承記』[청(清)・강번 찬(江藩 撰)]「筍河先生, 互主騷壇」.
- 포문飽聞 : 귀가 따갑도록 들었다. 세상에 알려져 있는 것을 말한다. 당(唐)・한 유(韓愈), 여이습유서(与李拾遺書)「皆飽聞而厭道之」.
- 만갑萬甲 : 천만(千万)의 갑사(甲士). 송(宋)・왕령시(王令詩)「徐駆得平郊, 萬甲合 一陣」.
- 필하筆下 : 붓끝. 진(晋)・반악시(潘岳詩)「筆下摘藻, 席上敷珍」. 『남제서(南斉書)』 문학전찬(文学伝賛)「文成筆下, 芬藻麗春」.

- 사업事業 : 일. 사위(事為).『역경(易経)』곤(坤)「文言曰, 発於事業 [疏] 所営謂之事, 事成謂之業」.

- 말세抹世 : 세상을 가루가 되도록 만들다. 말(抹)은,『전등록(傳燈錄)』의「薄批明月, 細抹淸風」과 같이 가루로 만들다의 의미가 있고, 또 현대어로는 잘라버리다[베다]의 의미로 사용된다(『대한화사전(大漢和辞典)』).

- 교룡蛟龍 : 용(龍)의 일종(一種)인 이무기. ~시득운(始得雲)은 영웅호걸(英雄豪傑)이 한 때의 시대(時代)를 풍미를 하면 크게 신장된다는 비유.『서언고사(書言故事)』수족류(水族類)「乘勢変化, 曰蛟龍得雲雨」.

- 옹용雍容 : 원화한 성품의 자태(모습).『진서(晋書)』하후담전(夏侯湛伝)「雍容芸文, 騁蕩儒林」.

- 신숙信宿 : 2박을 머무는 것. 재숙(再宿).

- 휴도休道 : 말하지 말라. 휴(休)는 금지(禁止)의 뜻이다. 당(唐)·두보(杜甫)의 제장시(諸将詩)「休道秦関百二重」.

- 몌상분袂相分 : 몌(袂, 소매[袖])를 서로 나누다. 지금까지 함께 했던 사람들이 이별을 하다. 이 단어는 당(唐)·백거이(白居易)의 답미지영회견기영시(答微之詠懷見寄詠詩)「分袂二年労夢寐, 並牀三宿話平生」을 가차하여 만들어졌다.

○四九 **동(同)**

南坡 盧景達(남파 노경달)

詩酒風流客 _{시 주 풍 류 객}	시와 술 실로 풍류객이라,
高名海內聞 _{고 명 해 내 문}	그 높은 명성은 천지에 울려 퍼지네.
爲王巡北海 _{위 왕 순 북 해}	수령이 되어 나라의 북방을 돌아보고,
置酒醉中軍 _{치 주 취 중 군}	술을 베풀어 중군을 취하게 하여라.
促別箕城月 _{촉 별 기 성 월}	이별을 재촉하는 평양의 달빛,
勞魂雲魏闕 _{노 혼 운 위 궐}	영혼을 위로하는 궁궐을 덮은 구름.
淸遊難復得 _{청 유 난 부 득}	청유를 다시 얻는 것은 어렵고,
重握未能分 _{중 악 미 능 분}	묵중한 방장을 나누는 일은 이루지 못했네.

－동(同)

🌸 어석(語釈)

- 시주詩酒 : 시와 술. 송(宋)·소식(蘇軾)의 기여미주시(寄黎眉州詩)「且待淵明賦帰去, 共将詩酒趁流年」.
- 고명高名 : 높은 명성. 성명(盛名). 『후한서(後漢書)』엄광전(厳光伝)「少有高名, 与光武同遊学」[주 : 광무(光武)는 제위에 오른 광무제(光武帝).].
- 위왕爲王 : 왕을 위해라고 읽는 것은 불가능. 이 단어는 『북사(北史)』위경전(尉景伝)「土相扶為牆, 人相扶為王」에 의거하여 만든 단어. 왕(王)은 동류의 수령(首領)의 의미.
- 북해北海 : 바이칼호의 고칭(古稱)이고, 또한 발해(渤海)의 명칭이다. 그러나 여기에서는 단순히 북방극원(北方極遠)의 지경을 말하는 것이다. 순(巡)~은 삭북

(朔北)의 지방을 안정시키다의 의미.

- 치주치酒 : 주연(酒宴)을 말한다. 당(唐)·잠삼시(岑參詩)「酒泉太守能劍舞, 高堂置酒夜擊鼓」.
- 중군中軍 : 3군 중 중앙의 군대를 말한다. 즉, 본영(本營)·본진(本陣)의 뜻이다. 취(醉)~는 본진(本陣)을 취하게 하다.
- 기성箕城 : 조선 평양의 이칭. 이는 고대에 상나라 사람 기자(箕子)가 머무르며 조선을 통치했다는 전설에 기인한 것이다.
- 위궐魏闕 : 궁성(宮城)을 말한다. 원의(原義)는 궁문 밖의 쌍궐(双闕)이다[좌우(左右)에 높은 대(臺)를 만들고 중간이 걸쳐져 궐(闕)이라 하고, 위에 높게 덮는 뜻의 위(魏)는 외(巍)와 동일하여 외연(巍然)으로서 높은 곳을 지칭한다.].
- 청유淸遊 : 세속을 벗어나 맑은 풍류를 즐기는 것. 청유(淸游)와 동일. 진(晋)·반악부(潘岳賦)「翔太陰之元昧, 抱夜光以淸游」. 송(宋)·범성대시(范成大詩)「瘦筇支脚力, 正爾耐淸游」. 송(宋)·소식시(蘇軾詩)「普天冷食聞前古, 蕭寺淸游屬兩人」.
- 중악重握 : 정중하게[정성어린] 악수를 하는 의미는 아니다. 악(握)은 옥(屋)과 동일하고, 또 악(幄)과 동류이며 사주(四周)를 덮는 '장막'이 된다. 유송(劉宋)·사혜련(謝惠連)의 설부(雪賦)「携佳人兮披重幄, 援綺衾兮坐芳縟」[주 : 중악(重幄)은 두꺼운 방장(房帳)].

🌸 해설

본장의 이벤트는 「다시 전운을 사용한 분자(分字)」이다. 즉, 전번과 같이 전전회(前前回)의 연구시(聯句詩)의 운(韻)을 사용하여 부시(賦詩)한 다음에 그 시의 구중에서 도출된 1자로부터 상평 문운(上平 文韻)의 문(聞)·군(軍)·운(雲)·분(分)의 4자(字)를 운각(韻脚)에 사용하여 한 사람에 한 수씩 팔구형식(八句形式)의 오언고시(五言古詩)를 짓는다고 하는 것. 일찍이 분운(分韻)의 일종으로서 분자(分字)는 기준이 되는 시구를 실어서 추출한 문자이기 때문에 운각(韻脚)으로서 부시(賦詩)하는 것이다. 글자를 선별하는 데는 어떤 의미를 가차한 문자에 의하든가, 또는 때때로 머리에 떠오르는 무의미한 문자로서 형성하는 것이다.

시구를 실어서 문자를 추출하는 방법에 있어서 본장의 분운(分韻)이 어떠한 의도 하에 수행이 되는가는 운각(韻脚)에 사용이 되는 자에 대한 상상을 지연시키는 것 이

외는 없다. 그렇다고 해서 여기에는 당(唐)의 상건(常建)의 다음과 같은 작품이 문운(文韻)의 팔구 형식(八句形式)의 오언시(五言詩)로서 『전당시(全唐詩)』 권중(卷中)에서 이채를 띠는 것을 간과할 수 없을 것이다.

宿王昌齡隱居 왕창령王昌齡의 은거隱居에서 묵다
숙 왕 창 령 은 거
常建(상건)

清彩深不測 청계 깊이가 불규칙하고
청 채 심 불 측

隱処惟孤雲 은처는 다만 떨어져 있는 구름만이
은 처 유 고 운

松際露微月 소나무 즈음에 초승달이 떠오르고
송 제 로 미 월

清光猶為君 청광은 더욱 그대를 위한 것이네
청 광 유 위 군

茅亭宿花影 갈대 잎으로 덮어진 정자는 꽃그늘 드리우고
모 정 숙 화 영

藥院滋苔紋 약원은 이끼가 짙게 퍼진다
약 원 자 태 문

余亦謝時去 나도 일을 그만두고 때마침 떠나고 싶어지는데
여 역 사 시 거

西山鸞鶴群 서산에는 봉황새와 학이 무리를 짓는구나
서 산 란 학 군

작자인 상건(常建)은 맹호연(孟浩然)과 같이 성당(盛唐)의 연명파(淵明派)의 산수시인(山水詩人). 만일을 위하여 분자법(分字法)에 의거하여 그렇지 않은 분운(分韻)의 차이를 열거를 하면 다음과 같다. 만일, 「独坐幽篁里, 弾琴復長嘯, 深林人不知, 明月来相照」를 기준으로 하여 분운(分韻)을 하려고 할 경우 압운구(押韻句)인 제이(第二)·사구(四句)의 소(嘯)·조(照)운을 가지고 하는 경우는 분자(分字)가 아닌 분운(分韻)이다. 그런데 그 양구(両句)의 구중(句中)에서 장(長)·상(相)[양운(陽韻)]의 두 자를 추출을 하는 것은 분자(分字)에 다름 아니다. 중당(中唐)의 백거이(白居易)의 화루망설명연부시(花楼望雪命宴賦詩) 「素壁聯題分韻句, 紅炉巡飲暖寒盃」에서 말하는 분운구(分韻句)는 분자법(分字法)을 의미하지 않는다.

浮碧樓觴詠錄

제 10 장

○五○ 원운(元韻)

白湖 林悌(백호 임제)

瑤壇冷落古樹雲
요 단 랭 락 고 수 운
고목나무 아래에 요단[신선 거처]이 쓸쓸하고

璧月影侵空江水
벽 월 영 침 공 강 수
둥근 달 그림자는 빈 강물에 잠기었네

水碧沙明天倒開
수 벽 사 명 천 도 개
모래 희고 물 푸른데 거꾸로 열린 하늘,

更著寒宵霜露洗
경 착 한 소 상 로 세
더욱이 가을 밤이라 서리 이슬 깨끗하네.

層楼吹徹玉參差
층 루 취 철 옥 참 치
영롱한 퉁소 소리 층루層樓를 메아리치니,

驚起鴛鴦移旧渚
경 기 원 앙 이 구 저
원앙새 놀라 여울가로 날아가네.

遙村灯火映疎林
요 촌 등 화 영 소 림
먼 마을 등잔불이 성근 숲을 비추니

水色山光濃淡浦
수 색 산 광 농 담 포
물빛이랑 산빛이 농담濃淡을 이뤘구나

白雲在西靑雲東
백 운 재 서 청 운 동
백운白雲은 서쪽으로 청운靑雲은 동쪽으로

石橋暗起燕南虹
석 교 암 기 연 남 홍
돌다리에 가만히 그려지는 연포燕浦남포南浦의 무지개

魂淸坐到星漢転
혼 청 좌 도 성 한 전
혼이 문득 맑아져서 온 밤을 지새우니

微鍾暁出金仙宮
미 종 효 출 금 선 궁
금선궁金仙宮 쇠북 소리 새벽녘에 은은하네

江風吹入酒易醒
강 풍 취 입 주 이 성
강바람이 불어오니 술도 선뜻 깨이고

香炧初残草堂冷
향 사 초 잔 초 당 랭
향불이 사위어 가니 초당은 썰렁하다.

明湖安得賜知章
명 호 안 득 사 지 장
여기 명호明湖에 언제 돌아감을 얻어

送老煙波無限景
송 로 연 파 무 한 경
연파煙波의 풍광 속에 노경老境을 보낼 건고.

－7언고시(七言古詩), 환운격(換韻格) [저(底)＝제운(薺韻), 수(水)·이(裏)＝지운(紙韻), 세(洗)＝선운(銑韻),
저(渚)＝어운(語韻), 홍(虹)·궁(宮)＝동운(東韻), 랭(冷)·경(景)＝경운(梗韻)]

❖ 어석(語釈)

- 요단瑤壇 : 선인이 거주하는 곳을 말한다. 당(唐)·유우석시(劉禹錫詩)「瑤壇在此山, 識者常廻首」.
- 벽월璧月 : 옥과 같이 둥글고 아름다운 달. 당(唐)·배이(裴夷)의 직동락천추야낙하완월시(直同楽天秋夜洛河翫月詩)「清洛半秋懸璧月, 絲船当夕泛銀河」.
- 공강空江 : 슬프게 흐르는 강. 당(唐)·가도시(賈島詩)「山鏡夜度空江水, 汀月寒生古石楼」. 송(宋)·장비시(張泌詩)「空江浩蕩景蕭然, 尽日孤浦泊釣船」. 원(元)·게혜사시(掲傒斯詩)「老樹風生舟正泊, 空江日落雁初飛」.
- 도개倒開 : 뒤엎어져 펼쳐지다. 하늘의 넓이가 물에 투영되어 있는 상태를 말한다. 당(唐)·이상은시(李商隠詩)「青袍白簡風流極, 碧沼紅蓮傾倒開」.
- 경착更著 : 의복을 갈아입다. 예기(『礼記』) 유행편(儒行篇)의 역의이출병일이식소(易衣而出并日而食疎)「易衣而出者, 更相衣而後可以出, 是合家共一衣, 故言出更著之也」에서 따온 시어.
- 한소세宵 : 추운 밤. 당(唐)·우무릉(于武陵)의 객중시(客中詩)「異国久為客, 寒宵頻夢帰」.
- 상로세霜露洗 : 서리와 이슬을 뒤집어쓰다. 세(洗)는 쉬(淬)와 동일하고, 목욕을 하는 것의 의미이다.
- 층루層楼 : 몇 층씩이나 되는 높은 누각. 남제(南斉)·왕융(王融), 삼월삼일곡수시서(三月三日曲水詩序)「飛観神行, 虚檐雲構, 離房乍設, 層楼閒起」.
- 취철吹徹 : 취(吹)는 피리 등 부는 악기, 철(徹)은 목소리가 울려 퍼지는 의미.
- 옥참치玉参差 : 옥(玉)은 옥으로 된 술잔. 참치(参差)는 장단·고저 등이 맞지 않는 경우.
- 백운白雲 : 천제의 거처인 백운향(白雲郷)을 염두에 두고 만들어진 조어.
- 청운青雲 : 청운지(青雲志), 즉 입신출세의 뜻을 부여하여 만들어진 조어.
- 석교石橋 : 돌다리. 『술이기(述異記)』 상편(上篇)「秦始皇作石橋於海上, 欲過海観日出処」.
- 연남燕南 : 남국의 이명으로 사용된 단어. 『수서(隋書)』 최적전(崔積伝)「燕南贅客, 河朔情遊」. 당(唐)·두보(杜甫)의 황하범일시(黄河泛溢詩)「燕南吹畎畝, 済土没蓬蒿」.
- 성한星漢 : 은하(銀河)를 말한다. 북주(北周)·유신(庾信)의 애강남부서(哀江南賦序)「舟揖路窮, 星漢乘槎非可上」.

- 미종微鍾 : 취미종(翠微鐘)의 약칭(略称)? 취미(翠微)는 산을 말하고, 부연하여 산의 절의 의미. 당(唐)·주경여(朱慶餘)의 화유보궐추원우흥시(和劉補闕秋園寓興詩)「遠隔翠微鏡」.

- 금선궁金仙宮 : 사찰을 말한다. 금선(金仙)은 중국에서 불타(佛陀)의 별칭(『대지도론(大智度論)』).

- 주이성酒易醒 : 술기운이 깨기 쉽다. 이 세 자는 당(唐)·나업(羅鄴)의 동다강상언사시(冬多江上言事詩)「関中秋雨書難到, 水上春寒酒易醒」을 차용하여 만든 조어.

- 향사香炧 : 선향(線香)이 타오르는 상태를 말한다.

- 명호明湖 : 호수(湖水)의 명칭. 중국 운남 징강현(中国 雲南 澂江県)의 동북(東北)에 있고, 「源出羅蔵山下, 流入盤江, 周七十一餘里, 両岸陡絶, 山水赤色, 産魚甚佳」(『독사방여기요(読史方輿紀要)』).

- 지장知章 : 만절(晩節)이 가장 탄방(誕放)으로 비평을 받는 것을 의미한다. 당(唐)의 하지장(賀知章)에 비유한 작자의 자칭. 하지장(賀知章)의 만년(晩年)은 이항(里巷)에서 놀아 사명광객(四明狂客)이라 자호(自号)하고, 취하면 항상 글을 쓰고 붓을 놓는 경우가 없었다고 한다[『당서(唐書)』 하지장전(賀知章伝)].

- 송노送老 : 노후의 나날에 기분전환을 하다. 당(唐)·두보(杜甫)의 진주잡시(秦州雜詩)「何時一茅屋, 送老白雲辺」.

- 연파煙波 : 안개가 긴 수면. 이는 당(唐)·장지화(張志和)의 자호(自号)「煙波釣徒」를 염두에 두고서 만든 조어. 당(唐)·최호(崔顥)의 황학루시(黄鶴楼詩)「日暮郷関何処是, 煙波江上使人愁」.

- 무한경無限景 : 끝이 없는 취향. 이 시어는 원(元)·공규(貢奎)의 유대범사시(游大梵寺詩)「感懐無尽景, 流恨到天涯」에서 힌트를 얻어 작자가 만든 조어.

○五一 차운(次韻)

湖西 金雲擧(호서 김운거)

東明故国荒城底
동 명 고 국 황 성 저
동명의 고국 황폐해진 성만 남아 있고,

南下溶溶千頃水
남 하 용 용 천 경 수
남쪽에는 유유히 흘러내리는 천 배 강물.

寒沙一陣昨夜雨
한 사 일 진 작 야 우
냉랭한 물가 한차례 어젯밤에 내린 비에

淡掃琉璃浄若洗
담 소 유 리 정 약 세
말쑥이 씻긴 유리를 정결케 씻어낸 것처럼.

疎林日出宿霧軽
소 림 일 출 숙 무 경
소림에 햇살이 들어 전야에 낀 안개를 가라앉히고,

別浦漁舟未離渚
별 포 어 주 미 리 저
포구에 어선 아직도 떠난 배 한 척도 없다네.

危楼斗起何壮哉
위 루 두 기 하 장 재
위루가 치솟음은 이 얼마나 웅장하고,

碧瓦参差彩雲浦
벽 와 참 차 채 운 포
벽와의 형형색색으로 채색이 된 구름의 안.

石橋横絶西復東
석 교 횡 절 서 부 동
돌다리를 횡단을 하여 건너 서쪽에서 동쪽,

怳若半空垂双虹
황 약 반 공 수 쌍 홍
어렴풋이 중천에 뜬 처진 두 쌍의 무지개여.

客来乗興飲美酒
객 래 승 흥 음 미 주
나그네가 흥에 젖어 미주를 들이키고,

笛声遥撼清冷宮
적 성 요 감 청 랭 궁
피리소리 멀리서 신금을 울리는 청랭한 절.

巖風拂面酔魂醒
암 풍 불 면 취 혼 성
세찬 바람을 저지하고, 취기도 식었노라.

坐石偏覚衣裳冷
좌 석 편 각 의 상 랭
돌에 앉으면 문득 느끼네, 옷이 냉랭해진 것을.

日暮下浅棹孤舟
일 모 하 잔 도 고 주
일몰에 땀이 흘려 내리면, 고주를 저어가고,

綿嚢収拾湖山景
면 낭 수 습 호 산 경
비단주머니에 주어 넣으리, 호산의 경치를.

－동(同)

150

✿ 어석(語釈)

- 동명東明 : 고구려의 시조(始祖)인 동명왕(東明王) 고주몽(高朱蒙)을 말한다. 고구려의 개국은 한(漢)의 원제(元帝) 건소 이년(建昭二年).

- 용용溶溶 : 물이 세게 흐르는 모습. 당(唐)·두목(杜牧)의 한강시(漢江詩)「溶溶漾漾白鴎飛」.

- 천경수千頃水 : 많은 양의 물. 천경(千頃)은 전답(田地)의 넓이가 백 무(百畝)의 천 배인 경우. 이 세 자는 『회남자(淮南子)』 설산훈편(説山訓篇)「尋常之渓, 灌千頃之沢」에서 힌트를 얻어 만든 조어.

- 한사寒沙 : 추운 모래사장[砂浜]. 물이 차가운 물가[渚, 둔치]. 북주(北周)·유신시(庾信詩)「寒沙両岸白, 猟火一灯紅」. ～일진(一陣)은 아래의 어젯밤에 내린 비에 관계된 시어이고, 풍우(風雨)가 한차례 지속적으로 내리는 것.

- 담소淡掃 : 말끔하게 쓸다. 당(唐)·두보(杜甫)의 괵국부인시(虢国夫人詩)「却嫌脂粉涴顔色, 淡掃蛾眉朝至尊」.

- 유리琉璃 : 범어(梵語)의 음역(音訳)으로 청색(青色)의 보옥(宝玉)의 의미. 다만 여기에서는 강의 흐름을 비유하였다.

- 숙무宿霧 : 전야부터 낀 안개. 진(晋)·도잠(陶潜)의 영빈사시(詠貧士詩)「朝霞開宿霧, 衆鳥相与飛」.

- 별포別浦 : 다른 포구. 또 하나의 해변[浜辺].

- 위루危楼 : 고루(高楼). 당(唐)·이단(李端), 도관산시(度関山詩)「危楼縁広漠, 古寶傍長城」[주 : 고두(古寶)는 오래된 움막].

- 두기斗起 : 높이 치솟다. 이는 송(宋)·채양시(蔡襄詩)「俯深下城意井, 斗起攀蒼旻」에서 차용하여 만든 조어.

- 벽와碧瓦 : 청색의 기와. 당(唐)·오융(呉融)의 폐택시(廃宅詩)「風飄碧瓦雨摧垣, 却有鄰人為鑕門」.

- 채운彩雲 : 아름다운 색채의 구름. 당(唐)·이백(李白)의 조발백제성시(早発白帝城詩)「朝辞白帝彩雲間, 千里江陵一日還」.

- 횡절橫絶 : 횡단을 하다. 당(唐)·이백(李白)의 촉도난(蜀道難)「西当太白有鳥道, 可以横絶蛾眉嶺」.

- 황약恍若 : 정확하지 않은 상태. 황연(怳然)·황연(恍然)과 동일.

- 쌍홍双虹 : 두 개가 나란히 생성된 무지개. 이는 조금 기이(奇異)한 말이지만, 나중에 청(清)의 육순(陸舜)[강희(康熙) 때의 진사(進士)]가 그 서실(書室)을 쌍홍

당(双虹堂)이라 명명을 하고, 쌍홍당집(双虹堂集)을 저술하였다.

- 청랭궁清冷宮 : 청랭(清冷)은 맑고 투명한 상태, 궁(宮)은 불교의 사찰.
- 엄풍巖風 : 심하게 부는 바람. 당(唐)·두목(杜牧)의 숙동횡산시(宿東橫山詩) 「溪雨灘声急, 巖風樹声斜」.
- 취혼醉魂 : 술에 취한 심정. 취한 기분. 이 시어는 당(唐)·한유시(韓愈詩) 「愁狖酸骨死, 怪花醉魂馨」에서 가차하여 만든 조어이다.
- 좌석坐石 : 돌 위에 앉다. 당(唐)·방간(方干)의 폐택시(廢宅詩) 「入門繚繞穿荒竹, 坐石逡巡染緑苔」.
- 면낭綿囊 : 비단으로 만든 주머니. 전의되어 가작(佳作)의 시(詩). 당(唐)·이하(李賀)가 좋은 시 지은 것을 면낭(綿囊)에 넣어 두었다고 하는 것에 의거하였다.[『당서(唐書)』 이하전(李賀伝)]
- 호산경湖山景 : 산수(山水)의 경치. 이것은 작자의 조어이다.

○五二 차운(次韻)

松塢 李応清(송오 이응청)

寺蔵千劫翠巖底
사 장 천 겁 취 암 저
절은 천 년의 흔적을 간직한 취암의 저변,

楼浮百尺碧江水
누 부 백 척 벽 강 수
누대는 백 척의 위용이 부상하는 벽강의 물이라.

江中極望浩無際
강 중 극 망 호 무 제
강 속을 들여다보니 넓어 끝이 없고,

天雨昭昭凍雨洗
천 우 소 소 동 우 세
봄장마는 하얗게 차가운 겨울비를 쓸어내리네.

漁舟帰去漁浦晚
어 주 귀 거 어 포 만
어선이 돌아가는 것은 포구의 황혼,

白鷺飛来白沙渚
백 로 비 래 백 사 저
백로가 날아들어 앉는 백사장의 둔치.

孤村葉尽煙火微
고 촌 엽 진 연 화 미
벽촌은 잎새가 모두 떨어져 취사연기도 희미하고,

風景蒼蒼図画裏
풍 경 창 창 도 화 리
경치는 한창 화폭의 그림 속 같아라.

停尊更倚曲欄東
정 준 갱 의 곡 란 동
술잔을 멈추고, 다시 곡란의 동쪽에 기대면,

青雲白雲橋如虹
청 운 백 운 교 여 홍
청운과 흰 구름은 마치 다리와 같은 무지개가 되네.

寒松層塔自今古
한 송 층 탑 자 금 고
한 송과 층탑은 예나 지금이나 변함이 없고,

見説東明九梯宮
견 설 동 명 구 제 궁
듣자 하니 동명왕의 구제의 궁정이라.

宮前浪吟酒半醒
궁 전 랑 음 주 반 성
궁전에 낭음하여 취기가 식었고.

欲上蒼崖嫌屨冷
욕 상 창 애 혐 구 랭
창애를 오르려 하니 신발이 냉기를 싫어하네.

尋真却棹寒江船
심 진 각 도 한 강 선
진경을 찾아서 노를 저어가는 한강의 배,

何処更有如此景
하 처 갱 유 여 차 경
어디에 또 있으리, 이와 같은 좋은 경치가.

－동(同)

✿ 어석(語釈)

- 천겁千劫 : 영겁(永劫). 당 태종(唐太宗)의 대당삼장성교조(大唐三蔵聖教序)「無滅無生歷千劫」.
- 취암翠巖 : 녹색의 바위. 당(唐)・두목(杜牧)의 단수시(丹水詩)「翠巖三百尺, 誰作子陵臺」.
- 극망極望 : 눈앞에 펼쳐진.
- 무제無際 : 한계가 없다. 송(宋)・증송(曽松)의 제감로사시(題甘露寺詩)「天垂無際海, 雲白久晴峯」
- 천우天雨 : 비. 봄비. 5월의 장맛비.
- 동우凍雨 : 겨울비. 또는 장맛비.
- 엽진葉尽 : 나무에 잎이 없어지다. 『패문운부佩文韻府』 유막(劉邈)의 채상인시(採桑人詩)「葉尽時移樹, 枝高乍易釣」.
- 연화煙火 : 밥을 짓는 연기.
- 창창蒼蒼 : 왕성한 상태. 『시경(詩経)』진풍(秦風)의 겸가(蒹葭)「蒹葭蒼蒼, 白露為霜」.
- 정준停尊 : 술을 따르는 것을 멈추다. 당(唐)・두목(杜牧)의 제지주농수정시(題池州弄水亭詩)「停尊遅晚月, 咽咽上幽渚」.
- 곡란曲欄 : 구부러진 난간. 당(唐)・당언겸(唐彦謙)의 포진하정시(蒲津河亭詩)「孤棹夷猶期独往, 曲欄愁絶毎長憑」.
- 한송寒松 : 추위에도 견디어내는 소나무. 당(唐)・이화(李花)의 운모천시(雲母泉詩)「晨登玄石嶺, 嶺上寒松声」.
- 견설見説 : 보는 대로 사람이 말하기에는. 당(唐)・이백(李白)의 송우인촉시(送友人蜀詩)「見説蚕叢路, 崎嶇不易行」[주 : 잠총(蚕叢)은 촉(蜀)의 고명(古名).].
- 구제궁九梯宮 : 궁전의 이름인데, 상세한 것은 미상.
- 낭음浪吟 : 실컷 시를 읊다. 명(明)・서방(徐舫). 낭선동시(閬仙洞詩)「昨夜天風珮響, 洞賓何処浪吟帰」.
- 주반성酒半醒 : 술의 취기가 중간 정도 깨는 것. 당(唐)・한악(韓偓)의 일고시(日高詩)「朦朧猶認管絃聲, 嚛咤餘寒酒半醒」.
- 창애蒼崖 : 푸른 이끼가 끼어 있는 낭떠러지. 당(唐)・두보의 북정시(北征詩)「猛虎立我前, 蒼崖吼時裂」.
- 구랭屨冷 : 구두가 냉랭해지다. 구(屨)는 가죽구두의 의미.

- 심진尋真 : 진경(真境)을 방문하다. 진경(真境)은 속기(俗気)가 없는 장소. 송(宋)·주필대(周必大)의 기이태백여산시(記李太白廬山詩)「唐正元間女冠蔡, 尋真居之因以名」.
- 각도却棹 : 노를 반환하다. 뒤에 노로 저어 배를 되돌려주다. 반도(反櫂)·반도(反棹). 당(唐)·맹호연시(孟浩然詩)「遠遊経海嶠, 反櫂帰山阿」.

○五三 차운(次韻)

菊軒 黃応時(국헌 황응시)

画棟斗出層巖底
_{화 동 두 출 층 암 저}
화동은 층암의 밑에서 돌출을 하여,

俯瞰長江滾滾水
_{부 감 장 강 곤 곤 수}
내려다보면 장강의 끝없이 흐르는 물결.

微茫遠樹雪新晴
_{미 망 원 수 설 신 청}
아련히 보이는 원수는 눈이 그치기 시작하고,

碧天空闊雲初洗
_{벽 천 공 활 운 초 세}
벽천은 널찍하고 구름은 비로소 맑아지네.

煙光上下鏡面洪
_{연 광 상 하 경 면 홍}
연광은 천지에 자욱하고 거울의 앞면을 넓히고,

極浦晚潮生寒渚
_{극 포 만 조 생 한 저}
포구에 만조는 차가운 물의 둔치를 만드네.

漁人一笛弄晚浦
_{어 인 일 적 롱 만 포}
어부 피리소리 한곡을 황혼의 포구에 울려 퍼지고,

落尽寒梅残雪裏
_{낙 진 한 매 잔 설 리}
잎이 모두 진 한매는 모두 잔설 속이라.

金烏飛去滄溟東
_{금 오 비 거 창 명 동}
금오는 날듯이 떠나가는 창명의 동쪽으로부터,

蕩漾遠近波搖虹
_{탕 양 원 근 파 요 홍}
한들한들 원근의 파도에 흔들리는 무지개다리여.

清尊瑶席放狂筆
_{청 준 요 석 방 광 필}
청준의 옥석에서 광필을 실컷 놀리고,

高吟驚動馮夷宮
_{고 음 경 동 풍 이 궁}
고음하여 풍이궁을 놀라게 하네.

収拾煙霞醉復醒
_{수 습 연 하 취 부 성}
안개를 모아 취하고 또 술에서 깨어,

転覚神清魂欲冷
_{전 각 신 청 혼 욕 랭}
한층 기억하네, 정신 맑고 혼이 차가워 질려는 걸.

傍人如聞天下奇
_{방 인 여 문 천 하 기}
옆 사람 만일 천하의 신비를 물으면,

先説関西浮碧景
_{선 설 관 서 부 벽 경}
먼저 말하리 관서의 부벽의 경치를.

－동(同)

156

✿ 어석(語釋)

● 화동畫棟 : 채색한 동량[대들보]. 당(唐)·왕발(王勃)의 등왕각시(滕王閣詩)「画棟朝飛南蒲雲, 朱簾暮捲西山雨」.

● 두출斗出 : 뒤어나온 것. 두입(斗入)의 반대. 두(斗)는「절야(絶也), [史記 封禅書 成山斗入海注] 絶曲入海也」.

● 층암層巖 : 겹쳐져 있는 바위. 당(唐)·낙빈왕(駱賓王)의 출석문시(出石門詩)「層巖遠接天, 絶嶺上樓煙」.

● 곤곤滾滾 : 물이 끊임없이 흐르는 모습. 당(唐)·두보(杜甫)의 등고시(登高詩)「無邊落木蕭蕭下, 不尽長江滾滾流」.

● 미망微茫 : 분명하지 않은 상태. 당(唐)·이군옥(李群玉)의 남장춘만시(南莊春晚詩)「草暖沙長望去舟, 微茫煙浪向巴丘」.

● 공활空闊 : 널찍하게 넓은 상태. 이 두 자는 벽천(碧天)~하고 계속되는 것에 비추어보면, 하늘을 천공의 의미로 의역하는 것은 불가능하다.

● 연광煙光 : 안개의 빛. 이는 당(唐)·두목(杜牧)의 상산마간시(商山麻澗詩)「雲光嵐彩四面合」에서 힌트를 얻어 만들어진 작자의 조어.

● 극포極蒲 : 먼 곳의 포구. 원포(遠浦).『초사(楚辭)』구가(九歌), 상군(湘君)「望涔陽兮極蒲」.

● 낙진落尽 : 완전히 떨어지다. 당(唐)·이백(李白), 문왕창령좌천용표시(聞王昌齡左遷龍標詩)「楊花落尽子規啼」.

● 한매寒梅 : 추위 속에서도 피는 매화. 당(唐)·장위(張謂)의 조매시(早梅詩)「一樹寒梅白玉条, 廻臨村路傍渓橋」.

● 금오金烏 : 태양의 이칭. 그 가운데 세 발 달린 삼족오(三足烏)가 서식을 하고 있다는 전설에 기초하였다. 당(唐)·한유(韓愈)의 이화증장십일서시(李花贈張十一署詩)「金烏海底初飛来, 朱輝散射青霞開」.

● 탕양蕩漾 : 띠다[풍기다]. 또, 흔들리다. 당(唐)·손적(孫逖)의 갈산담시(葛山潭詩)「仙翁何時還, 緑水空蕩漾」.

● 요석瑤席 : 옥으로 된 자리[멍석]. 훌륭한 자리의 의미.

● 광필狂筆 : 평범하지 않은 필적[빼어난 필적]. 당(唐)·맹교(孟郊)의 송초서헌상인귀여산시(送草書献上人帰廬山詩)「狂僧不為酒, 狂筆自通天」.

● 경동驚動 : 놀라게 하다.『사기(史記)』남월위타전(南越尉佗傳)「亦行以驚動南越」.

● 풍이궁馮夷宮 : 물의 신 하백(河伯)의 궁관(宮觀)의 명칭. 송(宋)·소식(蘇軾)의 후
적벽부(後赤壁賦)「攀栖鶻之危巢, 俯馮夷之幽宮」.

● 신청神清 : 마음이 맑고 명징하다.

○五四 차운(次韻)

畔湖 金爾玉(경호 김이옥)

淸流壁下江無底
_{청 류 벽 하 강 무 저}
청류는 벽하의 아래, 무저의 강,

是知煙波大同水
_{시 지 연 파 대 동 수}
이야말로 익히 들었던 연파의 대동의 물.

大同之水碧於苔
_{대 동 지 수 벽 어 태}
동강의 물은 이끼보다 푸르지 않고,

日夜溶溶明練洗
_{일 야 용 용 명 련 선}
밤낮없이 유유히 흘러 누인 명주비 같이 맑아라.

点点漁舟任往来
_{점 점 어 주 임 왕 래}
점점이 어선의 왕래하며 유유히,

双双白鷺飛寒渚
_{쌍 쌍 백 로 비 한 저}
한 쌍의 백로는 냉랭한 둔치에 날아드네.

殘霞風物摠排思
_{잔 하 풍 물 총 배 사}
해지고난 뒤의 경치에 온갖 비애를 씻어내고,

沢国興酣斜陽裏
_{택 국 흥 감 사 양 리}
택국의 홍취는 석양햇살이 빛나는 가운데,

無窮形勝冠天東
_{무 궁 형 승 관 천 동}
한없는 수려한 경치는 동쪽 하늘에 으뜸이요,

飛棟白日橫長虹
_{비 동 백 일 횡 장 홍}
높은 누대에 빛나는 햇살은 다리를 비껴있네.

徘徊永明訪古事
_{배 회 영 명 방 고 사}
영명사를 배회하여 고사를 묻자니,

遺基寂寞東明宮
_{유 기 적 막 동 명 궁}
남은 유적의 비애는 동명의 궁.

仙区此日俗慮醒
_{선 구 차 일 속 려 성}
선경에 이날 속인의 생각을 잠 깨우시고,

直待薄暮江天冷
_{직 대 박 모 강 천 랭}
변함없이 기다리는 황혼에 강천의 명징함이여.

安得健筆作千詩
_{안 득 건 필 작 천 시}
어디서 필력을 얻어 천 편의 시를 짓고,

收拾萬古江山景
_{수 습 만 고 강 산 경}
영겁의 강산 경치를 거두어 볼까.

－동(同)

✿ 어석(語釈)

- 무저無底 : 바닥이 없다. 끝없이 깊다는 의미.

- 연파煙波 : 안개가 자욱이 낀 수면을 말한다.

- 대동수大同水 : 대동강(大同江)의 물. 대동강(大同江)은 동백산(東白山)과 소백산 (小白山) 사이에서 발원하여 남동으로 흐르고, 평양의 남서부를 가로질러 황해 (黃海)로 유입한다. 평양을 비롯해 영원(寧遠)·덕천(德川)·순천(順川)·송림(松 林) 등의 도읍이 중류부(中流部)에 있고, 하구(河口)에도 남포(南浦)가 있다.

- 벽어태碧於苔 : 이끼보다 쪽빛이다. 벽(碧)은 푸른 녹색. 이 세 자는 원(元)·공 사태시(貢師泰詩)「淮水春深綠似昔」에서 힌트를 얻어 만든 조어.

- 명련明練 : 『안씨가훈(顔氏家訓)』 섭무편(涉務篇)「藩屛之臣, 取其明練風俗, 清白愛 民」과 같이 총명하고 숙련되었다는 의미는 아니다. 여기에서는 글자대로 밝은 명주비단[練絹], 또한 중국의 명강(明江)과 연강(練江)의 명강분류(明江分流)와 같은 생선이 풍부한 강의 의미로 사용하고 있었던 것 같다. 명강(明江)은 광서 성 상사현(広西省上思県) 남방의 십만대산(十萬大山)에서 발원하여 남북(南北)으 로 분류(分流)되고, 남류(南流)는 베트남과의 경계를 이루어 동경만(東京湾)에 유입하고, 북류(北流)는 유말(流末)이 좌강(左江)에 합류하고 있다. 연강(練江)은 광동성 상향현(広東省湘郷県)의 서남(西南)에서 발원하여 소상(瀟湘)의 일파(一 派)인 상강(湘江)으로 합류하지만, 그 흐름은「우회여련(迂回如練), 인명연강(因 名練江)」,『독사방여기요(読史方輿紀要)』].

- 쌍쌍双双 : 두 개씩. ~백로(白鷺)는 한 쌍[자웅 한쌍, 雌雄一対]을 이룬 백로(白 鷺). 이는 당(唐)·두목(杜牧)의 촌사연시(村舍燕詩)「何処営巣夏将半, 茅檐煙裏語 双双」에서 차용을 하여 만들어진 조어.

- 잔하殘霞 : 황혼의 잔영. 남조양(南朝梁)·하손(何遜)의 석망강교운시(夕望江橋 云云詩)「夕鳥已西度, 残霞亦半消」. 송(宋)·심여구(沈与求)의 석벽사산방즉사시 (石壁寺山房即事詩)「画橋依約垂楊外, 映帯残霞一抹紅」[주 : 의약(依約)은 희미한 상태].

- 배사排思 : 슬픔을 없애다. 배민(排悶)과 동일. 송(宋)·육유(陸游)의 춘일시(春日 詩)「排悶与児聯小句, 破閑凷客戦枯棋」.

- 택국沢国 : 연못과 못이 많은 토지. 수향(水郷). 당(唐)·조송시(曹松詩)「沢国江 山入戦圖, 生民何計樂樵蘇」[주 : 초소(樵蘇)는 나무꾼과 풀베기]].

- 흥감興酣 : 흥미가 절정을 이루다. 당(唐)·위안석(韋安石)의 시연선사희첩시(侍

宴旋師喜捷詩)「興酣歌舞出, 朝野有光輝」에서 인용을 하여 만들어진 조어.

- 천동天東 : 하늘의 동쪽. 금(金)·채규시(蔡珪詩)「幽州北鎭高且雄, 倚天萬似蟠天東」.
- 비동飛棟 : 높은 지붕의 대들보. 남조진(南朝陳)·장세견(張世見), 임고대시(臨高臺詩)「飛棟臨黃鶴, 高牖度白雲」.
- 장홍長虹 : 긴 다리의 의미도 있지만, 여기에서는 긴 무지개의 의미로 해석을 하는 것이 옳다. 당 (唐)·이백(李白)의 남분회시(南奔懷詩)「太白夜食帰, 長虹日中貫」[주. 묘(昴)는 묘수(昴宿)의 하나, 모우좌(牡牛座)의 프리어디스 성단(星団)이다)].
- 동명궁東明宮 : 오래 묵은 궁전(宮殿)의 의미.
- 선구仙区 : 선경(仙境).
- 속려俗慮 : 속인의 생각. 송(宋)·문동(文同), 장지농성현시(将至隴城県詩)「今朝出谷口, 已覚俗慮起」.
- 건필健筆 : 문장을 짓는 것이 능숙한 경우. 문필(文筆)의 재능. 당(唐)·두목(杜牧)의 지주송맹지선배시(池州送孟遅先輩詩)「子提建筆来, 勢若夸父渇」[주 : 과보갈(夸父渇)은『열자(列子)』탕문편(湯問篇)에 보이는 상고(上古)의 고사].
- 강산경江山景 : 산하의 풍경.『춘저기문(春渚紀聞)』동파사실(東坡事実)「王荊公言, 月中彷彿有物, 乃山河影也, 東坡詩正如大円鏡, 写此山河影」.

○五五 차운(次韻)

南坡 盧景達(남파 노경달)

練光亭北古巖底 _{연 광 정 북 고 암 저}	연광정의 북쪽 오래 된 바위 밑에,
浮碧楼橫大江水 _{부 벽 루 횡 대 강 수}	부벽루는 대동강물에 가로 누었네.
林疎斷崖落葉稀 _{임 소 단 애 낙 엽 희}	소림의 단애는 낙엽이 드물고,
風静澄瀾寒露洗 _{풍 정 징 란 한 로 세}	바람 잠잠하니 맑은 파도와 찬 이슬이 맑구나.
晚吹長笛一声高 _{만 취 장 적 일 성 고}	황혼에 울려 퍼지는 장적소리의 고성에
鷟鷟汀沙十里清 _{노 경 정 사 십 리 청}	백로는 놀란 듯 모래톱의 십리의 둔치.
独立古塔松影辺 _{독 립 고 탑 송 영 변}	외로이 선 고탑, 소나무그림자의 주변에
遠村人煙望眼裏 _{원 촌 인 연 망 안 리}	벽촌 인가의 연기, 조망이 되어 펼쳐지네.
弾琴斜倚画欄東 _{탄 금 사 의 화 란 동}	거문고 켜서 동쪽의 가람에 비스듬히 기대고,
気若秋晴雲外虹 _{기 약 추 청 운 외 홍}	천기는 가을 같이 맑고, 구름밖에는 구름다리.
繁華遺迹尋無処 _{번 화 유 적 심 무 처}	번영하던 옛적의 자취를 물을 곳이 없는가.
老僧為指当時宮 _{노 승 위 지 당 시 궁}	노승은 한 예로서 그때의 궁전을.
境落蕭灑塵心醒 _{경 락 소 쇄 진 심 성}	일대가 쾌적하니 속된 마음을 깨우치고,
貪玩還忘衣欲冷 _{탐 완 환 망 의 욕 랭}	탐욕도 잊고, 옷마저도 공연히 차가워지려하네.
斜陽下楼掛帆去 _{사 양 하 루 괘 범 거}	황혼의 햇살이 비치는 누대를 내려와 돛을 가면,
江路蒼蒼多少景 _{강 로 창 창 다 소 경}	뱃길 아득하나, 풍요로운 주변의 경치.

－동(同)

🌸 어석(語釈)

● 연광정練光亭 : 평양의 대동강변에 있는 고래(古來)의 정.

● 고암저古巖底 : 오래 된 바위의 아래. 고암(古巖)은 고색창연(古色蒼然)한 바위. 5
대주(五代周)·왕인유(王仁裕), 제맥적상시(題麦積上詩) 「絶頂路危人少到, 古巖松
建鶴頻棲」.

● 단애斷崖 : 우뚝 솟은 험준한 강변. 단애(斷崖)와 동일. 송(宋)·소식(蘇軾), 후적
벽부(後赤塵賦) 「江流有声, 断岸千尺」.

● 낙엽희落葉稀 : 낙엽(落葉)이 지는 것이 적다. 낙엽(落葉)은 나뭇잎이 흩어지며
떨어지는 것. 추엽(墜葉)과 동일. 송(宋)·육유시(陸游詩) 「無日橙林無墜葉, [自
注] 橙木, 自夏至秋, 日有落葉, 不可勝掃」.

● 징란澄瀾 : 파란 파도. 수(隋)·우세기시(虞世基詩) 「澄瀾浮晩色, 遥林巻宿煙」.

● 한로세寒露洗 : 한로(寒露)는 차가운 이슬. 세(洗)는 「선아(鮮也)」[『백호통(白虎
通)』 5행(五行)]. 이 세 자는 송(宋)·진사도(陳師道)의 화남풍서유시(和南豊西遊
詩) 「睡眠瞺縁寒綠洗」[주 : 수면잉연(睡眠瞺縁)은 수면(睡眠)의 여운]에서 힌트를
얻어 만든 조어.

● 장적長笛 : 긴 횡적(橫笛). ~일고성(一声高)은 긴 피리(長笛)의 한 소리가 높게
울려퍼진다. 원(元)·우석(于石)의 소산동시(小山洞詩) 「鉄笛一声山石裂, 老松驚
落半巖花」에서 힌트를 얻어서 만든 것.

● 망안望眼 : 조망하다. 진(晋)·왕운시(王惲詩) 「落日響音者, 秋空望眼穿」[주 : 천
(穿)은 극하다].

● 화란画欄 : 아름다운 색채의 난간(欄干). 당(唐)·이하(李賀)의 금동선인사한가(金
銅仙人辞漢歌) 「画欄桂樹懸秋香」.

● 운외홍雲外虹 : 구름 위의 무지개. 운외(雲外)은 구름 위를 말한다. 당(唐)·이원
(李遠)의 송인입촉시(送人入蜀詩) 「碧蔵雲外樹, 紅露駅辺楼」.

● 번화繁華 : 눈부시게 번영하는 것. 『당시선(唐詩選)』 노조린(盧照鄰)의 장안고의
전주(長安古意箋注) 「此詩, 述長安繁華, 以譏当時流俗」.

● 심무처尋無処 : 방문할 곳이 없다. 이 시어는 당(唐)·정곡(鄭谷)의 장강현경가
도묘시(長江県経賈島墓詩) 「重来兼恐無尋処」. 송(宋)·장필(張佖)의 춘만요(春晩
謡) 「蕭関夢断無尋処」 등에서 힌트를 얻어 만든 조어.

● 경락境落 : 그 일대는 어떻게 되었는지 특정한 장소를 지칭한다는 것.

● 소쇄蕭灑 : 맑고 상쾌하다. 쇄쇄(灑洒)와 동일. 당(唐)·두보(杜甫), 음중팔선가(飲

中八仙歌)「宗之蕭灑美少年, 擧觴白眼望靑天」[주 : 종지(宗之)는 음중팔선(飮中八仙) 등의 한 사람. 최종지(崔宗之)].

- 진심塵心 : 속계의 진흙투성이가 된 마음. 명리(名利)에 마음이 빼앗긴 심정. 당(唐)・전기(錢起), 곡공적사현상인시(哭空寂寺玄上人詩) 「寂滅応為楽, 塵心從自傷」. 당(唐)・백거이(白居易), 남시어이석상증운운시(南侍御以石相贈云云詩) 「泉石磷磷声似琴, 閑眠静聴洗塵心」.

- 탐완貪玩 : 탐(貪)도 완(玩)도 탐욕을 내다의 의미. 즉, 이 두 자는 숙어(熟語)에 가장 많은 타입으로 공통적인 의미를 갖는 두 자를 중첩하여 두 자에서 한뜻 표현을 하고 있다. 당(唐)・이교시(李嶠詩) 「貪玩水石奇, 不知川路渺」에서 가차를 하여 만든 조어.

- 하루下楼 : 고루(高楼)에서 내려오다. 당(唐)・허혼(許渾)의 추월후선시(秋月候扇詩) 「環珮珊珊月下楼」.

- 괘범掛帆 : 배에 돛을 다는 일. 괘범(挂帆). 당(唐)・두보(杜甫) 우시(雨詩) 「掛帆遠色外, 驚浪満呉楚」.

- 강로江路 : 강길[江道]. 즉, 뱃길[舟路]을 말한다. 당(唐)・왕발(王勃), 상사부강연시(上巳浮江宴詩) 「遽悲春望遠, 江路積波潮」.

- 창창蒼蒼 : 하늘이 맑게 개인 상태. 『장자(莊子)』 소요유편(逍遙遊篇) 「天蒼蒼其正色邪」.

- 다소경多少景 : 다소(多少)는 많다[소(少)는 조사(助詞)]. 경(景)은 풍취(風趣)의 의미. 이 세 자(三字)는 다경(多景)가 같다. 원(元)・유인(劉因), 송이종남루풍월횡파시(宋理宗南楼風月横坡詩) 「南楼煙月無多景, 緩歩微吟奈爾何」.

🌸 해설

본 장의 창화(唱和)는 16구 형식의 7언고시로 이루어져 있다. 당대(唐代)에 금체(今体)의 5・7언율시 등을 도입함으로써 매우 자유롭고 광범위한 표현형식을 창조하였고, 한시[중국의 고전시]의 중심적인 지위를 획득하였다.

(1) 구수(句數)의 제한이 없고, 게다가 8자 이상의 구나 5자・3자 등의 구를 삽입하는 것도 가능하다. 이백의 양보음(梁父吟)의 42구, 두보의 세병마시(洗兵馬詩)의 48구, 원진(元稹)의 연창궁사(連昌宮詞)의 90구, 백거이의 장한가(長恨歌)의 122구, 위장(韋莊)의 진부음(秦婦吟)의 238구와 같은 장편(長篇)을 볼 수 있다.

(2) 환운(換韻)[1운도저(一韻到底)가 아니고 운(韻)을 바꾸는 것]이 자유롭고, 오히려 이것이 정격(正格)이라고 불린다.

(3) 환운(換韻)의 형식은 1편의 서사의 전개에 맞추어 평성운(平声韻), 측성운(仄声韻)과 혼합을 하였다. 4구1해(解)마다의 축해환운격(逐解換韻格), 또는 4·2·2격(格), 또는 2·2·4격(格) 등의 매우 다양한 형태. 16구 형식의 7언고시로서는 중당(中唐)의 이하(李賀)의 다음의 1편이 대표격으로 간주가 되고 있다.

美人梳頭歌 미인의 머리를 빗는 노래
미인소두가

李賀(이하)

西施曉夢綃帳寒　서시는 새벽꿈에 엷은 비단 방장이 추위에 흩날리고,
서시효몽초장한

看髭鬟髻半沈檀　향긋한 속눈썹과 머리 흩어져 연지 곤지의 절반 지워졌네.
간자환계반침단

轆轤咿哑唾転鳴玉　두레박의 도르레는 삐꺽삐꺽 구슬을 굴리고,
녹로이아전명옥

驚起芙蓉睡新足　놀라 일어나니 부용꽃이 꽃봉우리 비로소 숙이네.
경기부용수신족

双鸞開鏡秋水光　쌍경 장식한 거울 뚜껑을 여니 가을의 이슬방울 빛나고
쌍란개경추수광

解髭臨鏡立象牀　속눈썹 풀어 헤치고 거울을 바라보니 상아의 침상에 서다.
해자림경입상상

一篇看絲雲撒地　한 줄기의 향긋한 실이 하늘 구름을 지면에 풀어헤치고,
일편간사운살지

玉釵落処無声膩　옥비녀를 떨어뜨리는 곳은 소리 없이 요염하다.
옥채락처무성니

纖手却盤老雅色　가냘픈 손가락으로 또다시 내 잔주름의 색깔,
섬수각반로아색

翠滑宝釵簪不得　검은 머리카락에 비녀를 슬며시 꽂는 것조차 할 수 없다.
취활보채잠부득

春風爛漫悩嬌慵　봄바람 일대에 불어와 가냘프고 울적한 이 번민하게 하고
춘풍란만뇌교용

十八鬟多無気力　18세 아리따운 이 속눈썹 언저리 더부룩하고 기력이 없네.
십팔환다무기력

背人不語向何処　타인에게 등 돌려 말마저 하지 않고 어디론가 향하고,
배인불어향하처

下階自折櫻桃花　계단을 내려와 자연스럽게 꺾는 것은 앵두꽃이라네.
하계자절앵도화

－한(寒)·단(壇) ＝한운(寒韻). 족(足) ＝옥운(沃韻). 상(牀) ＝양운(陽韻). 니(膩) ＝치운(寘韻). 득(得)·
역(力) ＝직운(職韻). 사(沙)·화(花) ＝마운(麻韻)

浮碧樓觴詠錄

제11장

○五六 박모 주환가기성장 영배우조천석 인수구점일수
(薄暮 舟還佳妓盛粧 迎拜于朝天石 因遂口占一首)
황혼에 배로 돌아가려하니, 아름다운 기생이 단장을 하고
조천석에서 환송을 한다. 따라서 구점 일수를 바로 읊다.

白湖 林悌(백호 임제)

陽柳堤辺蘇小娘 양 류 제 변 소 소 랑	능수버들 주변의 소소蘇小 아가씨가
相邀江裏蕩蘭檣 상 요 강 리 탕 란 장	환송하러와 강 속에 배를 띄워 보내네.
新粧落日共明媚 신 장 락 일 공 명 미	화장과 석양의 해 함께 아름다운 경치라,
断尽湖西金石腸 단 진 호 서 금 석 장	호서의 금석간장이 끊어질 듯이.

－칠언절구(七言絶句). 양운(陽韻) [랑(娘)·장(檣)·장(腸)]. 측기(仄起)

🌸 어석(語釈)

- 제의題意 : 황혼 무렵에 부벽루에서 순회하는 배가 오니 두꺼운 화장을 한 '기
생' 한 사람이 '조천석(朝天石)'의 주변에서 환송을 한다. 그것을 타고 귀루할
려고 한다고 하고, 절구 1수를 구점(口占)한다. 박모(薄暮)는 황혼이 다가온다.
즉, 황혼을 말한다. 송(宋)·범중엄(范仲淹)의 악양루기(岳陽楼記)「薄暮冥冥, 虎
嘯猿啼」. 주환(舟還)은 배로 원래의 위치로 되돌아가다. 이것은 부벽루에서 순
회하도록 한 배로 영명사의 숙소에서 귀루한 것을 말하는 작자의 조어. 가기
(佳妓)는 당(唐)·육구몽시(陸亀蒙詩)「繁絃似玉紛紛砕, 佳妓如鴻一一驚」. 성장(盛
粧)은 단장을 하다의 의미. 이는 짙은 화장을 하는 것을 말하는 작자의 조어.
조천석(朝天石)은 도표가 세워져 있는 곳을 입석이라 부르듯이 적당한 표시가
되는 특정한 장소를 말한다[조천의 단어는 천제를 배알하다의 의미]. 영배(迎
拜)는 맞이하여 배알을 하다. 즉, 귀빈을 환송하는 것. 구점(口占)은 구점시(口
占詩), 즉, 초고를 만들지 않고 음영한 시. 청(清)·오위업(呉偉業), 구점시(口

占詩),「欲買溪山不用錢, 倦来高枕白雲眠」. 당(唐)・백거이(白居易), 효도잠체시(效陶潛体詩)「口吟帰去来, 頭戴漉酒巾」.

- 소소蘇小 : 원의는 전당(銭塘)의 명기인 소소소(蘇小小)[당(唐)・이하시(李賀詩)에 읊어져 있다]. 이른바 예기 일반(芸妓一般)의 이칭. 텍스트에 '소소(蘇少)'로 되어 있지만 수정을 하였다.
- 상요相邀 : 서로 영접을 하다. 그러나 여기에서는 단순히 상대가 기다리고 있는 것을 의미한다.
- 난장蘭檣 : 목란(木蘭)으로 만들어진 돛의 기둥. 이른바 배를 지칭한다. 송(宋)・소식(蘇軾)의 전적벽부(前赤壁賦)「桂櫂兮蘭槳, 擊空明兮泝流光」[주 : 난장(蘭槳)＝난장(蘭檣)].
- 신장新粧 : 막 만들어진 화장. 당(唐)・이백(李白)의 청평조(清平調)「借問漢宮誰得似, 可憐飛燕倚新粧」.
- 명미明媚 : 눈이 부시게 아름다움. 『극담록(劇談録)』 곡강(曲江)「花卉環周, 煙水明媚, 都人遊翫」.
- 호서湖西 : 막료인 김운거(金雲挙)를 지칭한다.
- 금석장金石腸 : 금석(金石)과 같이 견고하고 무엇에도 움직이지 않는 정신. 『당서(唐書)』 당임전(唐臨伝)「形如死灰, 心若鉄石」.

○五七 차운(次韻)

湖西 金雲擧(호서 김운거)

誰遣梨園白玉娘
<small>수 견 리 원 백 옥 랑</small>
누군가 이원에 백옥과 같은 낭자를 보내,

新粧斜倚木蘭檣
<small>신 장 사 의 목 란 장</small>
화장을 하고, 비스듬히 기대는 목란의 대들보.

橫吹一篴中流去
<small>횡 취 일 적 중 류 거</small>
횡적의 한 줄기 소리 울려 퍼져 중류로 사라지고,

臺上阿郎暗斷腸
<small>대 상 아 랑 암 단 장</small>
누대 위에는 아랑, 몰래 창자를 애는 것 같아라.

－측기(仄起)

❀ 어석(語釈)

- 이원梨園 : 배우가 기술을 익히는 곳. 또, 배우(俳優)를 말한다. 당(唐)・백거이
  (白居易)의 장한가(長恨歌)「梨園弟子白髮新, 椒房碧靑蛾老」.
- 백옥랑白玉娘 : 하얀 옥과 같은 아름다운 공주.
- 목란장木蘭檣 : 목란(木蘭)으로 만들어진 대들보. 다만, 여기에서는 목란(木蘭)으
  로 만들어진 배의 의미. 당(唐)・유종원시(柳宗元詩)「破顔山前碧玉流, 騷人遙駐
  木蘭舟」.
- 횡취橫吹 : 서역에서 전래되어 온 피리의 명칭.
- 일적一篴 : 하나의 피리 소리. 적(篴)은 적(笛, 피리)과 같다.
- 아랑阿郎 : 아(阿)는 친근감을 가미한 접두어. 낭(郎)은 주인을 말한다.
- 단장斷腸 : 장이 끊어질 것 같은 슬픔. 암(暗)~은 조용히 깊은 슬픔에 잠기다.

○五八 차운(次韻)

菊軒 黃応時(국헌 황응시)

血色羅裙窈窕娘 진홍색 옅은 비단의 아름다운 낭자,
<small>혈 색 라 군 요 조 랑</small>

臨風浩唱倚蘭檣 바람을 향하여 고성으로 노래하고, 돛대에 기댄다.
<small>임 풍 호 창 의 란 장</small>

巫山曾悩襄王夢 무산에 일찍이 양왕을 번뇌케 한 꿈,
<small>무 산 증 뇌 양 왕 몽</small>

今為誰人枉斷腸 지금 다만 누구인가, 단장을 끊는 것은.
<small>금 위 수 인 왕 단 장</small>

―측기(仄起)

🌸 어석(語釈)

- 혈색라군血色羅裙 : 피같이 빨간 옅은 비단의 치맛자락(裳裾). 이는 당(唐)·백거이(白居易)의 비파행(琵琶行)「鈿頭銀箆撃節砕, 血色羅裙翻酒汚」를 가차하여 만들어진 단어.

- 요조窈窕 : 단아하다. 또는 아름답다. 혹은 요염하다.『후한서(後漢書)』의 조세숙처전(曹世叔妻伝)「入則乱髪壊形, 出則窈窕作態」.

- 호창浩唱 : 큰 소리로 노래를 하다. 호가(浩歌)와 동일. 양(梁)·심약(沈約)의 교거부(郊居賦)「悦臨風以浩唱, 折瓊茅而延佇」[주 : 경모(瓊茅)는 점에 사용하는 영초(霊草)].

- 난장蘭檣 : 목란으로 만든 돛대.

- 양왕몽襄王夢 : 무산지몽(巫山之夢)의 고사[남녀의 정사를 의미한다]. 즉, 전국초(戦国楚)의 회왕(懐王)이 고당(高唐)에 놀러가서 밤낮을 가리지 않고, 무산(巫山)의 신녀(神女)와 조우하였다. 이를 총행(寵幸)한 바 나중에 떠나려고 할 때에 직접 신녀(神女)가 말하기를, 신첩은 무산(巫山)의 남쪽의 높은 언덕(高丘)의 곁에 있고, 내일은 아침의 구름이 되고, 황혼에는 지나가는 비가 되어 조조모모(朝朝暮暮) 양대(陽臺)의 아래에서 있겠노라고 했다. 따라서 왕이 황혼시에 이를 보는데 정말 그녀가 말한 대로 되었기 때문에 조운묘(朝雲廟)를 세워서 이

에 제를 올렸다. 송옥(宋玉)의 고당부(高唐賦)의 주석에 「後至襄王時(후지양왕
시), 復遊於高唐(부유어고당)」라는 기술이 있다. 양왕(襄王)이라는 것은 굴원(屈
原)의 간지(諫止)를 듣지 않고 진왕(秦王)과의 회견을 가서 재위 20년(在位二十
年)만에 참살당한 회왕(懷王)의 아들이다. 성품이 혼약(昏弱)해서 굴원(屈原)을
이용할 수 없어서 재위 30여 년(在位三十余年)에 진(秦)에게 패하였다.

- 단장斷腸 : 장이 끊어질 듯이 깊은 슬픔. 왕(枉)~은 당(唐)·이백(李白)의 청평
  조(淸平調) 「雲雨巫山枉斷腸」에서 가차한 단어인데, 왕(枉)은 허무하고 쓸데없
  다는 의미.

○五九 차운(次韻)

松塢 李応清(송오 이응청)

沙棠舟載翠眉娘 _{사 당 주 재 취 미 랑}	사당의 배, 취미의 낭자를 태우고
正擊清流壁下檣 _{정 격 청 류 벽 하 장}	바로 청류를 부수는 벽 아래의 돛대.
離鳳一声雲欲暮 _{이 봉 일 성 운 욕 모}	외톨이 봉황의 일성, 구름은 황혼이 되려고 하고
堪鎖寸鉄丈夫腸 _{감 쇄 촌 철 장 부 장}	지우기 힘들 것 같네, 일촌의 철보다 튼튼한 장.

－평기(平起)

❀ 어석(語釈)

- 사당주沙棠舟 : 사당(沙棠)의 나무로 만든 배. 사당(沙棠)은 과수의 명칭이고, 재목이 배를 만드는 데 사용된다. 당(唐)·이백(李白)의 강상음(江上吟)「木蘭之枻沙棠舟, 玉簫金管坐両頭」.

- 취미랑翠眉娘 : 눈썹먹[黛]으로 그린 녹색의 눈썹을 한 기녀. 당(唐)·정곡(鄭谷)의 자고시(鷓鴣詩)「遊子乍聞征袖湿, 佳人纔唱翠眉低」.

- 이봉離鳳 : 짝을 잃은 봉황새. 이는 『서경잡기(西京雑記)』에「慶安世季十五, 為成帝侍郎, 善鼓琴能為双鳳鸞之曲」라는 기술이 있다. 거문고곡[琴曲].

- 운욕모雲欲暮 : 구름이 황혼의 붉은 색으로 변하려고 하는 상태. 이 세 자(三字)는 당(唐)·두보시(杜甫詩)「別筵花欲暮, 春日鬢俱蒼」, 또,「高鳥黄雲暮, 寒蝉碧樹秋」,「渭北春天樹, 江東日暮雲」등에서 힌트를 얻어 만들어진 시어.

- 촌철寸鉄 : 작은 무기(武器). 철(鉄)은 철혈(鉄血)·철마(鉄馬) 등과 같은 무기(武器)의 의미이다. 송(宋)·소식(蘇軾)의 취성당설시(聚星堂雪詩)「当時号令君聴取, 白戦不許持寸鉄」[주 : 취성당설(聚星堂雪)은 소식(蘇軾)의 은사인 구양수(欧陽脩)와 관련한 고사].

○六○ 차운(次韻)

畊湖 金爾玉(경호 김이옥)

凝粧粉黛美人娘　눈썹에 화장을 한 아리따운 아가씨,
_{응 장 분 대 미 인 랑}

載遣江中弄桂檣　즉 가노라고 돛대를 희롱 하노라.
_{재 견 강 중 롱 계 장}

可堪側耳声声送　참아야 하리, 사람들의 환송소리에 귀를 기울이고,
_{가 감 측 이 성 성 송}

能割郎君寸寸腸　잘하는구나. 낭군의 장을 갈기갈기 찌는 것을.
_{능 할 랑 군 촌 촌 장}

－평기. 요체(平起. 拗体)

🌸 어석(語釈)

● 응장凝粧 : 화장을 하다. 당(唐)·왕창령(王昌齡)의 규원시(閨怨詩)「閨中少婦不知
愁, 春日凝粧上翠楼」.

● 분대粉黛 : 화장과 눈썹에 그리는 먹. 전화되어 화장(化粧)을 한다는 의미.

● 미인랑美人娘 : 용모가 아름답다. 잘 생긴 기생.

● 재견載遣 : 재(載)는 즉(則). 『시경(詩経)』 빈풍(豳風) 7월(七月)「春日載陽, [전
(箋)] 載之言, 則也」. 견(遣)은 떠나다. 『옥편(玉篇)』에 견(遣)은 「떠나다[去也]」.

● 측이側耳 : 귀를 기울여 듣다. 한(漢)·이릉(李陵)의 답소무서(答蘇武書)「側耳遠
聴, 胡笳互動, 牧馬悲鳴」.

● 성성声声 : 많은 목소리. 당(唐)·백거이(白居易)의 비파행(琵琶行)「絃絃掩抑声声
思, 似訴平生不得志」.

● 낭군郎君 : 다양하게 사용되는 단어이지만, 여기에서는 부인이 남편을 부를 때
의 호칭으로 사용되는 것 같다.

● 촌촌寸寸 : 토막토막, 갈기갈기[부사]. 『진서(晋書)』 치초전(郗超伝)「超, 取視寸
寸毀裂」.

○六一 차운(次韻)

南坡 盧景達(남파 노경달)

桃李春光二八娘 도 리 춘 광 이 팔 랑	도리의 춘광이 몹시 향기로운 16세의 아가씨,
双飄香袖棹輕艢 쌍 표 향 수 도 경 장	향기로운 소매를 나부끼며 경장을 젓는다.
相歡不必甘同夢 상 환 불 필 감 동 몽	함께 즐기는 일은 반드시 같은 꿈을 즐기는 것만 이 아니고,
且莫湖西暗斷腸 차 막 호 서 암 단 장	잠시 호서에 슬며시 장을 끊는 일이 없어야 하네.

−측기(仄起)

🌸 어석(語釈)

- ●도리桃李 : 복숭아와 살구. 이는 자태가 아름다움을 비유한 것.
- ●춘광春光 : 봄날의 빛. 또는 봄날의 경치.
- ●이팔二八 : 16세. 즉, 여자의 묘령(妙齡).
- ●향수香袖 : 향기로운 소매. 쌍표(双飄)~는 좌우의 향기로운 소매가 나부끼다.
- ●경장輕艢 : 가벼운 배. 경쾌한 배.
- ●상환相歡 : 서로 친숙하다. 환(歡)은 이성을 좋아하는 것, 고악부(古楽賦) 문환재 양주(聞歡在揚州)의 「風吹窗簾動, 疑是所歡来」 등은 여자가 사랑하는 남자를 부르는 것을 지칭한다.
- ●동몽同夢 : 꿈을 같이 꾸다[같은 꿈을 꾸다]. 감(甘)은 같은 꿈을 꾸는 것을 즐기다. 감(甘)은 락(楽)의 의미[『옥편(玉篇)』]. 『시경(詩経)』 제풍(齊風) 계명(鶏鳴) 「蟲飛薨薨, 甘与子同夢」[주 : 훙훙(薨薨)은 무리를 지어 나는 상태].
- ●차막且莫 : 잠시 동안 존재하지 않다.
- ●암단장暗斷腸 : 슬며시 깊은 슬픔에 잠기다. 암(暗)은 조용히, 남 몰래의 의미.

✿ 해설

　본 장의 창수(唱酬)는, 영명사(永明寺)에서 열린 시회(詩会)를 마치고 이전의 부벽루(浮碧楼)에 돌아가는 시각이 되었고, 화려한 화장을 한 기녀가 환송하러 배를 저어 온 것에 대한 낭송이다. 미인의 대명사「서시의 아름다움을 모방하다」[『장자(莊子)』 천운편(天運篇)]의 고사로 유명한 주대(周代) 월(越)나라의 서시(西施). 다만, 여기에서는 당(唐)의 이하시(李賀詩)가 지어진 남조제(南朝斉) 전당(銭塘)의 소소소(蘇小小)가 인용이 되었다. 미인을 읊은 당인(唐人)의 절구(絶句)는 두목(杜牧)의 증별시(贈別詩)「娉娉嫋嫋十三餘, 豆蔲梢二頭月初」와 한악(韓偓)의 가인인소시(佳人忍笑詩)「宮様梳頭浅画眉, 晚来装飾更相宜」가 유명하다. 그렇지만, 이백의 다음과 같은 시가 있다.

陌上贈美人 길 가는 도중에 미인에게 보내는 시
맥 상 증 미 인

駿馬驕行踏落花 준마가 교태를 부린 듯하며 떨어지는 꽃잎을 지려 밟는데
준 마 기 행 답 락 화

垂鞭直拂五雲車 채찍으로 때리자 순식간에 오운거五雲車로다
수 편 직 불 오 운 거

美人一笑褰珠箔 미인이 한 모금의 미소를 지어 주렴을 젖히고 열어
미 인 일 소 건 주 박

遥指紅楼是妾家 먼 곳을 손가락으로 가리키며 홍루야말로 첩의 거처라네
요 지 홍 루 시 첩 가

浮碧樓觴詠錄

제
12
장

○六二 원운(元韻)

白湖 林悌(백호 임제)

無数青山忽後前 _{무 수 청 산 홀 후 전}	무수한 청산, 돌연히 전후가 바뀌어,
斜陽一笛下江船 _{사 양 일 적 하 강 선}	사양안의 한줄기 피리소리에 강으로 내려가네.
從今正惹風流話 _{종 금 정 야 풍 류 화}	지금야말로 풍류 얘기를 꺼내어도 좋으리,
蓮葉舟中太乙仙 _{연 엽 주 충 태 을 선}	연엽주의 안에 태을선太乙仙이 있어서.

—7언절구(七言絕句). 선운(先韻) [전(前)·선(船)·선(仙)]. 측기(仄起)

🌸 어석(語釈)

● 무수無数 : 수없이 많다의 의미. 무산(無算). 당(唐)·두보(杜甫)의 복거시(卜居詩) 「無数蜻蜓斉上下, 一双鸂鷘対沈浮」[주 : 계래(鸂鷘)는 원앙(鴛鴦)].

● 청산青山 : 묘지를 지칭하지 않고, 푸르게 보이는 산의 의미. 당(唐)·이백(李白) 의 조서곡(鳥棲曲)「呉歌楚舞歓未畢, 青山欲唧半辺日」.

● 후전後前 : 후방과 전방. 전후(前後). 당(唐)·한유(韓愈)의 잡시(雑詩)「古史散左 右, 詩書置後前」.

● 일적—笛 : 한 개의 피리소리. 당(唐)·허혼시(許渾詩)「一笛迎風萬葉飛, 強携刀筆 換荷衣」. 당(唐)·두목시(杜牧詩)「深秋簾幕千家雨, 落日楼臺一笛風」. 남당(南唐) 의 심빈시(沈彬詩)「一笛月明何処酒, 満城秋色幾家砧」.

● 하강선下江船 : 강의 배[江船]로 내려오다.[배에서 내려오는 것을 하선(下船)이 라고 한다.] 강선(江船)은 강을 오르내리는 배. 당(唐)·설능(薛能)의 절양류시 (折楊柳詩)「洛橋晴影履江船, 羌笛秋声湿塞煙」.

● 풍류화風流話 : 남녀의 정사에 관한 비화[방담(放談)]. 정사이야기(いろけばなし). 화류(花柳)계를 풍류장(風流場)이라 하고, 정사에 관한 쟁소(争訴)를 풍류공안(風 流公案)이라고 한다.

● 연엽주蓮葉舟 : 연잎 사이를 젓고 다니는 배. 이는 한(漢)의 악부곡(楽府曲)의 강

남(江南) 「魚戲蓮葉間」에 기초하고 있으며, 연(蓮)에 「연(恋)」을 밸런스를 맞추어 은어와 같은 표현으로 변하였다. 연엽녀(蓮葉女)를 예거하자면 바람둥이 여인의 의미이다. 송(宋)·곽수시(郭受詩) 「松花酒熱旁看醉, 蓮葉舟輕自学操」[주 : 조(操)는 악곡(楽曲)의 명칭].

- 태을선太乙仙 : 선녀(仙女)의 의미로 사용된 작자의 조어. 태을연주(太乙蓮舟)[태을신(太乙神)을 제사하는 등불을 켠 배]에 의거하여 만들어졌다고 한다. 송(宋)·양만리(楊萬里)의 태평사수시(太平寺水詩) 「是身飄然在中流, 奪得太一蓮葉舟」.

○六三 차운(次韻)

松塢 李応淸(송오 이응청)

翠巖千尺碧楼前 천척의 취암 아래, 벽루의 앞,
취 암 천 척 벽 루 전

落日鷺波弄笛船 석양 햇살이 빛나는 거친 파도에 피리를 부는 배.
낙 일 경 파 농 적 선

双舞玉童香袂挙 춤추는 미인은 향기 나는 소맷자락을 올리면,
쌍 무 옥 동 향 몌 거

路人疑是水中仙 행인은 의심을 하는 듯, 이는 물속의 선녀인가 하고.
노 인 의 시 수 중 선

－평기(平起)

☙ 어석(語釈)

● 취암翠巖 : 녹색의 바위. ～천척(千尺)은 당(唐)·두목(杜牧)의 단수시(丹水詩)
「翠巖三百尺, 誰作子陵臺」[주 : 자릉대(子陵臺)는 후한(後漢) 엄광(嚴光)의 조대
(釣臺)]에서 힌트를 얻어 만들어진 시어.

● 경파鷺波 : 거친 파도[荒波]. 진(晋)·육기(陸機)의 변망론(辨亡論)의 「川阨流迅,
水有鷲波之艱」.

● 농적선弄笛船 : 농적(弄笛)의 배(船). 농적(弄笛)은 피리를 불어서 즐기다. 이 세
자[三字]는 당(唐)·조하(趙嘏)의 억산양시(憶山陽詩)「芰荷香透垂鞭袖, 陽柳風横
弄笛船」에서 차용하여 만들어진 조어.

● 향몌香袂 : 향기를 발산하는 미인의 옷소매. 당(唐)·두목(杜牧)의 추감시(秋感
詩)「独掩柴門明月下, 涙流香袂倚闌干」.

● 수중선水中仙 : 물속에 사는 선녀. 이는『초사楚辞』의 구가(九歌), 상부인(湘夫人)
에서 노래하고 있는 상수(湘水)의 신(神)을 지칭한다.

○六四 차운(次韻)

菊軒 黃応時(국헌 황응시)

長江一帯曲欄前　　장강을 흐르는 한줄기 물, 굴곡진 난간,
장강일대곡란전

芦荻斜陽泊小船　　갈대와 억새풀 나누어 황혼아래에 쪽배를 정박했네.
호적사양박소선

鴎鳥慣聞歌管響　　갈매기는 노래와 음악소리에 익숙해졌나,
구조관문가관향

近人同在画中仙　　사람에게 다가와 그림속의 선녀 함께 있는 듯.
근인동재화중선

-평기(平起)

✿ 어석(語釈)

- 장강長江 : 대하의 의미.
- 일대一帯 : 가까운 근처가 아닌 한 줄기의 의미. 당(唐)·원진(元稹)의 도문사시 (度門寺詩)「門臨渓一帯, 橋映竹千里」.
- 곡란曲欄 : 굴곡이 진 난간(欄干). 당(唐)·당언겸(唐彦謙)의 포진하정시(蒲津河亭 詩)「孤棹夷猶期独往, 曲欄愁絶毎長憑」[주 : 이유(夷猶)는 주저하다의 의미].
- 가관歌管 : 노래와 음악. 당(唐)·두심언(杜審言)의 숙우정시연응제시(宿羽亭侍宴 応制詩)「聖情当晩興, 歌管送餘杯」.
- 화중선画中仙 : 그림 속[絵画中]의 선녀. 이는 명(明)·오병(呉炳)의 희곡(戯曲)의 제명(題名)「화중인(画中人)」에서 힌트를 얻어 만든 조어인가?

○六五 **차운(次韻)**

湖西 金雲擧(호서 김운거)

冷風吹月画梁前 <small>냉 풍 취 월 화 량 전</small>	냉풍은 달에 불고, 화량의 전각의 앞,
長笛声中一酒船 <small>장 적 성 중 일 주 선</small>	장적소리는 울려 퍼지고, 한 쌍의 주선.
石出汀洲江水落 <small>석 출 정 주 강 수 락</small>	정주에 돌이 쏟아나 강물이 떨어지고,
兹遊何似雪堂仙 <small>자 유 하 사 설 당 선</small>	여기에 노는 것은 어찌하여 같으리오 설당선에.

－평기(平起)

🌸 어석(語釈)

- 냉풍冷風 : 차가운 바람. 즉, 가을바람을 말한다.
- 화량画梁 : 아름답게 채색을 한 양목(梁木). 당(唐)・노조린(盧照鄰)의 장안고의 시(長安古意詩)「双燕双飛繞画梁, 羅幃翠被鬱金香」.
- 장적長笛 : 긴 횡적[피리].
- 주선酒船 : 술을 실은 배. 당(唐)・양사악(羊士諤)의 임관피서시(林館避暑詩)「池島清陰裏, 無人泛酒船」. 일(一)～은 한 척의 술을 실은 배[酒船]의 의미로 해석을 해야 할 듯하다.
- 정주汀洲 : 물속에 토사가 퇴적이 되어 만들어진 물가[둔치].
- 설당선雪堂仙 : 송(宋)의 동파거사(東坡居士) 소식(蘇軾)을 지칭한다. 설당(雪堂)이란 소동파(蘇東坡)가 호북성 황강현(湖北省黃岡県)의 동쪽에 세운 당의 이름. 동인(同人), 후적벽부(後赤壁賦)「是歳十月之望, 歩自雪堂, 云云」.

○六六 차운(次韻)

畊湖 金爾玉(경호 김이옥)

雲梯初下永明前
운 제 초 하 영 명 전
구름다리를 처음으로 내려오는 영명사의 앞,

柔櫓声残泛碧船
유 로 성 잔 범 벽 선
유로의 소리를 남기고 가는 부벽의 배.

更将鼓笛催天暮
갱 장 고 적 최 천 모
다시 고적을 보내어 해지는 것을 재촉하면,

人道乗槎上漢仙
인 도 승 사 상 한 선
뗏목타고 은하수에 오르는 신선 같다고 사람들은 말하리.

－평기, 요체(平起 拗体)

❊ 어석(語釈)

● 운제雲梯 : 신선이 사용한다는 구름다리.

● 유로柔櫓 : 조용조용히 노를 젓는 노. 유로(柔艪). 당(唐)·두보(杜甫)의 선하기주 곽숙우습부득상안운운시(船下夔州郭宿雨湿不得上岸云云詩)「柔艪軽鴎外, 含悽覚 汝賢」.

● 영명永明 : 영명사를 말한다.

● 범벽선泛碧船 : 벽류(碧流)에 뜨는 배의 의미로 사용한 작자의 조어.『당서(唐書)』 염립본전(閻立本伝)「初太宗与侍臣, 泛舟春苑池」. 당(唐)·진자앙(陳子昂)의 백제 성회고시(白帝城懐古詩)「巌懸青壁断, 地険碧流通」.

● 고적鼓笛 : 북과 피리. 소고(簫鼓)와 동일. 당(唐)·두순학(杜荀鶴)의 제전옹가시 (題田翁家詩)「州県供輸羆, 追随鼓笛喧」.

● 천모天暮 : 날이 저물다. 천명(天明)의 반대.

● 승사乗槎 : 뗏목[槎]을 타다.『북사(北史)』 위형전(韋夐伝)「乗槎下釣磯」.

● 상한선上漢仙 : 은하수에 오르는 신선.

○六七 차운(次韻)

南坡 盧景達(남파 노경달)

当□清流之壁前　눈앞의 청수는 단애의 앞
　당 □ 청 류 지 벽 전

一江煙月早鍾船　강일면의 연월에 종을 실은 배는 빠르다네
　일 강 연 월 조 종 선

青樽紅袖橫長笛　청준에 주홍색 소매, 장적은 원이 없이.
　청 준 홍 수 횡 장 적

何啻風流洛蒲仙　풍류는 다만, 낙포의 여신인 것을.
　하 시 풍 류 락 포 선

－측기(仄起)

❀ 어석(語釈)

● 당안当□ : □에는 「안(眼)」을 채우고 싶다. 당안(当眼)은 안전(眼前)에 있다. 원
(元)·유인(劉因)의 등진주용흥사각시(登鎮州龍興寺閣詩)「雯花宝樹忽当眼, 拍肩
愛此金僊翁」.

● 연월煙月 : 으스름달. 당(唐)·승제사(僧斉已)의 상강어부시(湘江漁父詩)「有客釣
煙月, 無人論酔醒」.

● 조종선무鍾船 : 이른 종소리[早鐘]의 배(船)가 아니고, 종선(鐘船)이 이르다로 해
석을 해야 한다. 종선(鐘船)은 음악에 사용하고 있는 종을 실은 배. 당(唐)·이
동시(李洞詩)「葉書帰旧寺, 応附載鐘船」. 당(唐)·방간시(方干詩)「泛湖乗月早, 踐
雪過山遅」.

● 청준青樽 : 녹색의 술통을 환언하여 사용한 작자의 조어. 술통을 말한다.

● 홍수紅袖 : 세밀한 소매. 전화되어 묘령의 여자를 말한다. 당(唐)·백거이시(白
居易詩)「霓裳秦罷唱梁州, 紅袖斜翻翠黛愁」.

● 낙포선洛蒲仙 : 낙포비(洛蒲妃)의 고사(故事), 즉, 태고의 복희씨(宓羲氏)의 딸이
낙수(洛水)에 익사하여 하신(河神)이 된 것을 말한다. 이는 삼국위(三国魏)·조
식(曹植)·낙신부(洛神賦)에 묘사되어 있다. 당(唐)·맹호연(孟浩然)의 연최명부
댁관기시(宴崔明府宅観妓詩)「儻使曹王見, 応嫌洛浦神」.

✿ 해설

　전장에 이어서 본장은 환영을 나온 많은 기녀와 같은 배를 함께 탄 인연으로「정사이야기[いろけばなし]」로 꽃을 피운 것에 대한 즉흥시이다. 이와 같은 장면은 당(唐)의 정원중(貞元中)에 유우석(劉禹錫)이 완상(阮湘)에 있으면서 창작을 한 죽지사(竹枝詞)를 본령(本領)으로 삼는 것이 원칙이다. 죽지사(竹枝詞)는 원대(元代)에 이르러 널리 지어졌지만, 선운(先韻)에 따른 작품으로서는 원말명초(元末明初)의 왕립중(王立中)에 의한 다음의 한수가 이채를 띠고 있다.

죽지사竹枝詞 죽지사
王立中(왕립중)

春波橋頭柳似煙　　봄 파도 넘실거리는 교두에 실버들 안개가 피어나듯이,
춘 파 교 두 류 사 연

越王城郭在西辺　　월왕의 성곽은 서쪽에 있다오.
월 왕 성 곽 재 서 변

我家繞屋皆春水　　내 집을 찾아드는 것은 모두 봄물과
아 가 요 옥 개 춘 수

尽日鴛鴦随釣船　　석양에 노닐던 원앙이 낚싯배를 쫓아가는가 싶다.
진 일 원 앙 수 조 선

浮碧樓觴詠錄

제
13
장

白湖 林悌(백호 임제)

靑壁今古路 _{청 벽 금 고 로}	푸른 벼랑아래, 고금의 같은 길,
夕陽人去来 _{석 양 인 거 래}	석양에 사람들 오고 가네.
有人騎馬過 _{유 인 기 마 과}	어떤 이는 말을 타고 지나가고,
有人騎牛廻 _{유 인 기 우 회}	어떤 사람은 소를 타고 돌아오네.
可笑竹杖客 _{가 소 죽 장 객}	우스워라, 죽림竹林의 객,
月明孤棹開 _{월 명 고 도 개}	달 밝은데 홀로 노를 젓네.

-5언고시(五言古詩), 회운(灰韻) [래(来)·회(廻)·개(開)]

🌸 어석(語釈)

- 청벽靑壁 : 녹색 빛의 산벽(山壁)[산이 벽처럼 깎아지른 듯이 우뚝 솟아 있는 곳]. 진(晋)·좌사(左思)의 오도부(吳都賦)「臨靑壁, 系紫房」. 당(唐)·진자앙(陳子昂)의 백제성회고시(白帝城懷古詩)「巖懸靑壁斷, 地險碧流通」.
- 금고今古 : 현재와 과거[옛날]. 당(唐)·두목(杜牧)의 제선주개원사수각시(題宣州開元寺水閣詩)「六朝文物草連空, 天澹雲閑今古同」. ~로(路)는 위에 인용한 두목시(杜牧詩)를 염두에 두고서 지금과 옛날과 같이 청벽의 장소로 통하는 길의 의미로 만들어진 작자의 독자적인 시어.
- 거래去来 : 왔다갔다하는 사람. 진(晋)·곽박(郭璞)의 유선시(遊仙詩)「長揖当途人, 去来山林客」.
- 유인有人 : 어떤 사람. 또는 사람을 말한다. 이 경우 유(有)는 조사(助辞). 『법화경(法華経)』 비유품(譬喩品)「在門外立, 聞有人言」.
- 기마騎馬 : 말에 올라타다. 당(唐)·장남사(張南史)의 육승댁추모우중탑운동작시

(陸勝宅秋暮雨中探韻同作詩)「醉裏欲尋騎馬路, 蕭条幾処有垂楊」.

● 기우騎牛 : 소에 올라타다. 과우(跨牛)・승우(乗牛)와 동일. 『당서(唐書)』 왕적전 (王績伝)「乗牛経酒肆, 甾或数日」. 송(宋)・왕우칭시(王禹偁詩)「舟子斜盪槳, 牧童 倒騎牛」 금(金)・원호문시(元好問詩)「跨牛楊朴空顚酒, 秣驥王良已問途」[주 : 양 박(楊朴)은 소에 올라타서 마을의 가게에 왕래를 한 송나라 사람, 왕량(王良)은 옛날의 명어자(名馭者)의 이름].

● 가소可笑 : 우습다. 『진서(晋書)』 환이전(桓彝伝)「固可笑人也」.

● 죽림竹林 : 대나무 숲. 당(唐)・백거이(白居易)의 한거자제희초숙객시(閑居自題戱 招宿客詩)「水畔竹林辺, 閑居二十年」. ~객(客)은 진(晋)의 완적(阮籍), 혜강(嵆康) 등 7인이 상호 깊은 우정을 나누며 모두가 노장허무(老荘虚無)의 학문을 숭상 을 하고, 속진[세상]을 피하여 죽림(竹林)에 우유(優遊)했다고 하는 「죽림칠현 (竹林七賢)」의 고사『진서(晋書)』 혜강전(嵆康伝)].

● 고도孤棹 : 고도(孤櫂). 즉, 한 척의 배를 말한다. 고주(孤舟)・고범(孤帆) 등과 동일. 당(唐)・장손좌보(長孫佐輔)의 황주별우시(杭州別友詩)「独随孤櫂去, 何処 更同衾」. 당(唐)・온정균(温庭筠)의 송회음손령시(送淮陰孫令詩)「隋堤楊柳煙, 孤 櫂正悠悠」. 명(明)・고계(高啓)의 송하기실시(送何記室詩)「疎雨一旗江上酒, 乱山 孤櫂道中詩」.

○六九 차운(次韻)

湖西 金雲擧(호서 김운거)

昨日永明去 작 일 영 명 거	어제는 영명사를 방문하러 가고,
今日搖棹来 금 일 요 도 래	오늘은 배를 저어서 왔노라.
前灘宿鷺静 전 탄 숙 로 정	앞의 둔치에 백로는 한가로이 노닐고,
暗渚寒潮廻 암 저 한 조 회	땅거미 진 물가에 겨울파도는 밀려왔다가는 몰려간다.
波心有明月 파 심 유 명 월	파도의 중앙에는 달빛이 빛나고,
仰看天宇開 앙 간 천 우 개	하늘을 우러러보니 드넓은 천공이여라

-동(同)

❀ 어석(語釈)

- 요도搖棹 : 요도(搖櫂). 즉 배를 보내다. 당(唐)·상건(常建)의 몽태백서봉시(夢太白西峯詩)「春風又搖櫂, 潭島花粉粉」[주 : 담도(潭島)는 물이 깊은 곳의 섬].

- 전탄前灘 : 앞의 여울[早瀬]. 탄(灘)은 물이 빠르게 흐르는 곳[奔流].

- 숙로宿鷺 : 둥지[塒]에서 잠든 백로(鷺). 당(唐)·정곡(鄭谷)의 강제시(江際詩)「萬頃白波迷宿鷺, 一杯黃葉送殘蟬」.

- 암저暗渚 : 밤의 음침한 곳의 물가[둔치]. 이는 작자의 조어이지만, 양(梁)·강엄시(江淹詩)「丹霞蔽陽景, 綠泉陰渚」의 음저(陰渚)[그늘의 물가]에서 얻은 것인가?

- 파심波心 : 파도의 정중앙[한가운데]. 당(唐)·백거이시(白居易詩)「松排山面千里翠, 月点波心一顆珠」. 당(唐)·위장시(韋莊詩)「蒲生岸脚青刀利, 柳拂波心綠帶長」.

- 천우天宇 : 천공(天空). 하늘. 당(唐)·장구령(張九齡)의 서강야행시(西江夜行詩)「悠悠天宇曠, 切切故鄉情」.

○七○ 차운(次韻)

南坡 盧景達(남파 노경달)

両三人倚棹 양 삼 인 의 도	두세 명이 배에 타고서는
斜日往還来 사 일 왕 환 래	석양의 한가운데를 왕래를 한다.
鳥或波際起 조 혹 파 제 기	새가 있어서 물가에 일어나고,
魚或波帶廻 어 혹 파 대 회	물고기가 있어서 파도 사이를 가르네.
彼物自得意 피 물 자 득 의	이들은 자연스럽게 그 뜻을 성취하였고,
我亦清樽開 아 역 청 준 개	나도 드디어 맑은 술통을 열려고 하노라.

－동(同)

✿ 어석(語釈)

● 양삼両三 : 두셋. 또는 2~3인. 당(唐)・두보(杜甫)의 강반독보심화시(江畔独歩尋花詩)「江深竹静両三家」.

● 의도倚棹 : 배에 타는 것을 말한다. 당(唐)・노조린(盧照鄰)의 가천독범시(葭川独泛詩)「倚棹春江上, 橫舟石岸前」.

● 사일斜日 : 석양(夕日). 사양(斜陽). 당(唐)・송지문(宋之問)의 응제시(応制詩)「楽思廻斜日, 歌詞継大風」.

● 왕환래往還来 : 갔다가 또 오다. 왕환(往還)[道路]을 오다로 읽는 것은 불가.

● 파제波際 : 물가. 당(唐)・피일휴(皮日休)의 봉화노망어구시(奉和魯望漁具詩)「波際挿翠筠, 離離似清簵」[주 : 노망(魯望)은 시우(詩友)인 육구몽(陸亀蒙), 청어(清簵)는 양어지중(養魚池中)의 책(柵)을 말한다.].

● 파대波帶 : 파도 사이의 의미로 사용이 된 작자의 조어. 대(帯)는 열대(熱帯)・한대(寒帯) 등과 동일, 그 부근 일대의 의미.

- 피물彼物 : 그것. 피(彼)는 지시대명사이다. 물(物)은 여기에서는 금수충어(禽獸蟲魚)의 범칭.
- 득의得意 : 자신의 뜻에 맞는 것. 당(唐)·이백(李白)의 장진주시(將進酒詩)「人生得意須盡懽, 莫使金樽空対月」.
- 청준淸樽 : 맑은 술동이. 당(唐)·황보염(皇甫冉)의 증산송별시(曽山送別詩)「明月淸樽祇暫同」.

○七一 차운(次韻)

菊軒 黃応時(국헌 황응시)

故国荒城畔 　번영을 하였던 고구려의 황폐해진 궁성의 주변에 서니
_{고 국 황 성 반}

行人帰去来 　나그네는 어찌하여 이제는 돌아가려 하지 않는가.
_{행 인 귀 거 래}

樵者負薪返 　나무꾼은 장작을 메고서 귀가 길에 오르고,
_{초 자 부 신 반}

漁者撑舟廻 　어부는 배를 저어 돌아가노라.
_{어 자 탱 주 회}

斜陽□□□ 　황혼의 햇살은 마치 한 폭의 그림만 같고,
_{사 양 ㅁ ㅁ ㅁ}

相対一樽開 　마주 앉아 한통의 술을 비웠는가.
_{상 대 일 준 개}

－동(同)

🌸 어석(語釈)

● 고국故国 : 여기에서는 고구려 제16대(高句麗第十六代)의 고사유(高斯由)가 「고
국원왕(故国原王)」이라고 불리우게 된 것에 기초하여, 옛날에 번영을 누린 나
라의 의미로 사용된 듯하다. 당(唐)·두보시(杜甫詩)의 「一辞故国十経秋, 毎見秋
瓜憶故丘」와 같은 고향의 의미는 아니다.

● 행인行人 : 관리가 되어 여우(旅寓)하는 나그네의 의미.

● 귀거래帰去来 : 자 어서 돌아가지 않을 텐가라고 재촉을 하는 단어. 진(晋)·도
잠(陶潜)의 귀거래사(帰去来辞) 「帰去来兮, 田園将蕪, 胡不帰」.

● 탱주撑舟 : 배를 만들다. 탁주(櫂舟)와 동일. 당(唐)·방간시(方干詩)의 「山下県寮
張楽送, 海辺津吏櫂舟迎」. 원(元)·방회시(方回詩)의 「篇載銭軽戴不軽, 阿郎牽曳
阿奴撑」.

● 사양斜陽 : 석양. 황혼. 사조(斜照). 원(唐)·두목(杜牧)의 억주파시(憶朱坡詩) 「秋
草樊川路, 斜陽履盎門」[주 : 이앙(履盎)은 장안성남출제일문(長安城南出第一門)의

명칭]. ~□□□는 결자[欠字]의 부분을 「감화처(堪画処)」라고 보충을 하여 석양(斜陽)의 햇살이 한 폭의 그림만 같은 곳의 의미로 해석을 할 수 있다. 당(唐)·정곡(鄭谷)의 설중우제시(雪中偶題詩) 「江上晩来堪画処, 漁人披得一蓑帰」.

○七二 차운(次韻)

畊湖 金爾玉(경호 김이옥)

江路蕭蕭暮 _{강 로 소 소 모}	뱃길은 슬프디 슬프게 저물어가고,
行人誰復来 _{행 인 수 부 래}	행인, 누군가가 또 올 것인가.
滄波双鷺過 _{창 파 쌍 로 과}	푸른 파도에 한 쌍의 백로 지나가고,
碧落孤鶴廻 _{벽 락 고 학 회}	푸른 하늘에 외기러기는 돌아가네.
欲知舟中興 _{욕 지 주 중 흥}	알고 싶어라. 배 안의 흥취를,
与待江月開 _{여 대 강 월 개}	기다리노라, 강물 위에 달빛이 빛나기를.

－동(同)

🌸 어석(語釈)

- 강로江路 : 뱃길(船路). 당(唐)·왕발(王勃)의 상사부강연시(上巳浮江宴詩)「遽悲春望遠, 江路積波潮」.
- 소소蕭蕭 : 몹시 슬픈 상태. 당(唐)·두목(杜牧)의 회오중풍수재시(懷吳中馮秀才詩)「長州苑外草蕭蕭, 却算遊程歲月遥」.
- 행인行人 : 길 가는 사람. 행인.
- 창파滄波 : 푸른 파도. 당(唐)·이백시(李白詩)「昭昭嚴子陵, 垂釣滄波間」. 당(唐)·유우석시(劉禹錫詩)「吳越古今路, 滄波朝夕流」.
- 벽락碧落 : 동쪽의 하늘. 전화되어 하늘을 말한다. 당(唐)·조하(趙嘏)의 대인증별시(代人贈別詩)「清猿処処三声尽, 碧落悠悠一水横」.
- 주중흥舟中興 : 뱃속의 즐거움[흥취]. 즉, 낚시[垂釣]의 즐거움. 이는 제시(諸詩)에서 힌트를 얻어서 만들어진 작자의 조어이다. 당(唐)·전기(錢起)의 강행시(江行詩)「幸有煙波興, 寧辞筆硯労」. 당(唐)·이중(李中)의 서사도지정시(徐司徒池

亭詩)「月明垂釣興, 何必憶滄浪」. 송(宋)・육유(陸游)의 신량서회시(新涼書懷詩)
「秋風磔起篇舟興, 安得州家復鏡湖」.

- 여대与待 : 손꼽아 기다리다. 만반의 준비를 하고 기다리다의 의미로 사용된
  독자적인 단어. 여(与)는 여(予)와 통하고, 겸하여의 의미이다.
- 강월개江月開 : 강 위에 달이 빛을 발하다. 개(開)는 「張也, 見說文. [段注] 張者,
  施弓弦也, 門之開, 如弓之張. 門之閉, 如弓之弛」(『中華大辭典』). 이 세 자는 당
  (唐)・유장경시(劉長卿詩)「春風催客醉, 江月向人開」에 의거하여 만들어진 시어.

○七三 차운(次韻)

松塢 李応清(송오 이응청)

古人去未去 _{고 인 거 미 거}	옛 성현이 갔는가 왔는가,
古人来不来 _{고 인 내 불 래}	옛 고인은 오는가 안 오는가.
或乗雪舟訪 _{혹 승 설 주 방}	혹은 설주를 타고서 찾아오고,
或棹酒船廻 _{혹 도 주 선 회}	또는 주선을 저어 돌아오네.
吾儕六与一 _{오 제 육 여 일}	우리들 여섯과 사공 한 사람,
得句帆初開 _{득 구 범 초 개}	시를 지을 수 있다면, 돛을 비로소 펼치리.

－동(同)

✿ 어석(語釈)

● 고인古人 : 옛날 사람. 당(唐)·유장경(劉長卿)의 등오고성가(登呉古城歌)「登古城
兮思古城兮思古人, 感賢達兮同埃塵」.

● 거미거去未去 : 떠날려고 해도 떠나지 않고 떠났지만 떠난 흔적을 찾아볼 수
없다.『패문운부(佩文韻府)』세설문(世説文)「飛鳥之影, 莫見其移, 弛車之輪, 曽不
擾地, 是以去不去矣[주 : 대(擡)는 들어올리다의 의미].

● 내불래来不来 : 오는지 마는지. 당(唐)·허혼(許渾)의 수이당시(酬李当時)「山陰一
夜満渓雪, 借問篇舟来不来」.

● 설주雪舟 : 눈이 쌓인 배. 송(宋)·육유(陸游)의 한대주시(寒対酒詩)「霜路預愁騎
款段, 雪釣菰蒲」[주 : 관단(款段)은 발걸음이 늦는 경우].

● 주선酒船 : 술을 실은 배. 당(唐)·위장시(韋荘詩)의「嗒阮相将棹酒船, 晚風侵浪水
侵舷」.

● 오제吾儕 : 우리들. 제(儕)는「등배이다(等輩也), 견설문(見説文)」(『중화대사전(中

華大辞典』). 『춘추좌씨전(春秋左氏伝)』 성공 2년조(成公二年条) 「夫文王猶用衆,
況吾乎」.

- 육여일六与一 : 육과 일. 상기의 오제(吾儕)와 관련이 있다. 여(与)는 근대어(近代
語)인 화(和)와 동일(同一)하고, 「와」의 의미를 지닌 조사(助詞). 일(一)은 한 사
람의 선장[舟子]. 이 세 자는『좌전(左伝)』양공 25년조(襄公二十五年条)「閭丘
嬰云云, 嬰曰, 崔慶其追我, 鮮虞曰, 一与一, 誰能懼我」에 기초하여 만들어진 시어
이다.

- 득구得句 : 시구[시작]가 가능하다. 송(宋) · 육유시(陸游詩)「得句已無前輩賞, 開
編時与古人游」.

- 범초개범初開 : 돛을 처음으로 치다. 당(唐) · 최동시(崔洞詩)「遠客乗流去, 孤帆向
夜開」.

🌸 해설

　본장(本章)의 창수(唱酬)는 6구형식(六句形式)의 5언고시(五言古詩)를 통해 게다가
그 중 2구(二句)를 대구(対句)로 만든다. 배안[舟中]의 감상철서(感想綴叙)이다. 이는,
사람이 옛날 그대로의 길을 말 위에 올라가고 또는 소의 등에 흔들리면서 가는 도중,
이 「죽림의 객[竹林客]」은 일부러 배를 타고 강하류로 내려갔다와 같은 기행(奇行)에
초점을 맞추어 이루어진다. 6구형식(六句形式)의 5언고시(五言古詩)의 당인 작품 중(唐
人作品中)에서 드문 것은 아니다. 이백(李白)의 자야오가(子夜呉歌)「장안일편월(長安一
片月)」과 전기(錢起)의 수왕유춘야죽정증별시(酬王維春夜竹亭贈別詩)「山月随客来」, 게
다가 맹교(孟郊)의 유자음(游子吟)「자모수중선(慈母手中線)」, 온정균(温庭筠)의 협객행
(俠客行)「욕출홍도문(欲出鴻都門)」등이 인구에 회자(人口膾炙)가 된다. 그러나 이들은
모두 중2구(中二句)의 전후(前後)의 4구(四句)와 같은 산구(散句)이다. 그러나 억지로
중2구(中二句)를 대구(対句), 그것도 합장대(合掌対)로 만든 백호시(白湖詩)는 격한 별
리(別離)의 눈물 때문에 저변에 감추어져 있는 것, 그의 일류 레벨에 속하는 공소(空
嘯)로 추측할 수밖에 없다. 이에는 당(唐) · 「대력십재자(大暦十才子)」의 한 사람으로서
알려진 이단(李端)의 다음의 일편이 상기된다.

酬別柳中庸 유증용柳中庸과 유별留別하다
유 별 유 증 용

李端(이단)

惆悵流水時 통곡할 만한 것은 유수가 흘러갈 때,
추 장 유 수 시

蕭条背城路 슬프도다, 성을 등 뒤로 하여 싸우는 길
소 조 배 성 로

離人出古亭 나그네는 오래된 정자를 나서고,
이 인 출 고 정

嘶馬入寒樹 울부짖는 말은 겨울의 나무숲에 들어갔다.
잘 마 입 한 수

江海正風波 강과 바다는 풍파가 일면 좋다고 한다.
강 해 정 풍 파

相逢在何處 상봉할 때는 언제쯤일까?
상 봉 재 하 처

합장대구[合掌対] 표현에는 같은 글자를 늘어놓아 대구를 이루게 하는 「글자의 합장[字の合掌]」도 있지만, 일본의 미우라 우매조노(三浦梅園)가 편찬한 『시철(詩轍)』에 설명이 되어 있다. 윗쪽에 인용한 이단시(李端詩)는 중2구(中二句)가 정(正)의 의미로 합장(合掌)이다. 그러나, 백호(白湖)에 의한 한 수[一首]는 글자의 합장[字の合掌]과 함께 겸하고 있는 것이다.

浮碧樓觴詠錄

제14장

○七四 원운(元韻) 선중희제(船中戯題)

白湖 林悌(백호 임제)

晩色蒼茫水気昏 저문 빛 망망하고 물 기운 어두운데,
만 색 창 망 수 기 혼

月斜沙渚見潮痕 달이 저문 물가는 썰물 후에 나타나네.
월 사 사 저 견 조 흔

樵唱漁歌一時起 뱃노래에 나무꾼 노래 일시에 들려오고,
초 창 어 가 일 시 기

隔江煙火数家村 강 건너 연기 오르니 두세 집의 마을이라.
격 강 연 화 수 가 촌

–7언절구(七言絶句), 원운(元韻) [혼(昏)·흔(痕)·촌(村)], 측기(仄起)

어석(語釈)

- 만색晩色 : 황혼의 경치. 당(唐)·두보(杜甫)의 곡강대우시(曲江対雨詩) 「城上春雲覆苑牆, 江亭晩色静年芳」.
- 수기水気 : 수증기(水蒸気). 물안개(水煙). 북주(北周)·유신(庾信)의 동안대부초청시(同顔大夫初晴詩) 「夕陽水気, 友景照河堤」.
- 사저沙渚 : 모래사장의 물가. 사정(沙汀). 유송(劉宋)·사혜련(謝恵連)의 범호귀출루중완월시(泛湖帰出楼中翫月詩) 「哀鴻鳴沙渚, 悲猿響山椒」.
- 조흔潮痕 : 밀물이 들어온 후. 후한(後漢)·임번(任蕃)의 추만교거시(秋晩郊居詩) 「海山蔵日影, 江石落潮痕」.
- 초창樵唱 : 나무꾼의 노래. 당(唐)·맹호연(孟浩然)의 간남원즉사이교상인시(澗南園即事貽皎上人詩) 「釣竿垂北澗, 樵唱入南軒」.
- 어가漁歌 : 어부의 노래. 노 젓는 노래[뱃노래]. 애내(欸乃 : 뱃노래). 당(唐)·맹호연(孟浩然)의 배장승상자송자강동박저궁시(陪張丞相自松滋江東泊渚宮詩) 「猟響驚雲夢, 漁歌激楚辞」.
- 일시기一時起 : 동시에 발생하다. 일시(一時)는 불경에 「如是我聞, 一時佛住, 云云」의 내용이 「어떤 때」의 의미가 된 것과는 달리, 동시에의 의미이다. 초가창어가일시기(樵唱漁歌一時起), 원(元)·유인시(劉因詩) 「一声樵唱起, 回首暮山蒼」

에서 힌트를 얻어 만들어진 조어.

- 연화煙火 : 밥을 짓는 연기. 인가의 연기(人煙). 위(魏)・왕찬(王粲)의 종군시(從軍詩)「四望無煙火, 但見林与丘」.
- 수가촌数家村 : 여러 집[数軒, 23헌(二十三軒)에서 56헌(五十六軒)]의 집이 있는 촌. 송(宋)・왕안석시(王安石詩)「縱橫一川水, 高下数家村」. 송(宋)・주권시(周権詩)「流水数家村, 青山白雲塢」. 송(宋)・신기질사(辛棄疾詞)「遠林煙火幾家村」.

○七五 차운(次韻)

湖西 金雲擧(호서 김운거)

荒城煙樹欲黃昏 황성의 안개 자욱한 나무들, 해가 저물려 하고,
황 성 연 수 욕 황 혼

水落空江沙有痕 수량이 떨어져서 공강은 모래사장에 흔적이 있네.
수 락 공 강 사 유 흔

膾薦玉盤鮮可食 회를 올릴 수 있는 옥반의 신선한 살을 먹어야 하고,
회 천 옥 반 선 가 식

隔林知近釣魚村 숲을 넘어 낚시꾼의 촌락이 가까움을 알 수 있네.
격 림 지 근 조 어 촌

－평기(平起)

🌸 어석(語釈)

● 욕황혼欲黃昏 : 해가 지려고 하다. 황혼이 되려는 순간. 황성연수(荒城煙樹)～는 황폐해진 성의 나무에 연기가 자욱하게 끼어 황혼이 가까워지다. 이는 다음의 여러 시에서 힌트를 얻어 만들어진 시어. 당(唐)·두보시(杜甫詩)「春早天地昏, 日色赤如血」. 당(唐)·안진경시(顏眞卿詩)「景落全溪暗, 煙凝半嶺昏」. 당(唐)·오격시(吳隔詩)「一棹帰何処, 蒼茫落照昏」.

● 수락水落 : 갈수기[건기]가 되어 곡천(谷川)의 수량이 줄어든 경우를 말한다. 송(宋)·장뢰(張耒)의 석창포부(石菖蒲賦)「歳寒風霜, 水落石潔」.

● 공강空江 : 허무하게 흘러가는 강물. 당(唐)·가도시(賈島詩)「山鐘夜度江水, 汀月寒生古石楼」. 원(元)·게혜사시(揭傒斯詩)「老樹風生舟正泊, 空江日落雁初飛」.

● 사유흔沙有痕 : 모래가 쌓여 있는 곳[沙磧]의 위에 흔적을 남기다. 당(唐)·왕군유시(王君攸詩)「光浮動岸影, 浪息累沙痕」, 송(宋)·육유시(陸游詩)「淡煙孤榜繫村橋, 畳畳沙痕印落潮」 등에서 가차하여 만들어진 조어.

● 회천膾薦 : 회(膾)를 올리다. 회(膾)는 성(腥, 물고기의 비린내가 나는 육질). 천(薦)은 올리다의 뜻. 이 두 자는 원(元)·장우시(張雨詩)「囊盛梢共来禽帖, 酒薦深宜蘸甲杯」[주 : 내금(来禽)은 사과(林檎), 잠갑(蘸甲)은 만작(満酌)의 의미]에 있어서 주천(酒薦)에서 힌트를 얻어 만든 작자의 조어.

- 옥반玉盤 : 여기에서는 달의 이명으로 사용되고 있지 않고, 요리를 넣는 쟁반 [盤, 큰 접시(大皿)]의 미칭.
- 선가식鮮可食 : 아름답고, 먹기에 좋다. 선(鮮)은 아름답다의 의미. 또한 물고기 회의 의미.
- 조어촌釣魚村 : 어촌(漁村)을 말한다. 격림지근(隔林知近)~은 숲을 사이에 두고 어부의 촌락이 근처에 있는 것을 알다. 이는 송(宋)·소식시(蘇軾詩) 「煙銷日出 見漁村, 遠水鱗鱗山巘巘」[주 : 헌헌(巘巘)은 참치기복모(參差起伏貌)].

○七六 차운(次韻)

南坡 盧景達(남파 노경달)

一船簫鼓醉昏昏　　일선의 소고소리 울리고, 혼혼한 취기,
일 선 소 고 취 혼 혼

潮落長洲日有痕　　파도가 부서진 사장에 햇빛의 흔적 남았네.
조 락 장 주 일 유 흔

舟子莫催江上棹　　사공이여, 재촉하지마소, 강기슭에 노 젓는 것을,
주 자 막 최 강 상 도

不堪樵笛隔前村　　끊임없는 초적을 앞마을을 지나서까지 듣노라.
불 감 초 적 격 전 촌

－평기(平起)

🌸 어석(語釈)

● 일선一船 : 한쌍[一艘]의 배의 의미. 당(唐)・두목시(杜牧詩)「広文遺尚擖散, 雞犬図書共一船」.

● 소고簫鼓 : 피리와 북. 한 무제(漢武帝)의 추풍사(秋風辞)「簫鼓鳴兮棹歌」. 당(唐)・위원단(韋元旦)의 흥경지시연시(興慶池侍宴詩)「夾岸旌旗疏輦道, 中流簫鼓振楼船」.

● 혼혼昏昏 : 어두워서 지혜를 발휘할 수 없는 상태. 술에 취해서 지각정신이 둔화가 된 상태. 당(唐)・이섭(李渉)의 제학림사승사시(題鶴林寺僧舎詩)「終日昏昏醉夢間, 忽聞春尽強登山」.

● 장주長洲 : 길게 계속 이어지는 모래사장. 모래사장[洲浜]. 긴 사장[長洲].

● 일유흔日有痕 : 태양에 비춰진 흔적이 있다. 흔(痕)은「凡物有迹者皆曰痕, 如啼痕・苔痕・水痕・墨痕之類」(『중화대자전(中華大字典)』). 이 세 자[三字]는 당(唐)・송지문시(宋之問詩)「鳥帰沙有跡, 帆過浪無痕」에 근거하여 만들어진 작자의 조어.

● 주자舟子 : 뱃사람(舟人). 사공. 당(唐)・승제기(僧斉己)의 강행조발시(江行早発詩)「舟子相呼起, 長江未五更」.

● 강상도江上棹 : 강기슭에서 노를 젓다. 도(棹)는 도(櫂)・탱(撐)・발(撥) 등과 같은 의미이고, 노를 저어서 배를 나아가게 한다는 의미. 진(晋)・도잠(陶潜)의

귀거래사(帰去来辞)「或命巾車, 以棹孤舟」. 당(唐) · 이백시(李白詩)「佳境宜緩棹, 清輝能凷客」. 당(唐) · 백거이시(白居易詩)「愛水多櫂舟, 惜花不掃地」. 당(唐) · 육구몽시(陸龜蒙詩)「殷勤撥香池, 重蘑汀洲頻」. 원(元) · 방회시(方回詩)「雇載銭輕載不輕, 阿郎牽曳阿奴撑」. 이 세 자는 당(唐) · 유장경(劉長卿)의 도수시(渡水詩)「不知波上棹」에서 힌트를 얻어 만들어진 듯하다.

- 부감不堪 : 참고 인내하는 것이 불가능하다. 이는 하감(何堪)과 동일. 당(唐) · 가도(賈島)의 망월시(望月詩)「強步望寝斎, 歩歩情不堪」. 당(唐) · 이백(李白)의 석여춘부(惜餘春賦)「漢之曲兮江之潭, 把瑤草兮思何堪」.

- 초적樵笛 : 목동(樵子)이 부는 피리소리. 원(元) · 주권(周権)의 만조시(晩眺詩)「数声樵笛人何処, 一路寒山晩翠深」.

○七七 차운(次韻)

畊湖 金爾玉(경호 김이옥)

寥落江城隱霧昏　　영락한 강변의 촌락을 짙은 안개가 감싸고,
요 락 강 성 은 무 혼

平沙暗記暗潮痕　　사장은 조용히 기억하네, 어두운 파도의 흔적을.
평 사 암 기 암 조 흔

盤中玉雪真仙味　　반중의 얇은 회는 실로 선계의 맛이고,
반 중 옥 설 진 선 미

誰訪漁歌向遠村　　누가 물으랴, 어가가 저 멀리 어촌에 울림을.
수 방 어 가 향 원 촌

－평기(平起)

🌸 어석(語釈)

● 요락寥落 : 완전히 황폐하여 무시무시한 상태. 매우 슬프다. 당(唐)·왕건(王建)
　의 고행궁시(故行宮詩)「寥落故行宮花寂寞紅」.

● 강성江城 : 강변의 촌락을 의미한다. 당(唐)·최식(崔湜)의 회양조추시(襄陽早秋
　詩)「江城秋気早, 旭旦坐南圃」. 당(唐)·백거이(白居易)의 만망시(晩望詩)「江城寒
　角動沙洲夕鳥還」.

● 은무隱霧 : 풍경을 덮어서 가리는 안개. 이는 당(唐)·도보시(杜甫詩)「孤城隱霧
　深」, 당(唐)·원진시(元稹詩)「籠雲隱霧多愁絶」 등에서 가차하여 만든 조어.

● 평사平沙 : 평탄하고 넓은 모래사장. 양(梁)·하손(何遜)의 자모기시(慈姥磯詩)
　「野岸平沙合, 連山遠霧浮」. 또한, 송(宋)의 송적(宋廸)이 동정호(洞庭湖)의 남쪽의
　소수(蕭水)·상수(湘水) 부근을 묘사하여 8폭을 만든 것에 유래한다.「소상팔
　경(瀟湘八景)」의 제 1은 평사낙안(平沙落雁)이다.

● 암조흔暗潮痕 : 암조(暗潮)는 아직 표면에 보이지 않는 어둠 속의 조류. 흔(痕)은
　흔적(痕跡)이다. 이 세 자는 송(宋)·양만리시(楊萬里詩)「暗潮已到無人会, 只有篙
　師識水痕」[주 : 고사(篙師)는 선장[舟子]에 기초하여 만들어진 조어.]

● 옥설玉雪 : 사물의 청아한 상태의 비유. 반중(盤中)~은 큰 접시 안의 회[盤膾].
　이는『후한서(後漢書)』좌자전(左慈伝)「以竹竿餌釣於盤中, 須曳引一鱸魚出」. 당

(唐)・백거이시(白居易詩)「盤中鮮鱠爲呑釣」 등을 의거하여 만들어진 조어.

● 선미仙味 : 멋진 세속을 벗어난 풍취[풍경]. 당(唐)・맹교(孟郊)의 매류시(梅柳詩) 「飮柏況仙味, 詠蘭況擬古詞」.

● 원촌遠村 : 먼 곳에 보이는 촌락. 송(宋)・소철(蘇轍)의 가설운운시(嘉雪云云詩) 「猶恐遠村雪未足, 試呼農園問何如」.

○七八 차운(次韻)

松塢 李応淸(송오 이응청)

□□□楼日已昏 벽류에 띄어 운루의 해는 이미 지고,
<small>□ □ □ 루 일 이 혼</small>

□□□□□□痕 누전의 강돌에는 밀물의 흔적을 지우는 듯.
<small>□ □ □ □ □ □ 흔</small>

盤中一筋銀絲□ 반중의 식욕이 한결 같은 것은 은사의 회,
<small>반 중 일 근 은 사 □</small>

□□隔林何処村 뱃노래 숲의 맞은편에서 울려 퍼짐은 어느 마을인가.
<small>□ □ 격 림 하 처 촌</small>

－측기(仄起)

🌸 어석(語釈)

- □□□루□□□楼 : 결자이기 때문에 부벽루(浮碧楼)를 보충하기로 하고, 벽류(碧流)에 그림자를 드리워서 구름을 가리는 누각의 의미로 해석하고 싶다. 수(隋)・신덕원시(辛徳源詩)「馳射罷金溝, 戲笑上雲楼」. 당(唐)・이하시(李賀詩)「老兎寒蟾泣天色, 雲楼半開壁斜白」. 금(金)・원호문시(元好問詩)「莫笑山城小干斗, 他州誰有勇雲楼」.

- □□흔□□痕 : □□에는 떨어지는 파도[落潮]를 적용하여 파도[潮]의 흔적을 없애다의 의미로 해석을 하였다. 그 위에 □□□□은 누대 앞의 강돌[楼前江石]로 보충을 하고, 누대 앞의 강돌은, 누전강석(楼前江石)으로 해석하고 싶다. 『패문운부(佩文韻府)』임번시(任藩詩)「海山蔵日影, 江石落潮痕」.

- 일근－筋 : 근력[근육의 힘]을 한결 같이 말한다. 그것만이 마음을 기울여서 다른 것을 뒤돌아보지 않다의 의미이다.

- 은사□銀絲□ : 아래의 □에는 회(膾)를 적용을 하면, 은사(銀絲 : 은실)은 회(膾), 새하얗고 얇게 썬 회로 해석하고 싶다. 당(唐)・두보(杜甫)의 배정광문유하장군산림시(陪鄭広文遊何将軍山林詩)「鮮鯽銀絲鱠, 香芹碧潤羹」[주 : 회(鱠)는 회자(膾字)의 별체(別体)].

- 격림隔林 : 숲을 간격을 두다. 그 위의 □□에는 어창(漁唱 : 뱃노래)을 적용함

으로써 어창(漁唱 : 뱃노래)이 숲의 맞은 편에서 울려 퍼지는 것은의 의미로 해석된다. 당(唐)·황도시(黃滔詩)「鳥行去沒孤煙樹, 漁唱還從碧島川」. 송(宋)·육유시(陸游詩)「空濛過釣船, 斷続聞漁唱」.

- 하처촌何処村 : 어느 마을. 이는 당(唐)·유장경시(劉長卿詩)「遠岸誰家柳, 孤煙何処村」에서 차용하여 만든 조어.

○七九 차운(次韻)

菊軒 黃応時(국헌 황응시)

□□□□□黃昏　　안개 자욱하고, 해는 저물어 점점 황혼인데,
　　　　황혼

風静舟平□□痕　　바람 그치고, 배는 고요하여 파문조차 없네.
풍 정 주 평 □ □ 흔

灘有白銀巖有酒　　여울에는 은어가 놀고, 바위에는 술이 있고,
탄 유 백 은 암 유 주

解□□□□前村　　한탄을 잊고, 우수를 잊고서 앞마을로 향하네
해 □ □ □ □ 전 촌

-평기(平起)

🌸 어석(語釈)

- □황혼□黃昏 : □을 잠(漸, 드디어)을 보충하고, 드디어 황혼이 되다로 해석을 하기로 한다. 그 위의 □□□□에는 연응경락(煙凝景落)을 보충하여, 연(煙)은 자욱하다, 경(景)은 떨어지다로 해석을 한다. 당(唐)·백거이시(白居易詩)「紫藤花下漸黃昏」. 당(唐)·안진경시(顔真卿詩)「景落全渓晴, 煙凝半嶺昏」.

- 풍정風静 : 바람이 부드러워지다. 북주(北周)·유신(庾信)의 범강시(泛江詩)「日落江風静, 龍吟廻上游」.

- 주평舟平 : 배가 안전하게 가다. 이는 작자의 조어이고, 당(唐)·장구령시(張九齡詩)「帰舟宛何処, 正値楚江平」, 당(唐)·왕완시(王湾詩)「潮平両岸濶, 風正一帆懸」.

- □□흔□□痕 : □□에는 파도가 없다[波無]를 보충하고, 파도의 흔적이 없다로 해석을 한다. 당(唐)·송지문시(宋之問詩)「鳥帰沙有跡, 帆過浪無痕」.

- 탄유백은灘有白銀 : 탄(灘, 여울)에 백은(白銀)의 물고기가 있다. 탄(灘)은 물이 분류하는 곳, 여울. 백은(白銀)은 은백색의 빛을 발하는 물고기, 은린(銀鱗), 은어(銀魚). 원(元)·살도랄(薩都剌)의 초계곡(越渓曲)「石罅銀魚揺短尾」.

- 암유주巖有酒 : 암(巖)은 바윗돌이 노출이 된 곳, 바윗돌[岩場], 바위끝[巖際]. 또는 바윗돌[岩石]의 빈틈, 암하(巖罅). 양(梁)·하손(何遜)의 입서한시(入西寒詩)

「薄雲巖際出，初月波中上」. 당(唐)·피일휴(皮日休)의 다오시(茶塢詩)「石窪泉似掬，巖罏雲如縷」. 유주(有酒)는 술이 있다. 삼국위(三国魏)·응거시(応璩詩)「有酒流如川，有肴積如岺」. 유송(劉宋)·사령운(謝靈運)의 일민부(逸民賦)「有酒則舞，無酒則醒」.

- 해□□□解□□□ : □□□은 수망우(愁忘憂)로 보충하고, 수(愁)를 풀어 번뇌(憂)를 잊다로 해석한다. 진(晋)·육운(陸雲)의 여형평원서(与兄平原書)「文章既自可義，且解愁忘憂但作之」.

- □전촌□前村 : □을 향(向)으로 보충하고, 앞마을로 향하다로 해석을 하기로 한다. 금(金)·조병문시(趙秉文詩)「行過斷橋沙路黑，忽從電影得前村」.

🌸 해설

앞의 3장에 이어서 본장은 배 안에서의 창수(唱酬)가 되어 있다. 시형(詩形)은 7언절구(七言絶句). 초인(樵人)의 노래와 어부(漁人)의 노래가 동시에 울려 퍼진다. 저편의 소취락(小聚落, 작은 촌락)에 스포트라이트를 맞추고 있다. 이와 같은 초어(樵漁, 어촌)의 풍경묘사 속에서 이는 아무튼 망향의 정을 물씬 느끼게 하는 점은 당(唐)의 맹호연(孟浩然)에 의한 다음과 같은 일편(一篇)을 상기시킨다.

夜帰鹿門歌 밤에 녹문鹿門에 귀성할 때의 노래
야 귀 녹 문 가

孟浩然(맹호연)

山寺鳴鐘昼已昏 산속의 절에서 종이 울리고, 해는 어느새 기울어 황혼이
어 양 도 두 쟁 도 선 되었고，

漁梁渡頭争渡喧. 어량漁梁[지명]의 도두도渡頭渡[선두?]를 다투는 일이 얼마나
어 양 도 두 쟁 도 선 어리석은가.

人随沙路向江村 사람은 모래사장길을 따라서 강촌으로 향하고，
인 수 소 로 향 강 촌

余亦乗舟帰鹿門. 나도 또한 배를 타고 녹문鹿門으로 돌아간다
여 우 승 주 귀 녹 문

鹿門月照開煙樹 녹문鹿門은 달이 비춰서 안개가 낀 숲을 열어젖히는 것만
녹 문 월 조 개 연 수 같고，

忽到龐公棲隱処.
홀 도 방 공 서 은 처

갑자기 넘어지는 방공龐公[한대漢代의 은자]이 살고 있는 은신처.

巖扉松徑長寂寥.
암 비 송 경 장 적 료

바위문[巖扉]·소나무길[松徑]은 오랫동안 적막이 드리우고,

惟有幽人夜来去.
유 유 유 인 야 래 거

다만 나그네[幽人, 은자]가 밤에 찾아와서 떠난다.

맹호연(孟浩然)에 의한 가행체(歌行体)의 이 일편(一篇)은 전반에 산촌의 석양 경치를 묘사하고, 후반에 녹문(鹿門)산중의 은거를 묘사하고 있다. 제1구(第一句)의 「주이혼(昼已昏)」은 시세(時世)의 「부패혼탁(腐敗溷濁)」을 지칭하고, 제2구(第二句)의 「쟁도훤(争渡喧)」은 「명리영달(明利栄達)」을 위해 서로 싸우는 세태를 풍자한 것이다. 이로써 녹문산(鹿門山)에 은거를 하려고 하는 작자의 의지가 강조되고 있다. 즉, 본장의 1부의 시에서 심한 결자[欠字]에 대해 석주자(釈注者, 주석자)의 주관에 따라 보전(補塡)한 것임을 명확하게 밝힌다.

浮碧樓觴詠錄

제15장

원운(元韻)

白湖 林悌(백호 임제)

季鷹本蕭灑
계 응 본 소 쇄
계응은 본디 소쇄한 성격

初不膾鱸魚
초 불 회 로 어
애초부터 농어회 좋아서가 아니라네.

一棹吳洲夕
일 도 오 주 석
배 한척 저어가는 오주의 석양,

閑情雲共徐
한 정 운 공 서
한정에 구름과 같이 조용히 흘러가노라.

-5언절구(五言絕句), 어운(魚韻) [어(魚)·서(徐)], 평기(平起)

❀ 어석(語釈)

- 계응季鷹 : 진(晋)의 문인, 장한(張翰)의 자(字). 장한(張翰)은 오군(吳郡)의 사람으로 문장이 뛰어나고, 강동(江東)의 보병(步兵)[보병(步兵)은 진(晋)의 완적(阮籍), 강동(江東)은 동진(東晋)의 수도로 결정한 곳]이라고 불리었다. 제왕 경(齊王冏)을 모셨고, 관(官)은 동조연(東曹掾)이었지만, 가을바람[秋風]을 만나 오중(吳中)의 고채(菰菜)·박갱(蓴羹)·노회(鱸鱠)를 회고하고, 「인생은 뜻이 이루어지는 것을 귀중하게 여기지만, 무엇 때문에 관에서 수천 리를 달려서 명예를 요구하랴」라고 하며 마침내 관직을 그만두고, 주연[駕]을 베풀게 하고 돌아가 버렸다[『진서(晋書)』 장한전(張翰伝)].
- 소쇄蕭灑 : 맑고 속기가 없는 상태. 『문선(文選)』 북산이문(北山移文) 「夫以耿介拔俗之標, 蕭灑出塵之想」.
- 초불회初不膾 : 초(初)는 본래[시간적으로 거슬러 올라감을 말한다]. 불회(不膾)는 물고기의 살을 베어 가르는 일이 없다. 이 세 자는 「戰場暫一乾, 賊肉行可鱠」[주 : 일건(一乾)은 한번 깃발이 펄럭이면의 의미]에서 힌트를 얻어 만들어진 작자의 조어.
- 노어鱸魚 : 오나라 중간[吳中]의 여러 강에 살고 있는 입이 크고 가는 비늘[巨口細鱗]의 물고기이고, 송강산(松江産)의 것은 네 개의 아가미[四鰓]가 있다고

한다(『본초(本草)』).

- 일도一棹 : 한번 배를 젓다[배를 조정하다]. 이는 송(宋)·주희시(朱熹詩)「幾年淸夢黃塵裏, 此日秋風一棹歸」에서 차용하여 만들어진 단어.

- 오주吳洲 : 오(吳)나라 지방의 모래섬. 주(洲)는 수중에 모래가 높이 쌓여서 생성이 된 모래섬[洲嶼]. 이 두 자는 노어(鱸魚)에 의거하여 사용된 단어. 당(唐)·황보염(皇甫冉)의 강초가(江草歌)「吳洲曲兮楚鄕路, 遠孤城兮依独茂」.

- 한정閑情 : 고요한 마음. ～운공서(雲共徐)는 한정(閑情)은 한운(閑雲)과 함께 조용하다의 의미. 이 구(句)는 당(唐)·이산보(李山甫)의 방간은거시(方干隠居詩)「問人遠岫千重意, 対客閑雲一片情」을 인용하여 지어진 듯하다.

○八一 차운(次韻)

松塢 李応清(송오 이응청)

沙明見白鷺 _{사 명 견 백 로}	모래가 맑을 때는 백로를 보고,
波浄観游魚 _{파 정 관 유 어}	파도가 명징할 때는 유영하는 물고기 보네.
舟上酔時月 _{주 상 취 시 월}	배 위에서 달을 보고서 취할 때,
好風吹又徐 _{호 풍 취 우 서}	호풍이 불고, 더욱더 고요해지네.

-평기(平起)

🌸 어석(語釈)

- 백로白鷺 : 우모(羽毛)가 순백색인 여러 종류의 백로의 총칭. 당(唐)·왕유(王維) 의 적우망천장작시(積雨輞川庄作詩)「漠漠水田飛白鷺, 陰陰夏木囀黄鸝」. 송(宋)· 대복고(戴復古)의 동일이주입협피풍시(冬日移舟入峽避風詩)「棹入黄蘆浦, 驚飛白 鷺群」.

- 유어游魚 : 물속에서 유영을 하는 물고기. 진(晋)·육기(陸機)의 문부(文賦)「游魚 銜鈎, 而出重淵之深」. 진(晋)·반악(潘岳)의 하양현작시(河陽県作詩)「帰雁映蘭時, 游魚動円波」.

- 취시월酔時月 : 취시(酔時)-월(月), 취(酔)-시월(時月) 중에 어느 쪽을 택하는 것 도 불가. 본래는 취월시(酔月時)를 지어야 할 것을 평측(平仄)에 맞추기 위해서 시(時) 평운(平韻)을 중간으로 하고, 월(月) 측운(仄韻)을 아래에 기술하였을 것 으로 추측이 된다. 취월시(酔月時)란 달 아래에서 감음(酣飲)하는 때의 의미이 다. 이는 당(唐)·이백(李白)의 춘야연도리원시서(春夜宴桃李園詩序)「飛羽觴而酔 月」[주 : 취월(酔月)은 달을 바라보면서 술을 마신다].

- 호풍好風 : 기분이 좋은 바람[상쾌한 바람]. 호우(好雨)의 대구[対]. 진(晋)·도 잠(陶潜)의 독산해경시(読山海経詩)「微雨従東来, 好風与之俱」. 당(唐)·당언겸(唐 彦謙)의 비도시(緋桃詩)「坐久好風休掩袂, 夜来微雨已霑巾」.

● 취우서吹又徐 : 더 한층, 또는 온화하게[조용히] 부는 바람. 또는 첨가를 나타내고, 더욱의 의미이다. 호풍취우서(好風吹又徐)는 당(唐)·설릉(薛能)의 절양류시(折陽柳詩) 「窗外齊垂旭日初, 楼辺軽暖好風徐」에서 힌트를 얻어 만들어진 조어.

○八二 차운(次韻)

菊軒 黃応時(국헌 황응시)

尊開香蟻酒 술통을 열자 향의香蟻가 그윽한 술,
준 개 향 의 주

盤薦細鱗魚 큰 접시에는 올려진 세린어細鱗魚의 회라.
반 천 세 린 어

為報篙師者 사공으로부터 들은 바는,
위 보 고 사 자

停舟迎岸徐 배를 정박할만한 완만한 물가 있는지라.
정 주 영 안 서

-평기(平起)

✿ 어석(語釈)

- 향의주香蟻酒 : 양조시에 발생하는 술기름[蟻, 의]의 향기가 코를 찌르는 듯한 술. 방향(芳香)은 향기를 풍기는「의(蟻, 술기름)」는 술을 만들 때의「요(醪, 거르지않는 술)」로 표면에 떠있는「기름」. 향의(香蟻)는 술의 이명(異名)이기도 하다. 당(唐)・위장시(韋壮詩)「会随仙羽化, 香蟻且同斟」. 당(唐)・정곡시(鄭谷詩)「不嫌蟻衡愁肺」. 송(宋)・구양수시(欧陽脩詩)「清浮酒蟻酷初撥」.

- 반천盤薦 : 찬합에 넣어서 올리다. 반(盤)은 큰 접시. 천(薦)은 올리다[바치다]. 권유하다. 이 두 자는『냉재야화(冷斎夜話)』(송(宋)・석해홍찬(釈恵洪撰) 출처의 고시(古詩)「紅鮮雅称金盤薦, 軟熱真堪玉筋桃」[주 : 저두(猪頭, 멧돼지의 머리)의 찜구이로 입맛을 다시다]를 차용하여 만들어진 조어.

- 세린어細鱗魚 : 세세한 비늘의 물고기. 이는 은구어(銀口魚)? 송(宋)・소식(蘇軾)의 후적벽부(後赤壁賦)「今者薄暮, 挙網得魚, 巨口細鱗, 状如松江之鱸」.

- 고사자篙師者 : 고사(篙師)는 뱃사공, 선장. 당(唐)・두보(杜甫)의 수회도시(水会渡詩)「篙師暗理楫, 歌笑軽波瀾」. 당(唐) 이함용(李咸用)의 상포유회시(湘浦有懐詩)「儂家本是持竿者」.

- 정주停舟 : 배를 멈추다. 당(唐)・저광희시(儲光羲詩)「客愁惜朝暮, 枉渚暫停舟」[주 : 왕저(枉渚)는 굽은 여울].

● 영안서迎岸徐 : 물가에 접근을 서서히하다. 영안(迎岸)은 안(岸 : 물가)에 접근(接到)하는 것을 기다리다. 이 세 자는 당(唐)・방간시(方干詩)「連夜揚帆去, 経年到岸達」을 염두에 두고 만들어진 시어인 듯하다.

○八三 차운(次韻)

南坡 盧景達(남파 노경달)

老我本無事　노옹은 원래부터 하는 일이 없고,
노 아 본 무 사

江村惟釣魚　강촌에서 다만, 낚시를 할 뿐이라네.
강 촌 유 조 어

月明興未足　아직도 달은 밝지만, 그 흥취는 끊일 줄 모르고,
월 명 흥 미 족

舟泊且虛徐　배가 정박을 하여 잠시 동안 천천히 떠가네.
주 박 차 허 서

－측기(仄起)

✿ 어석(語釈)

- 노아老我 : 노인의 자칭. 이는 노리(老吏)・노병(老兵) 등에서 힌트를 얻어서 만든 작자의 조어. 이 단어는 구수(句首)에 둠으로써 서사(叙事)가 차구(次句)에 이어진다.

- 무사無事 : 일이 없다. 진(晋)・반병(潘兵)의 재회현작시(在懷県作詩) 「終日寂無事」. 당(唐)・백거이(白居易)의 우작시(偶作詩) 「無事日月長, 不羈天地闊」[주 : 불기(不羈)는 속박을 받지 않다의 의미].

- 강촌江村 : 강을 따라서 늘어서 있는 마을(촌락). 당(唐)・두보(杜甫)의 강촌시(江村詩) 「清江一曲抱村流, 長夏江村事事幽」.

- 흥미족興未足 : 흥취가 아직 충분하지 않다. 이는 송(宋)・갈장경(葛長庚)의 등화연구(灯火聯句) 「鵲噪歡娯定」[주 : 작조(鵲噪)는 까치가 울어대다＝좋은 일(吉事)의 전조]에서 힌트를 얻어 작자가 민든 시어.

- 허서虛徐 : 천천히[서서히]. 당(唐)・잠삼(岑参)의 추석청라산인탄삼협류천시(秋夕聽羅山人弾三峡流泉詩) 「演漾怨楚雲, 虛徐韻秋煙」[주 : 운추연(韻秋煙)은 가을의 안개와 동일하다]. 당(唐)・두목(杜牧)의 장호호시(張好好詩) 「絳脣漸軽巧, 雲步転虛徐」[주 : 전(転)은 드디어의 의미].

○八四 차운(次韻)

湖西 金雲擧(호서 김운거)

酌以旧醅酒 _{작 이 구 배 주}	따르는 것은 작년의 탁주를 가져와
繪之新釣魚 _{회 지 신 조 어}	회로 삼는 것은 막 잡은 물고기로 하네.
停杯欲有問 _{정 배 욕 유 문}	술잔을 멈추고, 묻고 싶은 바가 있으리라.
明月来何徐 _{명 월 내 하 서}	보름달이 떠오르는 것은 왜 늦는 것일까.

－측기 (仄起)

✿ 어석(語釈)

- 구배주旧醅酒 : 작년부터 빨리 숙성되길 기대하던 탁주(濁酒). 배(醅)는 아직 숙성 되지 않은 술과 취해서 질리다의 두 가지의 의미가 있지만, 술을 빚다의 의미 등은 아니다. 작이(酌以)~는 술을 모두 마시기 위해서는 작년부터 고대해온 탁주(濁酒)를 사용하는 의미. 이(以)는 사용하다.

- 신조어新釣魚 : 새로 낚아 올린 물고기. 여기에서는 작자의 조어. 회지(繪之)~는 회(繪)로 만드는 것은 새로 잡은 물고기를 사용한다. 지(之)는 「용(用), [전국제책(戦国斉策)] 지기소단(之其所短)」(『중화대자전(中華大字典)』).

- 정배停杯 : 술을 마시는 손을 잠시 멈추다. 당(唐)·백거이(白居易)의 풍우중심이십일운운시(風雨中尋李十一云云詩)「停杯看柳色, 各憶故国春」.

- 욕유문欲有問 : 질문하기를 바란다. 이는 당(唐)·육구몽(陸亀蒙)의 자견시(自遣詩)「知有姓名聊寄問」 등에서 힌트를 얻어 만들어진 작자의 조어.

- 명월明月 : 맑은 밤의 달빛. 다만, 반드시 15일밤[十五夜]의 달은 아니다. 당(唐)·이백시(李白詩)「挙杯邀明月, 対影成三人」. 당(唐)·피일휴시(皮日休詩)「試問最幽処, 号為明月湾」.

- 내하서来何徐 : 돌아오는 것이 왜 늦게 지는가. 내(来)는 도래하다[의인적인 표현]. 하(何)는 묻다[힐책하다/따지다] 형태의 의문사(疑問詞). 서(徐)는 천천히 하는 것.

○八五 차운(次韻)

畊湖 金爾玉(경호 김이옥)

今日湖西興 _{금 일 호 서 흥}	오늘의 호서의 흥취는,
細鱗三尺魚 _{세 린 삼 척 어}	세린의 삼척이나 되는 물고기라.
湖平舟未上 _{호 평 주 미 상}	호수는 잔잔하고, 배도 오지 않고,
風靜浪紋徐 _{풍 정 낭 문 서}	바람도 불지 않아 파문도 천천히 이네.

—측기(仄起)

❀ 어석(語釈)

- 호서흥湖西興 : 호서(湖西)의 흥취[興]. 호서(湖西)는 충청남북도(忠淸南北道)의 호
  칭이 아니고, 요우(僚友 : 친구)인 호서(湖西)를 가르킨다. 흥(興)은 기호, 흥미
  로워하는 모습.『진서(晋書)』왕휘지전(王徽之伝)「乘興而来, 興尽便返」. 당(唐)·
  왕발(王勃)의 등왕각서(滕王閣序)「興尽悲来」.
- 삼척어三尺魚 : 큰 물고기를 말한다. 전국초(戦国楚)·송옥(宋玉)의 조부(釣賦)
  「以三尋之辞竿八絲線, 出三尺春魚於数仭之中」. 당(唐)·피일휴시(皮日休詩)「三尺
  春魚潑剌霜」. 세린(細鱗)~은 구중(句中)에서 대구를 만들고 있다.
- 호편湖平 : 호수(湖水)가 잔물결을 일으키고 있다. 이는 당(唐)·이백약(李百薬)
  의 영성회고시(郢城懐古詩)「釣渚故池平」 등에서 힌트를 얻어 만들어진 작자의
  조어.
- 낭문서浪紋徐 : 낭문(浪紋)은 파도가 만들어내는 문양. 서(徐)는 원만하다의 의
  미. 명(明)·진도옥(秦韜玉)의 조옹시(釣翁詩)「潭定静懸絲影直, 風高斜颭浪紋開」.

🌸 해설

　최종 결장(最終結章)으로서 본장의 창수(唱酬)는 배를 타고 가는 도중에 선장의 권유를 받아 낚시질의 홍취에 젖은 일을 둘러싼 것. 다시 5언절구(五言絶句)의 시형(詩形)을 활용하여 시인 각자가 탁월한 재능을 발휘하고 있다. 지금은 큰 물고기를 낚고자하는 마음은 조금도 없다. 이 드넓은 모래사장에서 다만 한가로운 풍취를 느끼고, 흘러가는 구름과 하나가 되고 싶어하는 것뿐이다라고 설파하는 것이 백호(白湖)의 시 한 수(首)이다. 5언절구(五言絶句)라는 것은 묘사의 기법에 비유를 한다면 눈앞에 환상처럼 느껴지고 있는 실제의 경치[実景]에 대해, 그 개요를 빠른 붓[신속한 표현법]으로 간략하게 묘사[略画]하는 크로키와 같은 것이라는 것과 같은 성질이기 때문에 역설적으로 표현함으로써 자신의 심상(心像)을 스트레이트로 토로하는 백호시(白湖詩)의 의경(意境)에는 만당(晩唐)의 두목(杜牧)에 의한 다음과 같은 시(詩)의 이미지가 농후하게 표출이 되어 있다.

寄桐江隱者 동강桐江의 은자隱者에게 보내다
　기 동 강 은 자

　　　　　杜牧(두목)

潮去潮来洲渚春　　썰물이 물러가고, 또다시 밀물이 밀려오는 바닷가에도 봄
　조 거 조 래 주 저 춘　　이 오고,

山花如繍草如茵.　　산에 핀 꽃은 자수무늬의 비단과 같은 풀밭은 요[이불]과
　산 화 여 수 초 여 인　　같이 아름다워라.

嚴陵臺下桐江水　　엄릉嚴陵[주 : 후한後漢의 엄자릉嚴子陵]의 누대 밑의 동강桐江
　엄 릉 대 하 동 강 수　　의 물,

解釣鱸魚能幾人.　　낚시에 걸린 농어를 놓아줄 이는 도대체 몇 명일까.
　해 조 로 어 능 기 인

　운(韻)을 이은 다섯 명 중에 서호(湖西)의 시(詩)는 송오(松塢)·국헌(菊軒)과 같고, 전반의 2구와 대구를 이루게 하는 모험을 일부러 하고 있다. 그 고심참담(苦心慘憺)의 노력의 산물은 「酌以旧醅酒, 鱠之新釣魚」이다. 이는 술을 제조하는 의미를 지닌 양(醸)·온(醞)·발(醱)이 모두 측운(仄韻)이기 때문에 어쩔 수 없이 거르지 않은 술[배(醅)]로

한 것. 그러나 평자(平字)이더라도 거르지 않은 술[배(醅)]에는 양주(釀酒)의 의미가 없다. 다만, 「취포(醉飽)」[『설문(説文)』]의 의미가 있기 때문이고, 간신히 「도루(盜壘)」를 완수한 것이다. 즉, 우측에서 인용을 한 두목(杜牧)의 기동강은자시(寄桐江隱者詩)는 일설(一說)에 허혼(許渾)의 작품(作品)으로 알려져 있다.

제 부벽루상영록후(題浮碧樓觴詠録後)

『부벽루상영록』의 뒤에 붙여 짓다

曺友仁(조우인)

大塊莽蕩無辺底
대 괴 망 탕 무 변 저
우주는 가득하다 끝도 가도 없는데

等閑人事若流水
등 한 인 사 약 유 수
심상한 인간사 흐르는 물 같아라.

陳迹茫茫詩独在
진 적 망 망 시 독 재
묵은 자취 망망한데 시편 홀로 남아 있어

開巻渾驚眼如洗
개 권 혼 경 안 여 세
책자를 펼쳐들자 놀라워 눈이 산뜻해지네.

浿水楼観天下勝
패 수 루 관 천 하 승
대동강의 누대 경관은 천하의 절경이라

飛甍画棟臨江渚
비 맹 화 동 임 강 저
강가에 다다라 나는 지붕 찬란한 단청.

同遊韻士摠仙儔
동 유 운 사 총 선 주
같이 놀던 풍류 운사 다들 신선의 짝일런가

風采軒昂画図裏
풍 채 헌 앙 화 도 리
한 폭 그림 속에 풍채 또한 빼어나라.

白湖詩最名吾東
백 호 시 최 명 오 동
백호의 시 우리 동국에서 가장 유명하거늘

気宇落落如長虹
기 우 락 락 여 장 홍
기개도 드높아 하늘 높이 뜬 무지개 같네.

往往得句揮彩筆
왕 왕 득 구 휘 채 필
왕왕 좋은 글귀 얻어 채필彩筆을 휘두르면,

筆花翻動鮫人宮
필 화 번 동 교 인 궁
붓 끝에 피어나는 교인鮫人의 궁궐인가.

天上楼成不可住
천 상 루 성 불 가 주
하늘 위에 지은 누각 사람은 살 수 없거니

夢覚黄粱魂已冷
몽 각 황 량 혼 이 랭
황량의 꿈을 깨니 혼이 벌써 서늘해라.

祇今精爽落何処
지 금 정 상 락 하 처
지금에 그 정령精靈 어디로 날아 가셨나

尙得当時好風景
유 득 당 시 호 풍 경
당시의 좋은 풍경 그대로 남아 있거늘.

－7언고시(七言古詩) 환운격(換韻格)

🌸 어석(語釈)

- 대괴大塊 : 대지(大地). 진(晋)·도잠(陶潛)의 자제문(自祭文)「茫茫大塊, 悠悠高旻」. 당(唐)·이백(李白)의 춘야연도리원서(春夜宴桃李園序)「陽春召我以煙景, 大塊仮我以文章」.

- 망탕莽蕩 : 넓고 멀리 떨어져 있는 곳[曠遠貌]. 초원(原野)이 넓은 상태. 후한(後漢)·반표(班彪)의 북정부(北征賦)「野蕭条以莽蕩, 迥千里而無家」.

- 무변저無辺底 : 무궁하다. 끝이 없다. 이는 무변(無辺)[넓고 경계가 없다] 등을 시도한 작자의 조어.

- 등한等閑 : 등한(等閑)과 동일하다. 다만, 송(宋)·주희시(朱熹詩)「等閑識得東風面」과 같은 일반, 동일의 의미는 아니다. 여기에서는 뜻을 확정하지 않을 것. 규칙을 무시하다[등한히 하다]의 뜻. 송(宋)·황정견시(黄庭堅詩)「不将春色等閑地」.

- 인사人事 : 인간 세상의 다반사. 당(唐)·두보시(杜甫詩)「天時人事日相催, 冬至陽生春又来」. 당(唐)·옹도시(雍陶詩)「山月不知人事変, 夜来江上与誰期」.

- 진적陳迹 : 옛날에 있었던 흔적. 진(晋)·왕희지(王羲之)의 3월3일난정시서(三月三日蘭亭詩序)「俛仰之間, 已為陳迹」. 당(唐)·고적(高適)의 송중시(宋中詩)「悠悠一仙年, 陳迹惟高臺已陳迹, 月照漁父唱滄浪」.

- 망망茫茫 : 두리뭉실하고 희미한 상태.『춘추좌씨전(春秋左氏伝)』양공 4년조(襄公四年条)「茫茫禹迹, 画為九州」. 당(唐)·두보시(杜甫詩)「明日隔山岳, 世事両茫茫」. 당(唐)·승관휴시(僧貫休詩)「羨師終不及, 湘浪緑茫茫」[주: 선사(羨師)는 스승을 섬기다, 따르다].

- 혼경渾驚 : 심히 놀라다. 다경(多驚)과 동일. 이는 송(宋)·주희시(朱熹詩)「杯深同醉極, 嘯罷独魂驚」,『홍루몽(紅楼夢)』32회의「嚇得魂飛魄散」등에서 영향을 받아 만들어진 조어.

- 패수루관浿水楼観 : 대동강변(大同江畔) 길의 고루(高樓, 높고 큰 전각). 즉, 부벽루(浮碧楼)를 말한다. 패수(浿水)는 패강(浿江), 즉 대동강(大同江)의 옛 호칭. 누관(楼観)은 유송(劉宋)·안연지시(顔延之詩)「楼観眺豊穎, 金賀映松山」.

- 비맹飛甍 : 높은 기와지붕[甍]. 기와[甍]는 기와[瓦]로 이는 지붕의 기둥. 용마루기둥[棟瓦]을 말한다. 남제(南齊)·사조시(謝朓詩)「飛甍夾馳道, 垂楊蔭御次兮在下」. 당(唐)·왕유가(王維歌)「聊上君兮高楼, 飛甍鱗次兮在下」.

- 화동画棟 : 채색을 한 용마루. 당(唐)·왕발(王勃)의 등왕각시(滕王閣詩)「画棟朝飛南浦雲, 朱簾暮捲西山雨」.

- 운사韻士 : 풍류(風流)로운 사람. 소인(騷人)의 의미로 사용한 작자의 독자적인 시어.
- 선주仙儔 : 선인의 동료, 선재(仙才)의 소유자인 경우를 가르킨다.
- 풍채헌앙風采軒昂 : 풍채(風采)[텍스트에는 채(采)를 채(彩)로 고쳤다]는 용자(容姿 : 모습), 또는 인품(人品). 헌앙(軒昂)은 의기가 고양이 되는 것. 당(唐)・한유시(韓愈詩) 「開緘忽覩送帰作, 字向紙上皆軒昂」.
- 기우락락気宇落落 : 기우(気宇)는 우월감[자존심]의 의미. 낙락(落落)은 높고 커서 담담한 상태. 『진서(晋書)』석근재기(石勤載記) 「大丈夫行事, 当礌礌落落如日月皎然」.
- 왕왕往往 : 여기에서는 『후한서(後漢書)』 반고전(班固伝) 「離宮別館三十六所, 神池霊沼往往而在」, 여기저기 또는 때때로의 의미이다.
- 채필彩筆 : 5색의 축이 있는 붓. 채필(綵筆)과 동일. 당(唐)・양사악(羊士諤)의 도성숙원외기해당화시(都城肅員外寄海棠花詩) 「擲地好辞凌綾筆, 浣花春水膩魚牋」 [주 : 어전(魚牋)은 종이의 명칭].
- 필화筆花 : 붓의 끝에 만들어진 꽃. 이는 당(唐)의 이백(李白)이 유소년 시절에 필두(筆頭)에 꽃이 생긴 것을 고사(故事)에 비유하여 말한다. 이백(李白)의 필화사(筆花事) 『운선잡기(雲仙雜記)』『개원천보유사(開元天宝遺事)』.
- 교인궁姣人宮 : 텍스트에는 교(姣)를 교(蛟)로 했지만, '교인궁(姣人宮)＝교인실(鮫人室)＝인어(人魚)'의 주거에서는 구의(句意)가 통달되지 않아 수정을 하였다. 교인(姣人)은 교인(佼人)과 동일하고, 미인(美人)을 말한다. 궁(宮)은 속에 있는 방의 의미. 게다가 이 세 자는 양(梁)의 간문제(簡文帝)가 태자(太子) 시절에 즐기던 염시(艶詩)를 많이 짓고, 나중에 서릉(徐陵)에게 명령을 하여 『옥대집(玉臺集)』[『옥대신영(玉臺新詠)』]을 편찬(編撰)하고, 이로써 그 시체(詩体)를 크게 만든 「궁체(宮体)」에 비교하여 만들어진 단어. 당(唐)・피일휴(皮日休)의 손발백편장유천태청시증행시(孫發百篇将遊天台請詩贈行詩) 「百篇宮体喧金屋」.
- 천상루성天上楼成 : 하늘의 상제의 누각이 완성이 되었다. 이는 당(唐)・귀재(鬼才) 이하(李賀)와 관련이 된 백옥루(白玉楼)의 고사(故事)에 비유하여 만들어진 조어. 이하(李賀)가 죽었을 때 천사(天使)가 내려와서 「상제의 백옥루가 완성되었으므로 그대를 모시고 그 기록을 만들도록 하기로 하였다」라고 알렸다. (『당시기사(唐詩記事)』).
- 몽각황량夢覚黄粱 : 황량(黄粱)의 꿈에서 각성(覚醒)하고. 황량(黄粱)의 꿈(夢)이란 당(唐)의 심기제(沈既濟)『침중기(枕中記)』[주 : 당(唐)・이필(李泌)의 찬술(撰述)]에 보이는 다음과 같은 고사(故事). 당(唐)의 개원 19년(開元十九年)에 도사(道

士)인 여옹(呂翁)이 한단(邯鄲)의 저사중(邸舍中)에서 소년 노생(少年盧生)을 만나고, 신체의 곤궁(困窮)함을 한탄하는 노생(盧生)에 대해서 낭중(囊中)의 베개를 주고, 「이는 베게의 경우 영적(栄適)과 같은 의미가 된다」라고 고했다. 그리하여 노생(盧生)은 매중(寐中)에 귀신(貴紳?)인 여자를 아내로 삼고, 고위(高位)에 올라 숭성(崇盛)을 하였으나 늙어서 해골을 희망하였어도 허락을 받지 못하였고, 관가에서 죽는 꿈을 꾸는 가운데, 하품을 하고 잠에서 깨어났다. 여옹(呂翁)이 지은 황량(黄梁)의 밥은 아직도 익지 않았고, 인간세상의 다반사도 지금 그대가 본 꿈과 같은 것이라고 여옹(呂翁)이 웃으면서 말을 하였다는 고사(故事)[황량일취(黄梁一炊)의 꿈, 한단(邯鄲)의 꿈]. 원(元)·이준빈(李俊民)의 송군후단정경북행시(送郡侯段正卿北行詩)「功名大抵黄梁夢, 薄有田園便好閑」.

- 혼이랭魂已冷 : 영혼[魂]이 이미[已] 죽었다[冷]. 혼(魂)은 몽혼(夢魂, 꿈을 꾸는 영혼), 또는 음혼(吟魂, 시를 짓는 생각)을 말한다. 이 세 자는 다음의 여러 시(詩)를 가차하여 만들어진 조어. 당(唐)·이중(李中)의 송치사심빈유모산시(送致仕沈彬遊茅山詩)「野寺宿時魂夢冷」. 원(元)·마진(馬臻)의 여야시(旅夜詩)「睡薄吟魂冷, 西風亦屢驚」. 명(明)·양기(楊基)의 오궁야시(梧宮夜詩)「銅盤焼蝋黄, 秋衾夢魂冷」.

- 정상精爽 : 영혼. 정신. 『춘추좌씨전(春秋左氏伝)』 소공25년조(昭公二十五年条)「心之精爽, 是謂魂魄, 魂魄去之, 何以能久」. 진(晋)·육기(陸機)의 증종형기시(贈從兄騎詩)「営魄懐兹土, 精爽若飛沈」.

- 낙하처落何処 : 언젠가는 멸망[영락]한다. 낙(落)은 낙백(落魄, 멸망하다/영락하다)의 의미. 청(清)·원매시(袁枚詩)「落魄江湖両鬢秋, 男児未報是温仇」. 하처(何処)는 부정칭인 지시대명사. 정상(精爽)~은 당(唐)·이군옥(李羣玉)의 제2비묘시(第二妃廟詩)「不知精爽帰何処, 疑是行雲秋色中」을 염두에 두고 만들어진 것 같다. 이군옥시(李羣玉詩)의 호남성 음현(湖南省陰県)의 황릉묘(黄陵廟), 상수(湘水)의 신(神)이 된 우순(虞舜)의 두 번째 비[二妃], 아황(娥皇)과 여영사묘(女英祀廟)로 제목을 붙였다.

- 유득㽞得 : 만류하다. 이는 당(唐)·정곡(鄭谷)의 연엽시(蓮葉詩)「多謝浣渓人不折, 雨中㽞得蓋鴛鴦」에서 가차하여 만들어진 조어.

- 호풍경好風景 : 아름다운 풍경(風景). 풍경(風景)은 보통 산하(山河)의 임시 거처. 경색(景色)을 지칭한 말. 『패문운부(佩文韻府)』 조변시(趙抃詩)「可惜湖山天下好, 十分風景属僧家」. 그러나 여기에서는 여섯 명의 소인(騒人)에 의한 승유(勝遊, 풍류를 즐기다)의 상태를 의미한다.

후서 (後序)

辛亥仲秋余以釈菜献官入斎于芹宮之東廟黄上
신 해 중 추 여 이 석 채 헌 관 파 닙 재 우 근 궁 지 동 상 황 상

庠亦以從享献官偕焉無何公袖一小冊子示余展
상 역 이 종 향 헌 관 해 언 무 하 공 수 일 소 책 자 시 여 전

観之題曰浮碧楼觴詠録巻中酬唱諸作無慮若干
관 지 제 왈 부 벽 루 상 영 록 권 중 수 창 제 작 무 려 약 간

篇琢鏘瑀琚擲地有声吟玩一過令人有調高寡和
편 구 장 우 거 척 지 유 성 음 완 일 과 령 인 유 조 고 과 하

之歎閲其姓名存者無幾而林子順以青雲遠器不
지 탄 열 기 성 명 존 자 무 기 이 림 자 순 이 청 운 원 기 불

能克其才又不能久於世而詩有在焉其精神気象
능 극 기 재 우 불 능 구 어 세 이 시 유 재 언 기 정 신 기 상

似有不昧者存余既哀其為人又愛其格律之高古
사 유 불 매 자 존 여 기 애 기 위 인 우 애 기 격 률 지 고 고

生又同時而益歎不得從遊於平日聊和巻末七言
생 우 동 시 이 익 탄 불 득 종 유 어 평 일 료 화 권 말 칠 언

古詩題之于巻是日斎夕夏山曺友仁汝益書
고 시 제 지 우 권 시 일 재 석 하 산 조 우 인 여 익 서

　　광해 신해(光海辛亥. AD1611년)의 중추절에 나는 석채헌관(釈菜献官)이 되어 근궁의 동상에서 재숙을 하였다 황진사도 또한, 종향헌관(從享献官)으로 함께 있었다, 이윽고 황진사가 한 소책자를 꺼내서 펼쳐 보이는데 제목을 『부벽루상영록』이라 한 것이었다. 그 책 중에 창수한 작품이 무려 약간 편인데 그야말로 주옥이라, 땅에 떨어지면 맑은 소리가 날 듯 싶었다. 한번 읊조려 음미해보니 격조가 높아 화답할 이가 드물겠다는 탄식을 하게 한다. 그 성명들을 살펴보니 생존해 있는 분은 얼마 안되었다.

　　임자순(林子順)은 청운의 원대한 그릇으로 그 그릇을 미처 다 못 채웠고 또 세상에 오래 살지를 못했으나 시를 남겼다. 그의 정신 기상에 불멸의 무엇이 존재하는 듯하다. 나는 기왕에 그 사람을 애달파했고 또 그 격률의 고고(高古)함을 좋아했거니와

생애 또한 동시대로 평소에 종유할 기회를 얻지 못했음을 더욱 탄식했던 터이다. 애오라지 『부벽루상영록』의 마지막에 실린 7언고시에 화답해서 이 책에 붙인다. 이날은 재석(齋夕)이다.

하산(夏山) 조우인(曺友仁) 여익(汝益)이 쓰다.

🎴 어석(語釈)

- 후서後序 : 나중에 서장을 붙이다. 제시(題詩, 시의 제목)를 붙인 다음 서문을 언급하고 있는 것은 주석자가 붙인 문장의 제명(題名). 서(序)는 문체의 명칭이고, 사물의 상태를 차례대로 순서를 정하여 언급을 한 문장.
- 신해중추辛亥仲秋 : 신해(辛亥)는 광해 신해(光海辛亥), AD1611년이다. 중추(仲秋)는 음력(陰曆) 8月 15日을 말한다.
- 석채헌관釈菜献官 : 석채(釈菜)는 공자(孔子)의 묘(廟)인 문묘(文廟)의 큰 대제(大祭)[시기(時期)는 봄과 가을, 석전대제(釋奠大祭)라고 속칭된다]. 헌관(献官)은 국가가 제사(祭祀)를 거행을 할 때에 임시로 선발되는 제관[差遣祭官, 관리].
- 입재入斎 : 제전의 전날 재계(斎戒)를 하는 것. 재계(斎戒)는 음식이나 행동을 삼가고 목욕재계를 하여 청결하게 유지하는 것.
- 근궁芹宮 : 문묘(文廟)의 별칭.
- 동상東廂 : 정당(正堂)의 동쪽의 상(廂). 상(廂)은 정당(正堂)의 측면에 부설이 된 동(東)·서(西)의 2동(棟)의 실내.
- 상황상상상黄上庠 : 국헌 황징(菊軒黄澄)의 아들인 황씨(黄氏)[휘(諱)·자(字)는 미상]을 말한다. 상상(上庠)은 과거(科挙)의 제일차시험(第一次試験)의 합격자의 명칭인가.
- 종향헌관従享献官 : 종향(従享)은 문묘(文廟)에 배향(配享)된 후세(後世)의 유자(儒者)의 사묘(祠廟 : 사당). 헌관(献官)은 그 제관(祭官).
- 무하無何 : 아무것도 없이. 무기(無幾)와 동일. 『한서(漢書)』 적방진전(翟方進伝)「거무가(居無可)」. [주] 無何, 猶言無幾, 謂少時].
- 구장우거瑈鏘瑀琚 : 구장(瑈鏘)은 옥성(玉声, 아름다운 목소리)의 형용. 우거(瑀琚)는 허리띠에 늘어뜨리는 장식을 한 옥으로 덕(德)이나 성(誠)의 상징으로서 사용이 되었다.
- 척지유성擲地有聲 : 시문이나 말에 설득력 있거나 시문이 아름답고 음률이 청아

하다는 비유. 당(唐)·이교(李嶠)의 「부(賦)」시(詩)「乍有凌雲勢, 時聞擲地声」. 조선(朝鮮)·성운(成運)의 증임자순시(贈林子順詩)「妙年耽学者功深, 七字題詩擲地金」.

- 음완吟玩 : 음영(吟詠, 음미)하여 감상하다. 음완(吟翫). 송(宋)·임포(林逋)의 송장길상인시(送長吉上人詩)「推流遅新月, 吟玩想忘眠」.

- 조고과화調高寡和 : 곡조가 곱고 노래하는 사람이 적다. 이는 다음과 같은 여러 시(諸詩)를 인용하여 만들어진 단어. 당(唐)·장설(張説)의 주최광록시(酬崔光禄詩)「曲高弥寡和, 主善代為師」. 당(唐)·백거이(白居易)의 화배상시시(和裴常侍詩)「寡和陽春曲, 多情騎省郎」.

- 청운원기青雲遠器 : 청운(青雲)은 고상한 뜻의 비유. 원기(遠器)는 원대한 기량. 『당서(唐書)』방관전(房琯伝)「琯有遠器, 好説老子浮屠法」.

- 극기재克其才 : 그 재능을 마스터하다. 극(克)은 이루다[완성하다]. 『춘추좌씨전(春秋左氏伝)』선공 8년조(宣公八年条)「日中而克葬, [주] 克, 成也」.

- 구어세久於世 : 세상에 오랫동안 존재하다. 장수하다. 『습이기(拾遺記)』[전진(前秦)·왕가선(王嘉撰) 주편(周篇)「欲求長生久世, 不可得也」].

- 부매不昧 : 마음이 어둡지않다. 물욕에 빠지지 않는 것. 『노자(老子)』십사(十四)「其下不昧」.

- 격률지고고格律之高古 : 격률(格律)은 격조(格調), 즉, 시(詩)의 체제(体裁)와 곡조(調子). 고고(高古)는 고아하고 고풍을 띠고 있는 것.

- 종유從遊 : 따라서 놀다[함께 풍류를 즐기다]. 종유(從遊). 송(宋)·소식(蘇軾)의 범문정공문집서(范文正公文集序)「彼三傑者, 皆得從之游」.

- 재석斎夕 : 제례(祭礼)의 전야(前夜)를 말한다.

- 조우여익曺友仁汝益 : 성명(姓名)이 조우인(曺友仁)이고, 여익(汝益)은 자(字). 경상도 창녕(慶尚道昌寧)의 사람. 1561-1625년. 호(號)는 이재(頤斎). 시(詩)를 잘 짓고, 각체(各体)를 합하여 삼백여편(三百餘篇)[사(詞)를 포함한다]이 『이재집(頤斎集)』에 수록(収録)되어 있다.

추기(追記)

歲丁卯二月余以鄕解上京甾宿于泮村關西黃上
<small>세 정 묘 이 월 여 이 향 해 상 경 류 숙 우 반 촌 관 서 황 상</small>

舍宅周李斯文宅濂聯袂来訪袖其先蹟浮碧楼觴
<small>사 댁 주 이 사 문 댁 렴 련 몌 래 방 수 기 선 적 부 벽 루 상</small>

詠録以示余曰此是白湖公従事于關幕時与吾先
<small>영 록 이 시 여 왈 차 시 백 호 공 종 사 우 관 막 시 여 오 선</small>

世五六公遊賞于浮碧楼觴詠唱和者也方营入梓
<small>세 오 육 공 유 상 우 부 벽 루 상 영 창 화 자 야 방 영 입 재</small>

伝後而恨不得商搉論懷矣適聞上舍上来略此叙
<small>전 후 이 한 불 득 상 각 론 회 의 적 문 상 사 상 래 략 차 서</small>

情因以一本授余而入梓亦伝当伝致数帙以当日
<small>정 인 이 일 본 수 여 이 입 재 역 전 당 전 치 수 질 이 당 일</small>

後不忘之資云.
<small>후 불 망 지 자 운</small>

때는 인조 정묘(仁祖丁卯)년 2월, 나는 과거시험[향시]을 치르기 위하여 상경을 하여 성균관이 소재하고 있는 반촌에 머물렀다. 평안도(平安道)의 사람인 황상원과 이사문(李斯文)이 함께 나를 찾아와 간직해 두었던 선대들이 남긴 유품인 『부벽루상영록』을 나에게 보여주면서 말하기를 이것은 백호공이 관리로 재직을 하고 있을 때에 내 선조 대여섯 명과 부벽루에서 풍류를 즐기면서 읊고 창화를 한 것인데……

이제야 비로소 출판하여 후대에 유산으로 남기려고 하는데, 유감스럽게도 담론(談論)과 회념(懷念)하려고 하였지만, 적당한 결론을 내리지 못했다. 마침 상사(上舍)가 이에 대하여 간단히 기록하고자 한다고 들었다.

그러므로 한 권을 가지고 와서 나에게 주었다. 이렇게 해서 출판을 한 후에는 또, 나중에 여러 권을 송부를 하여 후일 이를 잊어먹지 않도록 하기 위하여 준 것일 것이다.

❀ 어석(語釈)

● 추기追記 : 따라서 기술하다[첨부]. 이전의 문장 뒤에 후기부터 첨가하여 기록하는 것의 의미. 이는 주석자가 붙인 문장의 제명.

● 세정묘歲丁卯 : 인조 정묘(仁祖丁卯), AD1627. 즉, 작자 67세 때.

● 향해鄉解 : 과거의 제1회 시험인 향시(鄉試).

● 반촌泮村 : 성균관 소재(成均館所在)의 동명(洞名). 조선시대(朝鮮時代)의 대학인 성균관(成均館)과 문묘(文廟)를 함하여 반궁(泮宮)이라고 부르기 때문에 성균관(成均館)이 있는 곳을 반중(泮中), 또는 반촌(泮村)이라고 호칭을 하였다. 그리고 성균관(成均館)에 기숙을 하면서 수학을 하는 유생(儒生)을 반유(泮儒)라고 하고, 성균관에 부속(附屬)되어 있는 소고기를 판매하는 사람을 반인(泮人)이라고 하였다.

● 서황상사西黃上舍 : 평안도(平安道)의 사람인 황상사(黃上舍)의 의미. 상사(上舍)는 생원(生員)의 별칭. 전출(前出)의 「황상상(黃上庠)」과 동일하다.

● 유숙甾宿 : 머물러서 깃들다. 당(唐)・허혼(許渾) 시중시(詩中詩)「多謝愛甾宿, 開樽拂素琴」. 당(唐)・정곡시(鄭谷詩)「我来賒酒相甾宿, 聴我披衣看雪吟」.

● 이사문李斯文 : 송오 이인상(松塢李仁祥)의 아들인 이사문(李斯文)[휘(諱)는 미상(未詳)]. 사문(斯文)은 반유(泮儒)의 이칭.

● 연예聯袂 : 동료가 되다. 즉, 행동을 같이 하다. 염(濂)~은 찰싹 달라붙어서 동행하다. 염(濂)은 「濂或字, 見説文」(『중화대자전(中華大字典)』). 염(濂)은 「相著也」[동(同)].

● 선적先蹟 : 자신들의 전세대가 남긴 유산(芳蹟). 적(蹟)은 적(迹)・적(跡)과 동일. 진(晋)・반악(潘岳)의 도망시(悼亡詩)「帷屏無髣, 翰墨有餘迹」. 당(唐)・위응물(韋応物)의 동림정사시(東林精舎詩)「墨沢伝灑餘, 摩滅親翰跡」. 송(宋)・양만리(楊萬里)의 유창랑정시(遊滄浪亭詩)「永懷堂下翁, 回首千歳跡」.

● 입재入梓 : 문서를 판목(版木) 형태를 새기다. 즉, 책을 출판하는 것. 상재(上梓)와 동일하다.

● 전후伝後 : 후세에 전하다. 후한(後漢)・반고(班固)의 근흡명(斬歆銘)「金亀章徳, 建号伝後」[주 : 금구(金亀)는 황금으로 된 구형(亀形, 거북이의 모양)의 인뉴(印鈕)로 제후가 차고 있는 것]. 당(唐)・한유(韓愈)의 유자후묘지명(柳子厚墓誌銘)「必伝於後, 如今無疑也」.

● 상각논회商推論懷 : 상각(商推)은 무게를 정하다[저울을 정하다]. 『북사(北史)』

최이분전(崔李芬伝)「商推古今, 問以嘲謔」.『문선(文選)』오도부(吳都賦)「剖判庶
士, 商推萬俗」. 당(唐)·한유(韓愈)의 납량연구(納凉聯句)「儒庠恣游息, 聖籍飽商
推」. 논회(論懷)는 소회(所懷)를 논서(論叙, 서술하다)하다. 또, 담론(談論)과 회
념(懷念).

- 전치伝致 : 송부하다.『사기(史記)』대완전(大宛伝)「康居伝致大月氏」[주 : 강거(康
居)·대월씨(大月氏)는 대완(大宛)과 함께 한위시대(漢魏時代)의 서역(西城)의 국
명].
- 수질数帙 : 여러 권의 서적[書卷]. 질(帙)은 서적(書物)을 쌓는 보자기. 당(唐)·
백거이(白居易)의 여미지서(与微之書)「唯收数帙文章」.

✿ 해설

『부벽루상영록(浮碧楼觴詠録)』의 권말에 첨부한 조우인(曹友仁)의 시(詩)와 문장(文
章)은 백호 임제(白湖林悌)의 시학의 진수가 현현되어 있다. 이 엔솔로지를 높이 평가
한 것만은 아니다. 백호의 몰후 40년이 지나고, 이를 기궐씨(剞劂氏)의 손에 의해 붙
이고, 후세에 전해지게 된 경위에 관한, 수많은 감추어진 사실을 수록해주고 있다.
이하(以下)에 순서대로 언급을 하기로 한다.

제부벽루상영록(題浮碧楼觴詠録)의 1편은 제10장의 백호시(白湖詩)「요단냉락고수
저(瑶壇冷落古樹底)」에 차운을 함으로써 이 엔솔로지가 출현된다. 시인 임제 백호(林悌
白湖)의 진면목이 우렁차게 읊어진 작품이다. 붓꽃[채호필화 : 綵毫筆花]을 백호(白湖)
가 역동적으로 번역을 한 것은『옥대신영玉臺新詠』풍(風)의 아름다운 시[艶詩]인 것
처럼 토설하고 있는 것이 대단히 인상적이다.

후기[後附序]는 광해 신해(光海辛亥)의 가을인 석전대제(釈奠大祭)에서 제사장(祭官)
으로 함께 재관을 지낸 황상상(黄上庠)으로부터 소매에 넣어두고 있던『부벽루상영록
(浮碧楼觴詠録)』을 보여주었을 때의 일을 언급한 것이다. 이를 통해 보자면 부벽루(浮
碧楼)의 시회(詩会)가 끝난 후의 백호(白湖)는 그 부시(賦詩)의 상황을 집성을 한 전지
(箋紙) 다발에 개연(開筵)의 상황에 대해서 95자로 된 서문을 첨부하여 이를 친구에게
선물을 한 것이다. 이를 받아서 소장을 한 것은 평안도 사람 국헌 황징(菊軒黃澄)밖에
없었다. 서경막객(西京幕客)으로 과만환경(瓜満還京)한 때에 백호(白湖)가 친구 다섯 명

에게 부벽루(浮碧楼)에 모이게 하여 척지(擲地)의 아름다운 목소리(玉声)를 내어 읊은 일은 선조 갑신(宣祖甲申, 1584)이 되려고 하는 무렵으로 그의 나이 35세 때의 일이다.

제시(題詩)의 후의 서문(序)에 보충을 하여 기록이 된 연후(年後)의 추기(追記)는 국헌(菊軒)의 아들인 황상사(黃上舍)와 송오(松塢) 이인상(李仁祥)의 아들인 이사문(李斯文)과 함께 상담을 한 끝에『부벽루상영록(浮碧楼觴詠録)』을 후세에 전하기 위하여 이를 출판할 계획이 같이 이루어진 것을 언급을 함과 동시에 그 감수자로서의 책임을 지기에 이른 것을 말하고 있다. 그러나 이 문장은 황상사(黃上舍) 등에 의해서 쓰여져야 할「간기(刊記)」를 대체한 것으로서는 너무도 간단하기 짝이 없어서 어려움에 처하는 수밖에 없었다. 황사상(黃上舍)과 이사문(李斯文) 등이 동행하여 찾아 안녕하셨습니까하고 인사 와서『부벽루상영록(浮碧楼觴詠録)』의 사본을 보여주면서 언급한 끝에 말한「한부득상각론회의(恨不得商推論懷矣)」는 그 편간(編刊)에 관한 감수자가 되고 싶다고 간절히 바라고 있었던 것을 의미한다. 이에 계속하여「적문상사내략서정(適聞上舍上来略叙情)」에 황상사(黃上舍)가 출판의 기획에 대해서 설명을 한 부분을 보면 완전히 이해를 하고 있었던 것으로 보인다. 출판 계획이 실현된 것을 보기에 이르는 사정에 대해서는, 다만 이것만의 기술에 그치게 된 것이고 출판 장소도 출판자의 확실한 성명도 명기되어 있지 않다.

『부벽루상영록(浮碧楼觴詠録)』의 간기(刊記)를 대신하는 조우인(曹友仁)의 추기(追記)에는 인조(仁祖) 정묘 2월(丁卯二月) 1627년의 중춘(仲春)에 출판이 궤도에 오른 것이다. 그러나 국헌(菊軒)의 아들인 황상사(黃上舍)에 의한 관막재근시(関幕在勤時, 관리로서 근무한 시절)의 백호공(白湖公)의 친구였던 다섯 명이 부벽루상영록(浮碧楼觴詠録)을 후세에 전하기 위함 때문이라는 출판 기획의 사정이 백호(白湖)의 아들에게는 하나도 전달되지 않았고, 일방적으로 성사가 된 것은 무엇 때문일까.『임백호집(林白湖集)』의 임서(林偦)의 발(跋)은 그보다 십년 전인「만력 정사 8월(萬曆丁巳八月)」1617년의 중추(仲秋)로 되어 있지만.

저자 나카이 겐지(1922-2007)

　　1943 일본 간사이대학 상업학과 입학

　　1945 일본 육군경리학교 간부후보생

　　1950 일본 간사이대학 법학부 졸업

　　1973 백호 임제의 『남명소승』을 접하고 평생 백호 연구 결심

　　1974 부산 방문을 시작으로 서울 규장각, 국립중앙도서관 등에서 관련 자료 수집

　　1992 『망녀전사역단』 간행 이후 연구에 매진

　　1995 백호 종중 임채남 씨와 지속적인 자료 교류 및 집필 활동

　　1999 『부벽루상영록 평석』 탈고

　　2007 일본 오사카 자택에서 서거

역자 여순종

　　국립목포대학교 외래교수

　　국립전남대학교 외래교수

　　현재 일본대학교 인문과학연구소 연구교수

　　저서 : 『東アジア古典漢詩の比較文学的研究』 외 다수

　　논문 : 「古典漢詩に見る『鶴』の比較文学的研究」 외 다수

감수 우상렬

　　연세대학교 교환교수

　　파리7대학교 교환교수

　　현재 중국 연변대학교 조선-한국학학원 박사생 지도교수

　　저서 : 『중국조선족 설화의 종합적 연구』 외 다수

　　논문 : 「배달민족의 기질과 예체능」 외 다수

감수 박종우

　　고려대학교 연구교수

　　전북대학교 HK교수

　　현재 고려대학교 민족문화연구원 HK연구교수

　　저서 : 『한국한문학의 형상과 전형』 외 다수

　　논문 : 「16세기 호남 한시의 무인 형상」 외 다수

『부벽루상영록浮碧樓觴詠錄』 평석評釋

초판 인쇄　2016년 4월 23일
초판 발행　2016년 4월 30일

저　자　나카이 겐지
역　자　여순종
감　수　우상렬 · 박종우

펴낸이　이대현
편　집　권분옥
펴낸곳　도서출판 역락
주　소　서울시 서초구 동광로 46길 6-6 문창빌딩 2층
전　화　02-3409-2060(편집부), 2058(영업부)
팩　스　02-3409-2059
등　록　1999년 4월 19일 제303-2002-000014호
이메일　youkrack@hanmail.net

정　가　16,000원
ISBN　979-11-5686-322-9 93810

이 도서의 국립중앙도서관 출판예정도서목록(CIP)은 서지정보유통지원시스템 홈페이지(http://seoji.nl.go.kr)와
국가자료공동목록시스템(http://www.nl.go.kr/kolisnet)에서 이용하실 수 있습니다.(CIP제어번호: CIP2016010321)